# Business Englisch

-

## Praxisnah und einfach

Sicher und professionell kommunizieren auf Englisch!

(Mit allen wichtigen Vokabeln und Phrasen inkl. Audioaufnahmen) für

» abwechslungsreichen **Small Talk**

» fehlerfreie Geschäftsbriefe und **Emails**

» sichere und routinierte **Geschäftstelefonate**

» professionelle **Bewerbungen**

» packende **Präsentationen**

» präzise Beschreibungen von **Diagrammen** und **Schaubildern**

» souveräne **Verhandlungen** und **Diskussionen**

und vieles mehr!

Stefan von Ulan

**Business Englisch - praxisnah und einfach: Sicher und professionell kommunizieren auf Englisch.**

(Mit allen wichtigen Vokabeln und Phrasen inkl. Audioaufnahmen)



In diesem Buch wird explizit auf das generische Maskulinum verzichtet und an dessen Stelle gendergerechte Sprache verwendet, um alle Geschlechteridentitäten anzusprechen, sichtbar zu machen und Diskriminierung abzubauen. Mehr Informationen findest du unter www.genderdings.de/gender/gendern



1. Auflage 2021

**ISBN: 9783949604003**

Layout und Grafikdesign: Stefan von Ulan
Grafiken in diesem Buch basieren teilweise auf angepassten Vorlagen im Rahmen der Freepik Standard Lizenz.
Tonaufnahmen und Mastering: Stefan von Ulan

Marketing und Coverdesign: Anton Scharton

Herausgegeben vom AES Verlag:
Anton Scharton
Saint-Claude-Str. 83/1
72108 Rottenburg

Alle Bücher finden Sie hier:

**www.aesverlag.de/englisch**

Schreiben Sie uns bei Fragen, Problemen und Anregungen direkt eine E-Mail an:
**team@aesverlag.de**

Folgen Sie uns auf Instagram für kostenlose Englischunterstützung jeden Tag:

www.instagram.com/**englischerfolg**

# Inhaltsverzeichnis

# Vorwort

Liebe:r Sprachlernende:r!

Ich freue mich außerordentlich, dass Sie sich dafür entschieden haben, Ihren professionellen Englischkenntissen mit diesem Buch einen großen Schub nach vorne zu geben. Alle Inhalte wurden im besonderen Hinblick auf die am häufigsten erfragten Situationen und Herausforderungen von berufstätigen Englischlernenden ausgewählt. Die so entstandenen Themenfelder beinhalten die grundlegendsten Aspekte und zahlreiche weiterführende und fortgeschrittene Details, so dass dieses Buch sowohl für den frischen Einstieg als auch für den letzten Feinschliff Ihres Business Englisch das ideale Lernmittel darstellt.

Soweit es möglich ist, wurde in diesem Buch auf umständliche Fachsprache verzichtet, um Ihnen eine schnelle und unkomplizierte Aufnahme der wichtigsten Inhalte zu ermöglichen. Auch wurde ein besonderer Fokus auf Relevanz und Aktualität aller Inhalte gelegt und so überflüssige Sonderfälle und ungebräuchliche Wendungen vermieden. Dabei nutze ich meine langjährige persönliche Erfahrung im Sprachenlehren und -lernen, um Ihnen so einfach wie möglich Fachwissen zum Geschäftsenglisch und dessen korrekter Formulierung, Anwendung und Aussprache zu vermitteln. So werden Sie am Ende dieses Buches in der Lage sein, herausfordernde Situationen Ihres Geschäftsalltags auf Englisch selbstbewusst und sicher zu meistern und Ihrer Karriere einen kräftigen Aufwärtsschub verleihen.

Damit Sie die Inhalte einfach und vor allem praxisnah erlernen können, enthält dieses Buch sehr viele nützliche Hilfsmittel. Ich lege Ihnen Techniken und Konzepte nahe, mit welchen Sie auf eine bequeme und trotzdem schnelle Art und Weise Sprachen erlernen können. Zudem beinhaltet das Buch zahlreiche Anwendungsbeispiele, Mustervorlagen, eine Zusammenfassung der wichtigsten Vokabeln zu den jeweiligen Themenfeldern sowie professionelle Tonaufnahmen, damit Sie das erlernte Wissen effektiv anwenden und üben können.

**TIPP** Sollten bei der Arbeit mit diesem Buch Schwierigkeiten auftreten, setzen Sie sich gerne direkt unter **team@aesverlag.de** per E-Mail mit uns in Verbindung! Wir stehen Ihnen jederzeit zur Verfügung und werden uns umgehend um Ihr Anliegen kümmern.

Doch wieso sollten Sie sich überhaupt mit Business Englisch beschäftigen?

Über 1,5 Milliarden Menschen sprechen Englisch - das sind gut ein Fünftel der Weltbevölkerung! Und dass davon nur ca. 360 Millionen Muttersprachler:innen sind zeigt, dass Englisch zu lernen auf jeden Fall die richtige Entscheidung ist. Mit der zunehmenden Internationalisierung hat sich Englisch zudem schon längst als die Lingua franca der Geschäftswelt etabliert.

In unserer global vernetzten Welt gibt es mittlerweile keinen Wirtschaftszweig mehr, der nicht zu einem gewissen Grad in internationalem Austausch steht. Der englischsprachige Raum ist **Innovationsführer** in zahlreichen Sektoren und in vielen attraktiven Unternehmen sind Englischkenntnisse seit langem schon Grundvoraussetzung für eine erfolgreiche, aufwärtsgerichtete Karriere. Eine Studie des Karriereportals Adzuna, in der über 400.000 Stellenanzeigen auf Fremdsprachenanforderung untersucht wurden, ergab, dass Englisch mit 75% die am häufigsten gestellte Sprachanforderung ist! Außerdem sind die begehrtesten MBA[1] Programme und Seminare im internationalen Raum angesiedelt und werden ausschließlich auf Englisch angeboten. Auf einem festen Fundament der englischen Sprache können Sie aufbauen und Türen zu neuen Märkten, Beziehungen und Ideen öffnen.

Das gilt nicht nur für die Beschäftigung bei großen, multinationalen Firmen, sondern in zunehmendem Maße auch für mittelständische Betriebe. Diese können es sich heutzutage de facto nicht mehr leisten, sich nur auf den deutschen Markt auszurichten - ein gewisser Grad an Internationalität ist von essentieller Bedeutung für Erfolg und Wachstum. Und damit rückt das Thema der interkulturellen Kommunikation in den Mittelpunkt. Denn wer sich nicht mit internationalen Kund:innen, Geschäftspartner:innen oder Lieferant:innen reibungslos und effektiv verständigen kann, muss mit Einbußen rechnen.

Auch die „**digitale Kompetenz**" (digital literacy) ist ein bedeutender Soft-Skill, der in der modernen Arbeitswelt immer zentraler wird. Und Englisch ist die Sprache Nummer Eins im Internet - der wichtigsten Informationsquelle überhaupt. Mit sattelfesten Kenntnissen können Sie sich sicher sein, immer Zugriff auf die hochwertigsten und neuesten Informationen zu haben. Dies ist nicht nur eine Schlüsselqualifikation in vielen Unternehmen verschiedenster Branchen, sondern auch ein immer wichtigerer Faktor für das schnelle und effiziente Arbeiten im modernen Kontext. Sei es bei der Bedienung jeglicher Art von Computerprogrammen oder dem Lesen und Verfassen von

[1] **M**aster of **B**usiness **A**dministration. Dabei handelt es sich um betriebswirtschaftliche Masterstudiengänge für Führungspositionen in Unternehmen.

Geschäfts- oder Forschungsberichten: das Verständnis und die korrekte Verwendung von Fachbegriffen ist unabdingbare Voraussetzung für Ihren Erfolg!

Dieses Buch wird Ihnen auf jeden Fall dabei helfen, Ihre professionellen und persönlichen Ziele mit Schnelligkeit und Spaß zu erreichen. Wie Sie vielleicht schon gemerkt haben, ist mir dabei wichtig, dass Sie so viel und schnell wie möglich von Ihrer Entscheidung, Business Englisch zu lernen, profitieren. Durch meine langjährige Erfahrung als Sprachlernender, Sprachlehrer und Mitarbeit an zahlreichen internationalen Projekten weiß ich, dass es beim Sprachenlernen vor allem auf zwei Dinge ankommt: eine innere, persönliche Motivation und die passenden Lernmaterialien, ganz besonders für den Einstieg. Die richtige Motivation bringen Sie mit Ihrer Entscheidung für dieses Buch bereits mit! Mein persönliches Anliegen ist es, Ihnen mit diesem Buch die absolut richtigen und besten Materialien zur Verfügung zu stellen und einen mühelosen Einstieg und schnelle Erfolge zu garantieren. Die ausführlichen, verständlich erklärten Inhalte und die zahlreichen Beispiele, praktischen Tipps und Tricks in diesem Buch bieten Ihnen genau das, was Sie benötigen.

Ob als Nachschlagewerk für praktische Formulierungen zum Verfassen von eleganten Geschäftsschreiben, dem erfolgreichen Halten von Präsentationen oder der Beschreibung komplexer Statistiken und Schaubildern - dieses Buch bietet Ihnen genau das, was Sie brauchen, um Ihre Lernziele schnell und mit Leichtigkeit zu erreichen. Warten Sie nicht länger und starten Sie noch heute Ihre aufregende Reise in die Welt des Business Englisch. Ich verspreche Ihnen, dass Sie schon nach ein paar Tagen große Fortschritte machen werden und wenn Sie nach einem Monat effektiven Sprachenlernens zurückblicken, werden Sie es sich danken, dass Sie diesen Schritt getan haben! Mit diesem Buch meistern Sie Englisch im Geschäftsalltag mit Leichtigkeit!

**Seien Sie aktiv!** Mit diesem Buch haben Sie bereits alles in der Hand, was Sie brauchen. Starten Sie nicht morgen oder übermorgen, sondern sofort! Ich wünsche Ihnen viel Spaß und Erfolg bei der Verwirklichung Ihrer Ziele.

# Kostenloser Zugang zu Audioinhalten

Beim Lesen dieses Buches werden Sie regelmäßig auf Verweise zu den von mir persönlich aufgenommenen Audioinhalten stoßen. Dort finden Sie die zahlreichen Vokabeln, Phrasen und Wendungen aller Kapitel sowie Veranschaulichungen und Erklärungen spezieller Inhalte oder Themengebiete.

Dies hat den folgenden Hintergrund: Meine Aufgabe ist es, Ihnen die Aneignung von Fachwissen und -vokabular im Bereich Business Englisch und vor allem der Aussprache leicht und praxisnah zu ermöglichen. Damit Sie am Ende dieses Buches auch schwierige Sätze akzentfrei sprechen können, ermutige ich Sie dazu, sich die Audioinhalte anzuhören und dadurch Ihre Aussprache zu perfektionieren! So bekommen Sie ein besseres Gefühl für den Klang der Sprache und werden sich darüber hinaus die Inhalte und Vokabeln schneller aneignen!

Den Zugang zu den Audioinhalten bekommen Sie ganz einfach über den **Link** oder den **QR-Code** auf der rechten Seite.

Sie können die Dateien entweder direkt über Ihren Browser abspielen oder sie sich für die Offline-Nutzung herunterladen. Somit können Sie auch auf einer Geschäftsreise oder ohne Internetverbindung ganz bequem Ihr Business Englisch verbessern.

Sollten bei der Wiedergabe der Audiodateien Schwierigkeiten auftreten, schreiben Sie uns gerne direkt eine E-Mail an **team@aesverlag.de**, wir werden uns schnellstmöglich darum kümmern!

Viel Freude und Erfolg beim Lernen und Üben!

**Link:** **http://bit.ly/audioaufnahmen**

QR-Code:

Die Audiodateien befinden sich auf dem Cloud-Service von Dropbox. Sie können die Inhalte über einen Webbrowser abrufen, den kostenlosen Zugang erhalten Sie nach einer einfachen Registration unter dem Link:
**www.dropbox.com/basic**

Sollte der bitly-Link nicht funktionieren, dann können Sie auf die Audiodateien auch über den obigen QR Code oder den folgenden Link zugreifen:
www.dropbox.com/sh/iu3h7qvyvdlvodl/AADd4LHmMQoEQ8kfwKUx0zHDa?dl=0

**Audiobeispiel 1** Hinweise mit diesem Symbol verweisen in den Kapiteln auf die entsprechenden Audioaufnahmen. Es ist wirklich wichtig, dass Sie die Beispiele aktiv nutzen indem Sie sie anhören und dabei mitsprechen! Dadurch werden Sie Ihre Aussprache und Ihr Verständnis schnell verbessern und Hemmungen, Englisch zu sprechen, ganz einfach ablegen.

# Einleitung

Wie Francois Grin in seinem lesenswerten Artikel „English as economic value: facts and fallacies“[2] herausarbeitet, ist die Verbesserung von Englischkenntnissen die rentabelste Investition, die Sie überhaupt in Ihre berufliche Qualifikation tätigen können. Bevor Sie sich nun im Folgenden daran machen, anhand verschiedener Anforderungsgebiete des Geschäftsalltags Ihre Sprachkenntnisse zu vertiefen, lohnt sich noch, die Entwicklung des Englischen zur Sprache unserer modernen Welt nachzuvollziehen.

Es gibt zwei wichtige Faktoren, die die Rolle der englischen Sprache in der heutigen Welt geprägt haben. Zum einen ist dies die Vormachtstellung des Britischen Königreiches (Empire) während der Kolonialzeit, besonders zur See. Durch die zahlreichen Kolonien, Handelsposten und Erkundungsmissionen wurde die englische Sprache in alle Winkel der Erde getragen und breitete sich dort schnell aus. Ob in Afrika oder Asien, Englisch war nicht nur die Sprache der Mächtigen und Händler, sondern wurde durch regen kulturellen Austausch auch schnell in allen Bevölkerungsschichten aufgegriffen. Und durch die fortschreitende Entwicklung und den zunehmenden Einfluss von Technologie, begann das Englisch schon damals Latein und Griechisch als Sprache der Wissenschaft abzulösen. War die englische Sprache ein paar Jahrhunderte zuvor nur auf die britischen Inseln beschränkt, so wurde sie bis zu Beginn des 19. Jahrhunderts in fast einem Viertel der Welt gesprochen. Der berühmte Satz, dass die Sonne im Britischen Königreich nie untergehe, offenbart die ersten Züge des Englischen auf dem Weg zur Weltsprache. In dieser Zeit etablierte sich Englisch in Indien, Afrika, Australien und auch Nordamerika.

In Nordamerika finden wir auch den zweiten Grund für die rapide Verbreitung des Englischen, welcher bis in die Moderne anhält. Nach der Kolonialisierung entwickelte sich dort rasch eine abgewandelte Version des britischen Englisch, welches heute als (US-)amerikanisches Englisch bekannt ist.
Wussten Sie übrigens, dass Französisch beinahe die Amtssprache der heutigen USA geworden wäre? Nach der Unabhängigkeitserklärung der USA gab es Überlegungen, sich auch sprachlich deutlich von der britischen Kolo-

[2] Erhältlich zum Beispiel hier: https://onlinelibrary.wiley.com/doi/abs/10.1111/1467-971X.00196

nialmacht zu entfernen. Und da Frankreich, wie auch Deutschland, die Unabhängigkeit der USA unterstützt hatten, kamen auch Deutsch und Französisch in die engere Wahl. Allein dadurch, dass ein Großteil der Bevölkerung ursprünglich aus Großbritannien, Schottland und Irland stammte, setzte sich am Ende Englisch als Landessprache durch. Aber das nur am Rande. Die eigentliche Bedeutung der USA für die Verbreitung des Englischen liegt in der Zeit nach dem ersten und zweiten Weltkrieg. Die USA gingen aus beiden Konflikten als siegreiche Macht hervor, die Wirtschaft boomte und US-amerikanische Produkte aber auch Kulturgüter wie Musik, Filme, Fernsehen und Literatur begannen sich schnell auf der ganzen Welt auszubreiten. Ganz klar, Rock n Roll, Jazz, Hollywood und Hippies sind auch in der deutschen Kultur feste Begriffe geworden und nicht mehr wegzudenken.

Als Folge der geschichtlichen Entwicklung ist Englisch in vielen Ländern der Welt bis heute noch Amtssprache, darunter Indien, Pakistan, Australien, Neuseeland, Kanada und Südafrika. Sicherlich haben Sie schon einmal gehört, dass das gesprochene Englisch in den USA, Großbritannien oder Australien sehr unterschiedlich ausfallen kann. Oder vielleicht wurden Sie in Ihrem Berufsalltag bereits einmal selbst mit dem australischen Englisch konfrontiert? Da kann es auch erfahrenen Sprachlernenden schwer fallen mehr als ein paar Wortfetzen zu verstehen. Ebenso können das südafrikanische oder indische Englisch stark vom britischen Englisch abweichen. Im internationalisierten Geschäftskontext entstehen dadurch eine Reihe Besonderheiten welche Sie in diesem Buch ausführlich kennen lernen werden, zum Beispiel die unterschiedliche Formatierung von Daten oder Geschäftsbriefen im britischen beziehungsweise US-amerikanischen Raum.

Sie lernen in diesem Buch die Sprache direkt anzuwenden und verstehen, denn nur so können Sie sich in kürzester Zeit fehlerfrei und selbstbewusst ausdrücken. Dabei sind Vokabeln nach Thema und Relevanz ausgewählt und sortiert. Neben den am häufigsten nachgefragten Themen wie das Verfassen von geschäftlichen Schreiben, der Diskussion von Schaubildern oder einer vollständigen Beschreibung von englischsprachiger Präsentationen und Vorträgen lernen Sie darüber hinaus zahlreiche Detailtipps und fortgeschrittene Inhalte zu diesen und weiteren ausgewählten Themenfeldern kennen. Sie können das Buch sowohl von vorne bis hinten durcharbeiten, und so alle wichtigen Inhalte Schritt für Schritt kennen lernen. Oder Sie können einzelne Kapitel und Themen gezielt lernen. Wie auch immer Sie dieses Buch verwenden, am Ende werden Sie in jedem Fall über einen umfassenden Fachwortschatz und fortgeschrittene Kenntnisse des Business Englisch verfügen.

# 1. Lernen lernen



*Zum generellen Lernen gibt es verschiedene Ansätze die Sie, ganz nach Ihren persönlichen Vorlieben und Fähigkeiten, selbst nutzen können. Im Folgenden werde ich Ihnen ein paar Methoden vorstellen, die das strukturierte, spielerische und effektive Lernen ermöglichen. Dies ist als Ergänzungen zum Inhalt dieses Buches gedacht - wenn Sie gleich mit dem Lernen beginnen wollen, können Sie dieses Kapitel auch überspringen. Ich empfehle Ihnen jedoch, es zumindest einmal durchzulesen und kurz über die vorgestellten Methoden und Ideen nachzudenken. Sie werden Ihnen auf Ihrem Lernweg früher oder später sicherlich von Nutzen sein!*

## 1.1 Ihre richtige Einstellung

Ob im Beruf, Sport oder eben auch beim Sprachenlernen: Ihre Einstellung ist entscheidend. Und dabei betone ich besonders, dass es Ihre Einstellung und nicht „die" Einstellung ist. Denn es gibt kein allgemeingültiges Rezept, das auf alle Menschen zutreffen kann. Wenn Sie sich vor dem Lernbeginn ein paar Gedanken machen, was Sie sich vom Business Englischlernen versprechen und wie sich Ihre berufliche Situation dadurch positiv verändern wird, werden Sie automatisch motivierter und zielstrebiger mit diesem Buch arbeiten können. Um auf dem Weg nicht den Mut zu verlieren, hier ein paar Tipps, auf die Sie im Laufe der folgenden Kapitel regelmäßig zurückgreifen können:

- Setzen Sie sich **klare Ziele** und verfolge Sie diese. Zum Beispiel pro Woche einen Themenbereich durchzuarbeiten oder pro Tag fünf neue Vokabeln und Wendungen sicher zu lernen. Wichtig ist hierbei, dass Sie realistisch bleiben und sich nicht mit zu hoch gesteckten Zielen selbst demotivieren.

- Beobachten Sie Ihren **Lernfortschritt** über einen längeren Zeitraum. Wir sind uns unserer Fortschritte oft nicht bewusst, wenn wir regelmäßig lernen. Setzen Sie sich regelmäßige Zwischenstopps (zum Beispiel einmal im Monat), an denen Sie zum letzten Stopp zurückblicken und Ihr Wissen vergleichen. Ich verspreche Ihnen, dass Sie überrascht sein werden, wie viel Sie bereits dazu gelernt haben!

- **Belohnen Sie sich** für Ihre Fortschritte! Sie können sich zum Beispiel vornehmen, nach Abschluss dieses Buches Ihren nächsten Urlaub in einem englischsprachigen Land zu verbringen. Aber auch andere, kleinere Dinge können Sie sich zur Belohnung gönnen!

- Suchen Sie **Kontakt und Austausch** mit anderen Kolleg:innen oder befreundeten Muttersprachler:innen. Das erhöht nicht nur die Freude am Lernen, Sie können Ihr Wissen so auch praktisch anwenden und die direkten Veränderungen, die Ihr Lernerfolg in Ihr Leben und Arbeiten bringt, erfahren.

- Sich sattelfestes Geschäftsenglisch anzueignen ist ein **Marathon** und kein Sprint! Versuchen Sie, sich beim Lernen nicht darauf zu fokussieren, was noch alles vor Ihnen liegt, sondern vielmehr, was Sie bereits hinter sich gebracht haben! So behalten Sie eine positive Einstellung und Motivation für den nächsten Schritt.

- **Seien Sie kindisch!** Damit meine ich nicht, dass Sie herumschreien sollten, falls es nicht so voran geht. Vielmehr geht es darum, keine Hemmungen zu haben zu sprechen, spielerisch mit der Sprache umzugehen und auch keine Angst davor zu haben, Fehler zu machen!

## 1.2 Lerntypen

Vielen Menschen wird das Sprachenlernen schon dadurch erschwert, dass ihre Lernmaterialien nicht auf ihren Lerntyp abgestimmt sind. Es gibt verschiedene **Lerntypen**, und wenn Sie sich kurz bewusst machen, was wohl am ehesten auf Sie zutrifft, können Sie Ihre Lernmethoden besser anpassen.

Prägen sich Ihnen Bilder, erlebte Situationen und Skizzen besonders schnell ein? Dann sind Sie vielleicht ein **visueller Lerntyp** mit einer starken Erinnerung für das, was Sie sehen. Mindmaps und das Arbeiten mit Textmarkern sind großartige Methoden, um Ihnen das Lernen zu erleichtern. Dafür sollte Ihre Lernumgebung am besten ordentlich und übersichtlich sein, um Ablenkungen zu vermeiden.

Lernen Sie schnell über praktische Arbeit zum Beispiel mit Modellen oder Spielen? Dann sind Sie vielleicht ein ausgeprägter **motorischer Lerntyp**. Praktische Materialien wie ein Post-Its oder Memory-Karten können Sie schnell ans Lernziel bringen, starres Sitzen und Vokabellisten pauken allerdings schnell frustrieren! Versuchen Sie doch mal, Bewegung und Handlung in Ihre Lerngewohnheiten einzubauen.

Klären sich bei Ihnen nach Gesprächen mit anderen Menschen Unklarheiten über neu Gelerntes? Dann sind Sie vielleicht ein **kommunikativer Lerntyp**, der Informationen am besten im Austausch mit Anderen verarbeiten und speichern kann. Tandempartner und kollegiale Lerngruppen sind eine perfekte Methode für Sie!

Haben Sie Schwierigkeiten, sich neue Inhalte aus Büchern zu merken oder fühlt sich das zu trocken und zäh an? Vielleicht sind Sie ja ein **auditiver Lerntyp** und können sich neue Informationen erst so richtig einprägen, wenn Sie sie einmal gehört haben. Eine einfache Methode ist es, sich Texte selbst vorzulesen. Für Sie gibt es zu diesem Buch auch alle Vokabeln und Beispiele als Audiodateien, die Sie sich nochmals in Ruhe anhören können! Achten Sie beim Lernen am besten auf eine ruhige Umgebung, um Ihre Effizienz zu erhöhen.

Natürlich sind wir nicht ausschließlich einer dieser Lerntypen, sondern immer eine Mischung, die sich auch ändern kann. Wenn Sie allerdings merken, dass einer dieser vier Zugänge für Sie besonders gut funktioniert, dann ist es sehr nützlich, sich daran zu orientieren.

## 1.3 Eintauchen

Das Eintauchen in eine fremde Sprache wird auch Immersion genannt. Das Schöne daran ist, dass ausdrücklich nicht alles gezielt gelernt und verstanden werden muss, es geht vielmehr darum, sich so lange und intensiv wie möglich der Sprache auszusetzen, was auch unbewusst geschehen kann. Ein sehr nützliches Mittel ist das Schauen von Filmen oder Serien im englischen Originalton mit deutschen Untertiteln. So können Sie gerade zu Beginn Ihres Lernprozesses direkt an die englische Aussprache und Sprachmelodie gewöhnen. Denn um Englisch sprechen zu können, müssen wir erst lernen, zuzuhören! Jede Sprache klingt anfangs fremd, aber je öfter wir sie hören und uns an sie gewöhnen können, desto einfacher wird uns die Aussprache fallen! Damit trainieren Sie unterbewusst Ihr Gefühl wie etwas „richtig klingt“, eine extrem wertvolle Fähigkeit beim Sprachenlernen. Wenn Sie schon etwas weiter sind auf Ihrem Lernweg, können Sie stattdessen englische Untertitel benutzen oder sie am Ende ganz weglassen und voll eintauchen!

Am besten tauchen Sie in die englische Sprache ein, wenn Sie sie so oft wie möglich in Ihren Alltag einbauen. Sie können sich englischen Begriffe für Gegenstände in Ihrer Wohnung oder am Arbeitsplatz auf Post-Its schreiben und diese aufkleben, so dass Sie bei jedem Blick auch die englische Bedeutung dessen kennen, worauf Sie Ihre Aufmerksamkeit richten. Dabei sind Ihnen keine Grenzen gesetzt! Wenn Sie aber im Bus oder der Bahn keine Post-Its verteilen mögen, versuchen Sie doch, sich die englischen Wörter von Dingen, die Sie dort sehen zu merken, oder sie aufzuschreiben. So können Sie sich spielerisch Gegenstände des Alltags übersetzen – und da das, was uns tagtäglich begegnet auch auf einer fremden Sprache am relevantesten ist, wird Ihnen dieses spielerisch erworbene Wissen von sehr großem Nutzen sein!

Suchen Sie sich eine:n englische:n Muttersprachler:in oder Kolleg:in, der:die Deutsch lernen möchte und bilden Sie eine Tandempartnerschaft in der Sie sich abwechselnd in der Zielsprache des:der anderen unterhalten. Auch das kann sehr viel Spaß machen und kreativ gestaltet werden, so dass es sich eigentlich nicht wie „richtiges Lernen“ anfühlt und trotzdem effektiv ist. Und dabei gilt: lassen Sie Fehler zu, seien Sie nicht schüchtern, weil Sie das passende Wort nicht sofort kennen oder nicht genau wissen, wie etwas ausgesprochen wird. Ihr:e Tandempartner:in kann Ihnen helfen und Sie korrigieren, oder Sie können lernen, das gesuchte Wort zu umschreiben. Diese Methode empfehle ich uneingeschränkt und für alle Lernniveaus, denn nur im Austausch mit Anderen können wir unser Wissen wirklich testen und Unklarheiten und Fehler erkennen. Die Pinnwände von Universitäten und Büchereien sind ein guter Anlaufpunkt, um Sprachpartner zu finden. Außerdem werden auf Online Plattformen wie ***www.Internations.org*** oder ***www.meetup.com*** Sprachtreffen organisiert. So lassen sich oft auch Sprachpartner:innen in Ihrer Stadt oder zumindest für eine Onlinesprachpartnerschaft finden!

Ein kleiner Tipp: Bereiten Sie sich auf Ihre Sprachtreffen schon vor, indem Sie Redewendungen wie „Ich heiße ...“, „ich komme aus ...“ oder „ich arbeite bei...“ auf Englisch vorbereiten und auswendig lernen. So gelingt Ihnen ein sicherer Einstieg in ein interessantes Gespräch!

Wenn Sie keine:n Partner:in finden oder doch zu unsicher sein sollten, sind Selbstgespräche auf Englisch auch eine super Möglichkeit, um sich neue Sätze zu merken, sie zu wiederholen oder für sich selbst zu beschreiben, was Sie in Ihrer Umgebung sehen. Vielleicht ist es besser dies im Auto oder zuhause zu machen anstatt in Bus oder Bahn – aber wer weiß, vielleicht treffen Sie ja so Ihre:n erste:n Tandempartner:in oder haben zumindest eine interessante englische Unterhaltung mit einem anderen Menschen!

## 1.4 Facebook- und Instagramcommunity

Da das Sprachenlernen sich manchmal wie eine lange, einsame Reise durch einen Dschungel von Vokabeln und Fachbegriffen anfühlen kann, ist die Vernetzung und der Austausch mit anderen Lernenden besonders wichtig, um Ihre Motivation langfristig zu erhalten. So finden Sie schneller Antworten auf Ihre offenen Fragen und erhalten durch die Kommentare und Probleme Anderer darüber hinaus wertvollen neuen Input und Denkanstöße. Auf Instagram werden unter **@englischerfolg** zahlreiche Fragen rund um das Thema Englischlernen diskutiert und beantwortet. Außerdem posten wir in unserer **Facebookgruppe „Englisch - praxisnah und einfach**“ täglich hilfreiche Tipps zu Grammatik, Wortschatz, Sprachverständnis und den häufigen Fehlerquellen - kostenlos und praxisnah! Dort haben Sie auch die Möglichkeit, direkt spezielle Fragen zu den Inhalten dieses Buchs zu stellen. Ich lege Ihnen diese Möglichkeit zur Vernetzung und Austausch mit anderen Lernenden und unserem Expert:innenteam sehr ans Herz - denn auch beim Sprachenlernen gilt: Gemeinsam sind wir stärker!

**www.facebook.com/groups/englischerfolg** **www.instagram.com/englischerfolg**

Schauen Sie heute schon in unserer Facebookgruppe vorbei und folgen Sie uns auch auf Instagram, um täglich neue Tipps und Impulse für Ihren persönlichen Lernweg zu erhalten. Einfach die QR Codes scannen oder den Links folgen!

## 1.5 Zugang zur Lernapp und die "Spaced Repetition" Methode

Vokabeln zu lernen ist gerade bei umfangreichem Fachwissen wie dem Business Englisch eine große Herausforderung. Die Menge an neuen Wörtern kann schlicht zu groß erscheinen. Wie soll ich das je lernen, wo fange ich an und ist stures Auswendiglernen wirklich die einzige Möglichkeit? Zum Glück können Sie sich mit moderner Technologie das Vokabellernen deutlich erleichtern. Es gibt zahlreiche Vokabelapps und Webseiten, die mit der Spaced Repetition Methode arbeiten, Sie können diese aber genauso gut selbst umsetzen.

Dabei legen Sie selbst fest, wann Sie welche Wörter wieder lernen möchten. Die Idee ist, dass tagtägliches Wiederholen nicht immer sinnvoll ist, sondern vielmehr das Wiederholen genau zum richtigen Zeitpunkt. Nehmen wir an, Sie lernen die Vokabeln aus einem Kapitel in diesem Buch. Manche werden Sie sich schneller merken können als andere, z.B. weil Sie sie schon kennen oder öfters gehört haben. Andere wiederum werden sich Ihnen erst nach häufigerem Wiederholen einprägen. Jeden Tag nun alle Wörter gleich häufig zu wiederholen kann frustrierend sein und Sie viel Zeit kosten. Legen Sie nun aber fest, dass Sie die schwierigeren Wörter schon morgen, die leichteren Wörter erst wieder in fünf Tagen wiederholen wollen, dann sparen

Sie eine Menge Zeit. Nach jedem Wiederholen entscheiden Sie neu, wann Sie das jeweilige Wort wieder abfragen wollen. So werden schwierige Wörter allmählich zu sehr vertrauten und die Intervalle zwischen den Wiederholungen erhöhen sich. Falls Sie ein Smartphone benutzen, empfehle ich Ihnen sehr, die App Anki auszuprobieren. Diese basiert auf der Spaced Repetition Methode und hat den Vorteil, dass Sie so überall schnell und einfach Vokabeln lernen können.

**TIPP** Um den Zugang zur Anki App und alle Vokabeln aus diesem Buch als **kostenlose** Karteikarten zu erhalten, schreiben Sie uns eine kurze E-Mail mit dem Betreff „Anki Karteikarten Business English“ an **team@aesverlag.de**. Wir senden Ihnen umgehend alles zu!

Ich empfehle Ihnen auch, Ihre Vokabelwiederholung über den Tag zu verteilen. Das hilft nicht nur dabei, sich neue Wörter leichter im Gedächtnis zu behalten, sondern reduziert auch den gefühlten „Stress“ beim Lernen. Nutzen Sie doch die Wartezeit auf Bus oder Bahn, in der Supermarktschlange oder beim Ladebalken Ihres PCs für ein paar Minuten Vokabellernen. So können Sie diese ansonsten mit Warten vergeudete Zeit sinnvoll nutzen und müssen abends nicht noch extra Ihre wertvolle Freizeit fürs Vokabelpauken opfern.

## 1.6 Die Pareto Methode (80/20)

Die 80/20 bzw. Pareto Methode besagt, dass 20% unserer Lernzeit zu 80% unseres Fortschritts beitragen. Oder umgekehrt, dass 80% unserer Lernzeit lediglich 20% unseres Fortschritts ausmachen. Man könnte sie deshalb auch einfach „Fokus aufs Wesentliche“ oder „gezieltes Lernen“ nennen. Für das Sprachenlernen heißt das konkret: Lassen Sie sich nicht vom Berg an Information erschlagen und suchen Sie gezielt die Themenbereiche und Vokabeln heraus, die für Ihr persönliches Lernziel am vielversprechendsten sind. Das Pareto Prinzip habe ich beim Aufbau dieses Buches bereits berücksichtigt. Alle Beispiele und Vokabeln wurden nach ihrer Wichtigkeit im Geschäftsalltag ausgewählt und komplizierte Spezialfälle oder seltene Sonderformen (diese gehören zu den 80% die nur wenig zu 20% Ihres Erfolgs beitragen) vermieden.

Wie Sie jedoch feststellen werden, können die Inhalte dieses Buches an einigen Stellen sehr ins Detail gehen. Durch die Diskussion fortgeschrittener Formulierungen stelle ich sicher, dass dieses Buch Ihnen noch lange, nachdem Sie die Grundlagen des Business Englisch bereits beherrschen, von großem Nutzen sein wird. Am Anfang besteht allerdings die Gefahr, sich an zu komplizierten Formulierungen (die nur 20% Ihres Lernerfolgs ausmachen werden) aufzuhalten, anstatt sich zuerst dem Wichtigsten anzunehmen. Beherzigen Sie also besonders beim Einstieg in dieses Buch die Pareto Methode und fokussieren Sie sich auf die für Sie wichtigsten neuen Inhalte! Sobald Sie damit eine solide 80% Grundlage gelegt haben, können Sie sich den Details zuwenden und Ihrem professionellen Englisch den letzten Feinschliff verpassen. Nutzen Sie diese Methode, um für sich selbst eine passende und effektive Lernmethode zu erarbeiten!

**Take Aways Kapitel 1** Am Ende jedes Kapitels finden Sie die wichtigsten **Take Aways**, in welchen die zentralen Informationen noch einmal ganz knapp und übersichtlich dargestellt sind. Außerdem finden Sie dort in vielen Kapiteln auch eine Liste neuer, themenbezogener Vokabeln in einer praktischer Übersicht. Das hilft Ihnen, die neu gelernten Inhalte direkt im Gespräch oder zur Übung anzuwenden! In diesem Buch werden darüber hinaus alle neuen Wörter und deren genaue Aussprache in einer leicht verständlichen, deutschen *[Lautschrift]* hinter dem Wort angegeben. Die deutsche Übersetzung ist in der (Klammern) gegeben, so dass Sie zu allen neu gelernten Wörtern sowohl die Aussprache als auch die direkte Übersetzung lernen können.

# 2. Business Englisch Basics



*In diesem Kapitel lernen Sie die wichtigsten Grundlagen (Basics) für Englisch im Geschäftskontext kennen. Neben der korrekten Schreibweise und Verwendung von Zahlen und Zeichen werden die Angabe und Formatierung von Uhrzeiten und Daten besprochen, welche sich ein wenig vom Deutschen unterscheiden. Der ausführliche Aufbauwortschatz mit den 100 nützlichsten Vokabeln zum Thema Business am Ende des Kapitels legt dann eine solide Grundlage und bietet Ihnen erste Anwendungsmöglichkeiten in Ihrem Geschäftsalltag.*

**Audiobeispiel 2.1** Alle wichtigen Vokabeln, Wendungen und Sätze finden Sie auch in den Audiodateien zu diesem Kapitel zum Anhören und Wiederholen.

## 2.1 Zahlen und Zeichen

In diesem Abschnitt beginnen wir bei den absoluten Basics, die für die geschäftliche Kommunikation unabdingbar sind. Vielleicht kennen Sie bereits einige der hier vorgestellten Vokabeln rund um Zahlen, verschiedene Zeichen und einige grundlegende mathematischen Begriffe, dennoch empfehle ich Ihnen, dieses Kapitel einmal vollständig durchzuarbeiten. Ich bin mir sicher, dass Sie auf die eine oder andere Formulierung stoßen werden, die Sie noch nicht kannten.

## Zahlen und Zählen

Die einfachsten Zahlen sind die Grundzahlen der folgenden Tabelle:

Grundzahlen von 1 bis 100

| **Englisch** | ***[Aussprache]*** | **Deutsch** |
|---|---|---|
| one | *[uon]* | eins |
| two | *[tu]* | zwei |
| three | *[ssri]* | drei |
| four | *[four]* | vier |
| five | *[faif]* | fünf |
| six | *[sigs]* | sechs |
| seven | *[säwen]* | sieben |
| eight | *[eit]* | acht |
| nine | *[nain]* | neun |
| ten | *[tän]* | zehn |
| eleven | *[iläven]* | elf |
| twelve | *[twälwe]* | zwölf |
| thirteen | *[ssörtien]* | thirteen |
| fourteen | *[fourtien]* | vierzehn |
| fifteen | *[fiftien]* | fünfzehn |
| sixteen | *[sikstien]* | sechzehn |
| seventeen | *[säwentien]* | siebzehn |
| eighteen | *[eittien]* | achtzehn |
| nineteen | *[naintien]* | neunzehn |
| twenty | *[twänti]* | zwanzig |
| thirty | *[ssörti]* | dreissig |
| **forty** | *[foarti]* | **vierzig** |
| fifty | *[fifti]* | fünfzig |
| sixty | *[sixti]* | sechzig |
| seventy | *[säwenti]* | siebzig |
| eighty | *[eiti]* | achtzig |
| ninety | *[nainti]* | neunzig |
| hundred | *[handred]* | hundert |
| thousand | *[ssausänd]* | tausend |
| million | *[milljon]* | Million |
| **billion** | *[billjon]* | **Milliarde** |
| **trillion** | *[trilljon]* | **Billion** |

Es sind zwei wichtige Punkte zu beachten, die schnell für Missverständnisse sorgen können:

- Die Bedeutung des falschen Freundes "billion" *[billjon]* (Milliarde), welcher nicht mit „Billion“ übersetzt werden darf!
- Ein sehr häufiger Fehler ist die falsche Schreibweise von „40“ also „fo**u**rty“! Das „u“ von „four“ entfällt und die korrekte Schreibweise lautet "forty" *[foarti]* (vierzig).

### Schreibweise höherer Zahlen

Bei der Schreibweise der Grundzahlen bestehen besonders bei größeren, zusammengesetzten Zahlen häufig Unklarheiten bezüglich der korrekten Trennung und Schreibweise von Zehner-, Hunderter- und Tausenderstellen:

- Zahlen **größer als 20** werden durch Verbindung der Zehner- und Einerstellen mit einem **Bindestrich „-“** gebildet. Zum Beispiel wird 21 geschrieben als „twenty-one“, 87 als „eighty-seven“.
- Zahlen **größer als 100** werden gebildet durch getrenntes Ausschreiben der Anzahl der Hunderter, gefolgt von „and“ und den Zehner- und Einerstellen gemäß dem vorherigen Punkt. 187 wird also ausgeschrieben als „one hundred and eigthy-seven“. Die Zahl 842 lautet ausgeschrieben „eight hundred and forty-two“.
- Zahlen **größer als 1000** werden gebildet durch getrenntes Ausschreiben der Anzahl der Tausender, gefolgt von den Hunderter-, Zehner- und Einerstellen gemäß den vorherigen Punkten. Die Zahl 1987 lautet also ausgeschrieben „one thousand nine hundred eighty-seven“.

### Aussprache der Zahl Null

Falls Sie sich fragen, was denn nun mit der Null ist - diese Zahl wird je nach Kontext unterschiedlich ausgesprochen. Beim Aufzählen von Telefonnummern, Hotelzimmern oder ähnlichem wird die Null wie der englische Buchstabe „o“*[ouh]* ausgesprochen, für Temperaturen lautet die Aussprache allerdings "zero" *[siro]* (Null). In der folgenden Tabelle sehen Sie die unterschiedlichen Aussprachen je nach Situation.

Aussprache der Zahl 0

| | Kontext | Beispiel | [Aussprache] |
|---|---|---|---|
| *[ouh]* | **nach** Dezimalpunkten | 3.01 | *[ssri poind ouh uon]* |
| | Raum-, Bus- oder Telefonnummern | Bus 602 | *[bas sigs ouh tu]* |
| | Zeitangaben | 4:05 AM | *[foar ouh faif ei äm]* |
| | Jahreszahlen | In the year 1906. | *[In sse jier naintin ouh sigs]* |
| *[siro]* | Gradangaben | It's 0° outside. | *[its siro digri aot-said]* |
| | Prozentangaben | 0% chance of rain. | *[siro pörsänt tschänds of rein]* |
| *[nil]* | Sportergebnisse | The score is 4-0. | *[sse skoar is foar nil]* |

**TIPP** Im Englischen werden auch häufig Buchstaben eingesetzt, um bestimmte Zahlenwerte abzukürzen. Diese sind

**k** Der Buchstabe „k“ steht als Abkürzung für das lateinische „kilo“ und bezeichnet die Zahl 1000, wie zum Beispiel die Angabe der Bildschirmauflösung mit „4k“, welche für 4000 steht.

**m** Der Buchstabe „m“ steht für „million“ und bezeichnet die Zahl 1 000 000, zum Beispiel „4m $“ oder 4 000 000 US-Dollar.

**bn** Die Buchstaben „bn“ stehen für „billion“ und bezeichnen die Zahl 1 000 000 000, zum Beispiel das Bruttoinlandsprodukt der Bundesrepublik Deutschland im Jahr 2019: „3.436 bn Euro“.

## Ordnungszahlen (Ordinalzahlen)

Die folgende Tabelle gibt eine Übersicht der wichtigsten Ordnungszahlen (Ordinalzahlen) im Englischen, welche sich aus den oben genannten Grundzahlen ableiten. Ob beim Jahresabschlussbericht oder für die Agenda des nächsten Meetings - um die korrekte Verwendung der Ordinalzahlen werden Sie nicht vorbeikommen! Sie legen außerdem die Grundlage für die Datums- und Zeitangaben, welche am Ende dieses Kapitels vorgestellt werden.

## Ordinalzahlen

| **Englisch** | ***[Aussprache]*** | **Deutsch** |
|---|---|---|
| first | *[först]* | erste |
| second | *[säkend]* | zweite |
| third | *[ssörd]* | dritte |
| fourth | *[forss]* | vierte |
| fifth | *[fifss]* | fünfte |
| sixth | *[sigss]* | sechste |
| seventh | *[säwenss]* | siebte |
| eighth | *[eitss]* | achte |
| ninth | *[nainss]* | neunte |
| tenth | *[tänss]* | zehnte |
| eleventh | *[ilävenss]* | elfte |
| twelfth | *[twälwess]* | zwölfte |
| thirteenth | *[ssörtienss]* | dreizehnte |
| fourteenth | *[fourtienss]* | vierzehnte |
| fifteenth | *[fiftienss]* | fünfzehnte |
| sixteenth | *[sikstienss]* | sechzehnte |
| seventeenth | *[säwentienss]* | siebzehnte |
| eighteenth | *[eittienss]* | achtzehnte |
| nineteenth | *[naintienss]* | neunzehnte |
| twentieth | *[twäntiss]* | zwanzigste |
| thirtieth | *[ssörtiss]* | dreissigste |
| fortieth | *[fortiss]* | vierzigste |
| fiftieth | *[fiftiss]* | fünfzigste |
| sixtieth | *[sixtiss]* | sechzigste |
| seventieth | *[säwentiss]* | siebzigste |
| eightieth | *[eitiss]* | achtzigste |
| ninetieth | *[naintiss]* | neunzigste |
| hundredth | *[handredss]* | hundertste |
| thousandth | *[ssausändss]* | tausendste |
| millionth | *[milljonss]* | millionste |

Im Deutschen können Ordinalzahlen einfach durch einen Punkt abgekürzt werden, zum Beispiel „1. = erstes“. Im Englischen werden zur Abkürzung verschiedene Endungen gemäß den folgenden Regeln an die Grundzahl angehängt:

**-st** Wenn die Zahl auf *eine* 1 endet, zum Beispiel "21st" *[twäntiförrst]* (21.). Dies gilt nicht, wenn die Zahl auf 11 endet, z.B. "111th" *[ouanhandre-dilävenss]* (111.).

**-nd** Wenn die Zahl auf *eine* 2 endet, zum Beispiel "42nd" *[fortisäkend]* (42.). Dies gilt nicht, wenn die Zahl auf 12 endet, z.B. "212th" *[tu-handredtwälwess]* (212.)

**-rd** Wenn die Zahl auf *eine* 3 endet, zum Beispiel "53rd" *[fiftissörd]* (53.). Dies gilt nicht, wenn die Zahl auf 13 endet, z.B. "313th" *[ssrihandredssör-tinss]* (313.)

**-th** In den restlichen Fällen, inklusive Zahlenendungen auf 11, 12 und 13.

**TIPP** Wie Sie im folgenden Abschnitt zu den Datumsangaben lernen werden, sind diese Endung oft hinter der Grundzahl hochgestellt, um die Ordnungszahl zu bilden. Zum Beispiel: $1^{st}$, $32^{nd}$

## Dezimalstellen

Im Deutschen wird ein Komma „," gesetzt, um Dezimalstellen zu kennzeichnen, während zur Tausendertrennung Punkte „." verwendet werden. Im Englischen verhält es sich genau umgekehrt, zur Kennzeichnung von Nachkommastellen wird „." "point" *[poiänt]* (Punkt) verwendet, und zur Trennung von Tausenderbeträgen ein Komma „," "comma" *[komma]* (Komma). Diese Satzzeichen werden bei der Aussprache von Zahlen ebenfalls gesprochen, zum Beispiel:

| **Englisch** | ***[Aussprache]*** | **Deutsch** |
|---|---|---|
| 1.36 | *[uon poiänt ssri sigs]* | eins Komma drei sechs |
| 2,003.06 | *[tu ssausänd ssri poiänt ouh sigs]* | zweitausend drei Komma null sechs |
| 1.46m | *[uon poiänt foar sigs mill-jon]* | eins Komma vier sechs Millionen |
| 74.32k | *[säwentifor ssausänd poiänt ssri tu]* | siebenundvierzig tausend Komma drei zwei |

Eine wichtige und für den Businessbereich sehr relevante Ausnahme von dieser Regel ist das Lesen von Geldbeträgen mit Dezimalstellen! Anstatt des Punktes wird das Wort "and" *[änd]* (und) gesprochen, was in der Alltagssprache allerdings auch entfallen kann, so dass ganz einfach die Vor- und Nachkommabeträge gelesen werden. Zum Beispiel:

- **25.25$**: „twenty five dollars and twenty-five cents“ oder einfach „twenty five dollars twenty five“.
- **12.76€**: „twelve euros and seventy-six cents“ oder einfach „twelve euros seventy six“.

## Brüche

Brüche zweier Zahlen bestehen aus Zähler (obere Zahl) und Nenner (untere Zahl). Im Englischen können diese auf zwei verschiedene Arten gelesen werden. Die häufigste Lesart ist es, für den Zähler die Grundzahl und für den Nenner die Ordinalzahl zu verwenden. Dies stimmt mit der deutschen Verwendung überein. Ausgeschrieben werden Zähler und Nenner mit einem Bindestrich verbunden, also wird „1/4“ geschrieben als „one-fourth“.

Wie im Deutschen bilden Brüche mit „2“ im Nenner eine Ausnahme von dieser Regel. Hier wird **nicht** „second“ verwendet, sondern "half" *[haaf]* (halb)! Beachten Sie, dass bei der Aussprache von „half“ der Buchstabe „l“ stumm ist und das „a“ etwas länger gehalten wird.

Stehen im Nenner hohe Zahlen oder Dezimalzahlen wird diese Aussprache schnell kompliziert. Stattdessen können einfach die Grundzahlen in Zähler und Nenner verwendet werden, mit dem Wort "over" *[ouwer]* (über) dazwischen. Das entspricht der deutschen Sprechweise mit „durch“.

| **Bruch** | **Englisch** | ***[Aussprache]*** | **Deutsch** |
|---|---|---|---|
| 1/2 | one half | *[uon haaf]* | einhalb |
| 2 1/2 | two and a half | *[tu änd a haaf]* | zweieinhalb |
| 3/4 | three-fourth | *[ssri foarss]* | drei Viertel |
| 4/13 | four-thirteenth | *[foar ssörtienss]* | vier Dreizehntel |
| 6/77.23 | six over seventy-seven point two three | *[sigs ouwer säwentisäwen poiänt tu ssri]* | sechs durch siebenundsiebzig komma zwei drei |

## Prozentangaben

Wie auch im Deutschen sind Prozentangaben sehr einfach auszudrücken. Es wird dazu lediglich hinter die Grundzahl das Wort „per cent“ im UK Englischen und „percent“ im US Englischen *[pärsänt]* (Prozent) angehängt. Beachten Sie dabei die besondere Aussprache der Null, welche bei Prozentangaben als *[siro]* gelesen wird.

| **Prozent** | **Englisch** | ***[Aussprache]*** | **Deutsch** |
|---|---|---|---|
| 100% | one hundred percent | *[uon handräd pärsänt]* | einhundert Prozent |
| 0% | **zero** percent | *[**siro** pärsänt]* | **null** Prozent |
| 407.05% | fourhundred seven point zero five percent | *[foarhandräd säwen poiänt siro faif pärsänt]* | vierhundert sieben komma null fünf Prozent |

Abschließend lernen Sie hier noch die Aussprache verschiedener Rechenoperationen kennen, welche Ihnen im Geschäftsalltag oder bei der Besprechung von Daten sehr bald von Nutzen sein werden.

| **Zeichen** | **Englisch** | ***[Aussprache]*** | **Deutsch** |
|---|---|---|---|
| a+b | a plus b | *[ei plass bi]* | a plus b |
| a-b | a minus b | *[ei mainus bi]* | a minus b |
| a*b | a times b | *[ei taims bi]* | a mal b |
| a/b | a divided by b | *[ei diwaided bai bi]* | a geteilt durch b |
| $a^b$ | a to the power of b | *[ei tu sse paua off bi]* | a hoch b |
| a=b | a equals b | *[ei ikwals bi]* | a ist gleich b |

## Satzzeichen

Wie auch im Deutschen gibt es eine Vielzahl verschiedener Satzzeichen die im Englischen analog verwendet werden. Die umseitige Tabelle gibt Ihnen eine umfassende Übersicht der relevantesten Zeichen.

**TIPP** Im Englischen werden die Anführungszeichen anders als im Deutschen immer oben gesetzt, also "quotation marks“ und nicht „quotation marks“ (Anführungszeichen).

| Zeichen | Englisch | *[Aussprache]* | Deutsch |
|---|---|---|---|
| . | point, dot | *[point, dott]* | Punkt (Kommazahlen, URLs) |
| | period (US), full stop (UK) | *[piriod, fuhl stop]* | Punkt (im Satz) |
| , | comma | *[komma]* | Komma |
| ; | semicolon | *[semikolon]* | Strichpunkt, Semikolon |
| : | colon | *[kolon]* | Doppelpunkt |
| ? | question mark | *[kwäsdschn mark]* | Fragezeichen |
| ! | exclamation mark | *[äksklameischon mark]* | Ausrufezeichen |
| " | quotation mark | *[kwoteischon mark]* | Anführungszeichen |
| ' | apostrophe | *[apoustrof]* | Apostroph |
| | space | *[sbeis]* | Leerzeichen |
| () | parentheses, round/open brackets | *[parentisies, raund/oupän bräkets]* | runde Klammern |
| [] | square/closed brackets | *[skwär/kloused bräkets]* | eckige Klammern |
| { } | curly brakets | *[körli bräkets]* | geschweifte Klammern |
| / | slash | *[släsch]* | Schrägstrich |
| \ | backslash | *[bägsläsch]* | umgekehrter Schrägstrich |
| _ | understrike | *[anderstreik]* | Unterstrich |
| - | hyphen | *[haiffen]* | Bindestrich |
| \| | pipe | *[paip]* | senkrechter Strich |
| @ | at sign | *[ätt sain]* | At-Zeichen |
| # | number sign | *[namber sain]* | Rautezeichen |
| | hash | *[häsch]* | Hash |
| ~ | tilde | *[tilde]* | Tilde |
| * | asterisk | *[asterisk]* | Asterisk |

## 2.2 Daten und Uhrzeiten

In diesem Abschnitt lernen Sie die korrekte Schreibweise und Aussprache von Daten und Uhrzeiten im Englischen kennen. Dabei bestehen zwischen dem britischen und amerikanischen Englisch leichte Unterschiede, die Sie auf jeden Fall beachten sollten, damit es bei der Vereinbarung von Terminen nicht zu Missverständnissen kommt!

### Zeitangaben und Daten

Bevor die unterschiedlichen Datumsangaben besprochen werden, ist es wichtig, die Wochentage und Monate zu kennen. Diese sind in der folgenden Tabelle aufgeführt:

Wochentage und Monate

| **Englisch** | ***[Aussprache]*** | **Deutsch** |
|---|---|---|
| Monday | *[manndei]* | Montag |
| Tuesday | *[tjusdei]* | Dienstag |
| Wednesday | *[wenndsdei]* | Mittwoch |
| Thursday | *[ssörsdei]* | Donnerstag |
| Friday | *[fraidei]* | Freitag |
| Saturday | *[saturdei]* | Samstag |
| Sunday | *[sanndei]* | Sonntag |
| January | *[dschänjuari]* | Januar |
| February | *[februari]* | Februar |
| March | *[martsch]* | März |
| April | *[eipril]* | April |
| May | *[mei]* | Mai |
| June | *[dschune]* | Juni |
| July | *[dschulai]* | Juli |
| August | *[oagust]* | August |
| September | *[septämber]* | September |
| October | *[oktober]* | Oktober |
| November | *[novämber]* | November |
| December | *[diesember]* | Dezember |
| year | *[jier]* | Jahr |
| quarter | *[kwoartär]* | Quartal |
| month | *[manns]* | Monat |
| week | *[wiek]* | Woche |

**TIPP** Beachten Sie, dass Wochentage und Monate im Englischen immer groß geschrieben werden, egal wo sie im Satz stehen!

Gerade bei Geschäftskorrespondenz, wo es auf effiziente Kommunikation ankommt, können Wochentage und Monate auch in abgekürzter Form geschrieben werden. Dafür werden meist die ersten drei Buchstaben ausgeschrieben, zum Beispiel:

- March - Mar
- January - Jan
- October - Oct
- Tuesday - Tue
- Thursday - Thu
- Sunday - Sun

Beachten Sie, dass im Gegenteil zum Deutschen kein Punkt nach dem abgekürzten Wochentag gesetzt werden kann.

### Datumsangaben und -formate

Wie bereits erwähnt gibt es einen wichtigen Unterschied zwischen den Datumsangaben, je nachdem ob das britische oder amerikanische Format verwendet wird. Im **britischen (UK) Englisch** entspricht die Reihenfolge von Tag, Monat und Jahr dem Deutschen, wobei neben Punkten auch Binde- oder Schrägstriche als Trennzeichen verwendet werden können. Es ist aber darauf zu achten, diese einheitlich zu benutzen und nicht zu vermischen. Folgende Datumsangaben sind im UK Englisch alle richtig und von gleicher Bedeutung:

| | | | | |
|---|---|---|---|---|
| **Tag** | . | **Monat** | . | **Jahr** |
| **Tag** | - | **Monat** | - | **Jahr** |
| **Tag** | / | **Monat** | / | **Jahr** |

Im Gegenteil dazu wird im **amerikanischen (US) Englisch** der Monat an den Anfang der Datumsangabe gestellt, gefolgt von Tag und Jahr. Hier gilt also:

| | | | | |
|---|---|---|---|---|
| **Monat** | . | **Tag** | . | **Jahr** |
| **Monat** | - | **Tag** | - | **Jahr** |
| **Monat** | / | **Tag** | / | **Jahr** |

Das Datum 12.08.2021 würde im UK Englisch also als 12. August, im US Englisch allerdings als der 8. Dezember gelesen werden! Ein hilfreicher Trick, um Missverständnissen bei der Datumsabsprache vorzubeugen ist es daher, den Monat explizit auszuschreiben. Dann werden keine Trennzeichen verwendet und es heißt:

| | | |
|---|---|---|
| **12** | **August** | **2021** (UK) |
| **August** | **12** | **2021** (US) |

Soll der genaue Wochentag eines Datums betont werden, kann dieser ebenfalls ausgeschrieben und mit einem Komma an den Anfang der Datumsangabe gestellt werden:

| | | | |
|---|---|---|---|
| **Thursday,** | **12** | **August** | **2021** (UK) |
| **Thursday,** | **August** | **12** | **2021** (US) |

Der Tag kann auch mit der entsprechenden Ordnungszahl angegeben werden, welche Sie in diesem Kapitel bereits kennen gelernt haben. Hierbei bleibt die Reihenfolge gleich, allerdings muss beachtet werden, dass die Ordnungszahl niemals mit Punkt, sondern immer mit den hochgestellten Endungen $^{st}$, $^{nd}$, $^{rd}$ oder $^{th}$ bezeichnet werden:

| | | | |
|---|---|---|---|
| **Thursday,** | 22$^{nd}$ | **August** | **2021** (UK) |
| **Thursday,** | **August** | 22$^{nd}$ | **2021** (US) |

Bei allen Datumsangaben muss beachtet werden, dass die Tage zwar als Grundzahl geschrieben, doch immer als die entsprechende Ordnungszahl ausgesprochen werden! Es heißt also "January 12 2021" *[dschänuari twälfss tu ssausand twäntiuon]* (12. Januar 2021)! Hören Sie sich die Erklärungen in den Audiodateien zu diesem Kapitel an, um den Unterschied zu verinnerlichen.

**Audiobeispiel 2.2** Die korrekte Aussprache der verschiedenen Datumsangaben finden Sie in den Audiodateien zu diesem Kapitel.

### Datumsangaben und Präpositionen

Steht eine Datumsangabe nicht allein (wie zum Beispiel in einem Briefkopf), sondern innerhalb eines Fließtextes, dann muss die richtige Präposition verwendet werden. Diese unterscheiden sich je nachdem ob über ein Jahr, Monat oder Tag angegeben wird. Bezieht sich die Zeitangabe auf einen konkreten Monat, muss die Präposition „in" verwendet werden:

| Präposition | Beschreibt die Zeit... | Deutsch |
|---|---|---|
| **in** | *In* einem/r Monat/Jahreszeit<br>*an* einem Zeitraum des Tages | im<br>am |
| **Beispiele** | We'll visit the factory *in* January.<br>*In* August we expect higher sales. | Wir werden die Fabrik *im* Januar besuchen.<br>Wir erwarten höhere Verkaufszahlen *im* August. |

Wird dagegen über einen konkreten Tag oder in bestimmtes Datum gesprochen, wird die Präposition „on" verwendet.

| Präposition | Beschreibt die Zeit... | Deutsch |
|---|---|---|
| **on** | *an* einem Wochentag<br>*an* einem bestimmten Datum | am<br>am |
| **Beispiele** | I don't work *on* Saturday.<br>*On* March 2, I will retire.<br>*On* September 17 1987 the world has changed. | Ich arbeite *am* Samstag nicht.<br>Ich gehe *am* 2. März in den Ruhestand.<br>*Am* 17. September 1987 veränderte sich die Welt. |

### Schreibweise der Jahreszahlen

Die Schreibweise der Jahreszahlen ist im offiziellen und umgangssprachlichen Englischen leicht verschieden.
Im **offiziellen Englisch** werden Angaben *vor* dem Jahr 2000 beginnend mit der Jahreszahl in Hunderterstellen ausgeschrieben. Das Jahr 1952 lautet in

Worten „nineteen hundred and fifty-two“. Alle Angaben *nach* dem Jahr 2000 werden beginnend mit der Tausenderstelle „two thousand“ ausgeschrieben, gefolgt von den Hunderter-, Zehner- und Einerstellen. Das Jahr 2021 lautet in Worten „two thousand and twenty-one“. Diese Schreibweisen gelten sowohl für die gesprochene als auch für die geschriebene Sprache in einem offizielleren Kontext.

Im Gegensatz dazu wird im **umgangssprachlichen, gesprochenen Englisch** die Jahreszahl in zwei Zehnergruppen getrennt und diese nacheinander ausgesprochen. Das Jahr 1995 wird also gesprochen als „nineteen ninety-five“ und das Jahr 2012 dementsprechend „twenty twelve“. Die einzige Ausnahme bilden die Jahre 2000 bis 2009. Hier wird die Tausenderstelle „two thousand“ vorangestellt, gefolgt von „0“*[ouh]* und der entsprechenden Jahreszahl. Das Jahr 2005 lautet also umgangssprachlich gesprochen „twenty ouh five“ *[twänti ouh faif]* .

Besonders bei historischen Angaben finden sich noch die folgenden Abkürzungen hinter der Jahreszahl:

**BC** steht für **B**efore **C**hrist und entspricht dem Deutschen „vor Christus“, zum Beispiel das Jahr 504 BC.

**AD** steht für das lateinische **A**nno **D**omini was dem Deutschen „im Jahre des Herrn“ entspricht.

**BCE** steht für **B**efore the **C**ommon/**C**urrent/**C**hristian **E**ra und entspricht dem Deutschen „vor unserer Zeitrechnung“.

**CE** steht für **C**ommon/**C**urrent/**C**hristian **E**ra und entspricht dem Deutschen „unserer Zeitrechnung“.

**TIPP** Die Angaben BC/AD haben im Englischen den gleichen **religiösen Unterton** wie auch im Deutschen und sollten daher generell besser nicht verwendet werden. Indem Sie stattdessen BCE/CE verwenden, vermeiden Sie potentielle Konflikte und begegnen Gesprächspartnern aller Kulturen und Herkunft neutral und auf Augenhöhe.

## Uhrzeiten

Anders als im Deutschen basiert das englische Uhrzeitformat nicht auf 24, sondern auf 12 Stunden. Zeitangaben zwischen 00:00 und 11:59 Uhr werden durch das Nachstellen der Abkürzung **am***[ei äm]* gekennzeichnet. Den

Uhrzeiten zwischen 12:00 und 23:59 Uhr wird die Endung **pm***[pi äm]* nachgestellt. Zu beachten ist auch die korrekte Trennung von Stunden und Minuten, welche im britischen Englisch (UK) durch einen Punkt „**.**“, im Amerikanischen (US) jedoch durch einen Doppelpunkt „**:**“ getrennt werden:

4.32 pm (UK)
4:32 pm (US)

Im internationalen Kontext ist die amerikanische Schreibweise gebräuchlicher, allerdings wird die Britische auch problemlos verstanden. Die Angabe von **„am“/“pm“ ist unbedingt nötig**, da sonst nicht klar ist, von welcher Tageshälfte die Rede ist! Diese offizielle Schreibweise wird ganz einfach durch aufeinanderfolgendes Sprechen der jeweiligen Stunden und Minuten gefolgt von „am“ bzw. „pm“ ausgesprochen. Bei Minutenzahlen zwischen 01 und 09 kann die Zahl Null als *[ouh]* mitgesprochen werden.

"7:45 pm"

*[säwen forti faif pi äm]*

"6:07 am"

*[siggs ouh säwen ei äm]*

**TIPP** Falls Sie sich das schon immer gefragt haben: Die Abkürzungen **am**/**pm** leiten sich vom Lateinischen „**a**nte“/„**p**ost“ „**m**eridiem“ ab, was vor-/nach Mittag bedeutet.

### Uhrzeiten im informellen Englisch

Neben der offiziellen Uhrzeit kann die Uhrzeit im informellen und gesprochenen Englisch auch relativ zur vollen Stunde beschrieben werden. Das Ziffernblatt auf der nächsten Seite fasst sind Regeln zur Uhrzeitangabe zusammen. Diese sind:

- Die **volle Stunde** wird mit "o'clock" *[oh klogg]* (um... Uhr) bezeichnet, 16 Uhr ist also 4 o'clock. Anders als das deutsche „Uhr“ wird „o'clock“ nur bei vollen Stunden verwendet. Dies ist nicht kombinierbar mit den Endungen „am“/“pm“, richtig ist „4 o'clock“ und *niemals* „4 o'clock pm“!
- Für alle Uhrzeiten zwischen **Minute 1 bis 30** lautet das Format „Minute "past" *[past]* (nach) Stunde“, zum Beispiel heißt 16:20 Uhr im Englischen „twenty past four pm“.

- Die **halbe Stunde** wird mit „half past" Stunde angegeben, zum Beispiel heißt 16:30 Uhr „half past four pm".
- Für alle Uhrzeiten zwischen **Minute 31 bis 59** lautet das Format „Minute "to" *[tu]* (bis) folgende Stunde", zum Beispiel heißt 16:40 Uhr im Englischen „twenty to five pm".

Dabei werden zuerst die entsprechenden Minuten gefolgt von „past" bzw. „to" und der vollen Stunde genannt:

| | | | | |
|---|---|---|---|---|
| | | volle Stunde | | **o'clock** |
| Minute | **past** | Stunde | am/pm | |
| half | **past** | Stunde | am/pm | |
| Minute | **to** | Stunde | am/pm | |

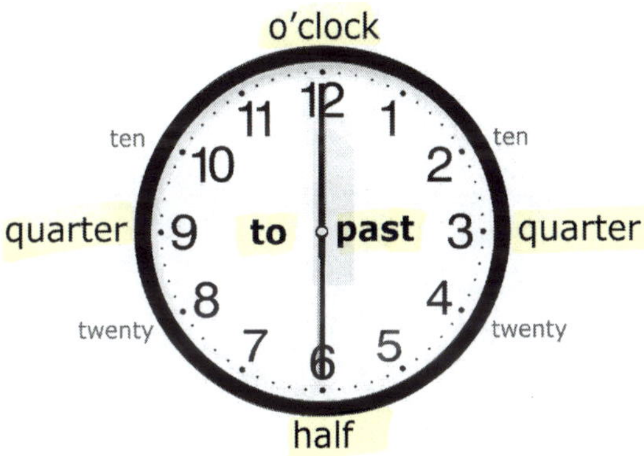


- Die Viertelstunde heißt im Englischen "**quarter**" *[kwoartär]* (Viertel) und kann ebenfalls mit „past"/"to" und der jeweiligen Stunde verwendet werden. Zum Beispiel heißt 14:15 Uhr „quarter past two pm" und 17:45 Uhr „quarter to six pm".
- Uhrzeiten, die sich auf **Mitternacht** beziehen, können mit "midnight" *[midnait]* (Mitternacht) angegeben werden. Für 12 Uhr **mittags** wird "midday" *[middei]* (Mittag) oder "noon" *[nuhn]* (Mittag) verwendet.
- Im gesprochenen US Englisch können statt „to" auch "till" *[till]* (bis) oder "before" *[bifoar]* (vor) verwendet werden. 5:40 kann also entweder als „twenty to six", „twenty before six" oder „twenty till six" gesprochen werden.

Betrachten Sie dazu abschließend die folgende Gegenüberstellung der Uhrzeitformate:

| Offiziell | Informell | Deutsch |
|---|---|---|
| 3:20 pm | twenty past three pm | 15:20 Uhr |
| 5:40 pm | twenty to six pm | 17:40 Uhr |
| 12:00 am | midnight | 00:00 Uhr |
| 12:00 pm | noon | 12:00 Uhr |
| 1:15 am | quarter past one am | 01:15 Uhr |
| 6:00 pm | six o'clock | 18:00 Uhr |

### Uhrzeit und Präpositionen

Wird über bestimmte Uhrzeiten geredet, muss im Englischen die Präposition "at" *[ätt]* (um) verwendet werden:

| Präposition | Beschreibt die Zeit... | Deutsch |
|---|---|---|
| **at** | *Zu* einer/m bestimmten Uhrzeit/Zeitpunkt | um |
| | Nachts | in |
| | An Festtagen und zu Essenszeiten | an/beim |
| **Beispiele** | Our plane arrives *at* night. | Unser Flugzeug kommt *nachts* an. |
| | The meeting will start *at* 8 o'clock. | Die Besprechung wird *um* 8 Uhr beginnen. |
| | *At* lunch we discussed new ideas. | *Beim* Mittagessen besprachen wir neue Ideen. |

### Internationale Zeitzonen

Im internationalen Wirtschaftsaustausch werden Ihnen früher oder später die Zeitzonen anderer Länder und ihre verschiedenen Abkürzungen begegnen. In der folgenden Tabelle lernen Sie die am häufigsten vorkommenden Zeitzonen und ihre jeweilige Zeitverschiebung relativ zur mitteleuropäischen Zeit (MEZ) kennen. Die Angabe der richtigen Zeitzone ist ein wichtiger Punkt, wenn Sie mit internationalen Geschäftspartnern Termine koordinieren. Die Zeitzone wird der entsprechenden Uhrzeit nachgestellt, zum Beispiel 4:30 PM PST.

| Abkürzung | Name | Region | relativ zur MEZ |
|---|---|---|---|
| PST | Pacific Standard Time | US-Westküste | -8 |
| MST | Mountain Standard Time | Westliche USA | -7 |
| CST | Central Standard Time | Östliche USA | -6 |
| EST | Eastern Standard Time | US-Ostküste | -5 |
| GMT | Greenwich Mean Time | UK | -1 |
| CET | Central European Time | Zentraleuropa | 0 |
| EET | Eastern European Time | Osteuropa | +1 |
| MSK | Moscow Standard Time | Moskau | +2 |
| JST | Japan Standard Time | Japan | +8 |
| AET | Australia Eastern Time | Australien Ostküste | +9 |

## 2.3 Business Englisch Grundwortschatz

Die folgende Liste bildet einen Grundwortschatz der wichtigsten Businessvokabeln, die sorgfältig nach Relevanz und Häufigkeit für dieses Buch zusammengestellt und alphabetisch sortiert wurde. Indem Sie diese Liste nach und nach in ihre Lernroutine aufnehmen, werden Sie schon nach kürzester Zeit ein solides Fundament für Ihren Arbeitsalltag auf Englisch aufgebaut haben.

## Grundwortschatz Business Englisch

| **Englisch** | ***[Aussprache]*** | **Deutsch** |
|---|---|---|
| advantage | *[ädwantädsch]* | Vorteil |
| advertisement | *[ädwärtaismänt]* | Werbung |
| agenda | *[adschenda]* | Agenda |
| annual | *[anjual]* | jährlich |
| application | *[äpplikeischon]* | Bewerbung |
| authorization | *[ossoraiseischon]* | Autorisierung |
| banknote | *[bänknout]* | Banknote |
| biannual | *[baiänjual]* | halbjährlich |
| bill | *[bill]* | Rechnung (UK) |
| billboard | *[billbord]* | Werbetafel |
| boss | *[boss]* | Vorgesetzte:r |
| brand | *[bränd]* | Marke |
| budget | *[badsched]* | Budget |
| cashier | *[käschier]* | Kassierer:in |
| check | *[tschäk]* | Rechnung (US) |
| commission | *[komischon]* | Provision |
| commodity | *[kommoditi]* | Ware |
| company | *[kompani]* | Firma |
| confirmation | *[konfirmeischon]* | Bestätigung |
| consumer | *[konsjumer]* | Konsument:in |
| costs | *[kosts]* | Kosten |
| co-worker | *[kou wörkär]* | Mitarbeiter:in |
| customer | *[kastumor]* | Kund:in |
| debt | *[det]* | Schulden |
| decrease | *[dikris]* | Abnahme |
| deficit | *[däfisit]* | Defizit |
| delivery | *[diliweri]* | Lieferung |
| demand | *[dimand]* | Nachfrage |
| disadvantage | *[disadwantädsch]* | Nachteil |
| distribution | *[distribjuschon]* | Distribution |
| earning | *[örning]* | Gewinn |
| employee | *[emploje]* | Angestellte:r |
| employer | *[emplojär]* | Arbeitgeber:in |
| equipment | *[äkwipmänt]* | Ausstattung |

| **Englisch** | ***[Aussprache]*** | **Deutsch** |
|---|---|---|
| estimate | *[ästimet]* | Kostenvoranschlag |
| experience | *[äkspiriens]* | Erfahrung |
| facilities | *[fasilities]* | Anlagen |
| feedback | *[fiedbäk]* | Rückmeldung |
| full-time | *[ful taim]* | Vollzeit |
| goal | *[goul]* | Ziel |
| growth | *[grouss]* | Wachstum |
| hourly | *[aorli]* | stündlich |
| improvement | *[impruwmänt]* | Verbesserung |
| increase | *[inkris]* | Zunahme |
| industry | *[industri]* | Industrie |
| inflation | *[infleischon]* | Inflation |
| interest | *[intäräst]* | Zinsen |
| interview | *[interwju]* | Vorstellungsgespräch |
| inventory | *[inwäntori]* | Inventar |
| investment | *[inwästment]* | Investition |
| invoice | *[inwois]* | Rechnung |
| loan | *[loun]* | Darlehen |
| lucrative | *[ljukratiw]* | lukrativ |
| management | *[mänädschmänd]* | Geschäftsführung |
| market | *[markät]* | Markt |
| maternity leave | *[materniti lief]* | Mutterschaftsurlaub |
| meeting | *[miting]* | Treffen |
| merger | *[mördschär]* | Fusion |
| monthly | *[monssli]* | monatlich |
| offer | *[offär]* | Angebot |
| order | *[ordär]* | Bestellung |
| output | *[autput]* | Arbeitsergebnis |
| overtime | *[ouwertaim]* | Überstunden |
| part-time | *[part taim]* | Teilzeit |
| payment | *[peimänt]* | Bezahlung |
| penalty | *[penalti]* | Strafe |
| product | *[prodakt]* | Produkt |
| profit | *[profit]* | Profit |
| promotion | *[promouschon]* | Beförderung |
| public holidays | *[pablik hollideis]* | Feiertage |

| **Englisch** | ***[Aussprache]*** | **Deutsch** |
|---|---|---|
| purchase | *[pörtschäs]* | Einkauf |
| quarterly | *[kwarterli]* | vierteljährlich |
| recruit | *[rekrut]* | Neuling |
| refund | *[rifand]* | Rückerstattung |
| remuneration | *[remjunäreischon]* | Vergütung |
| report | *[riport]* | Bericht |
| result | *[risalt]* | Ergebnis |
| risk | *[risk]* | Risiko |
| salary | *[säläri]* | Gehalt |
| scarcity | *[skarsiti]* | Mangel |
| sick leave | *[sick lief]* | Krankheitsurlaub |
| stock | *[stock]* | Aktie |
| strike | *[straik]* | Streik |
| supply | *[supplai]* | Angebot |
| support | *[support]* | Unterstützung |
| to borrow | *[tu borrou]* | leihen |
| to dismiss | *[tu dismis]* | ablehnen |
| to fire | *[tu fair]* | entlassen |
| to guarantee | *[tu gäränti]* | garantieren |
| to hire | *[tu haier]* | einstellen |
| to launch | *[tu launsch]* | starten |
| to pay | *[tu pei]* | bezahlen |
| to resign | *[tu risain]* | kündigen |
| to retire | *[tu retaier]* | in Ruhestand gehen |
| to rise | *[tu rais]* | steigen |
| trademark | *[treidmark]* | Markenzeichen |
| trainee | *[treini]* | Auszubildende:r |
| wage | *[weidsch]* | Lohn |
| weekly | *[wikli]* | wöchentlich |
| wholesaler | *[houlseiler]* | Großhändler |
| worker | *[wörkär]* | Arbeiter:in |

**Audiobeispiel 2.3** Den gesamten Grundwortschatz aus dieser Liste finden Sie auch zum Anhören und Nachsprechen in den Audiodateien zu diesem Buch.

**Take Aways Kapitel 2**

- Das Wort "billion" *[billjon]* (Milliarde) ist ein falscher Freund und darf nicht mit „Billion“ übersetzt werden.
- Zur Trennung von **Dezimalzahlen** werden im Englischen Punkte verwendet, zum Beispiel die Zahl 3.41321.
- Es gibt zwei Arten der **Datumsangabe**: Tag-Monat-Jahr (UK) und Monat-Tag-Jahr (US). Die Tage werden als Ordinalzahlen gelesen.
- Zeitangaben müssen im offiziellen Englisch immer mit „am“/“pm“ gemacht werden, um die korrekte Tageshälfte anzugeben.
- Für Zeitangaben mit Monaten wird die Präposition „in“ verwendet, für Tage und konkrete Daten „on“.
- Die Bezeichnung „o'clock“ wird nur für volle Stunden und niemals mit „am“/“pm“ verwendet.

# 3. Vorstellung und Small Talk



*In diesem Kapitel lernen Sie, wie Sie sich selbst und Andere korrekt auf Englisch vorstellen. Darüber hinaus wird das sehr wichtige Thema des „Small Talks" (Alltagsgespräche) behandelt, so dass Sie sich am Ende dieses Abschnitts sicher und selbstbewusst in verschiedenste Situationen des Arbeitsalltags ausdrücken und verständigen können.*

Der erste Eindruck ist entscheidend! Eine überzeugende Vorstellung von sich selbst, Ihrer Firma und Ihren Mitarbeitern steht am Anfang jeder erfolgreichen Geschäftsbeziehung. Im Folgenden lernen Sie zuerst verschiedene Phrasen und Wendungen kennen, mit denen Sie diesen ersten Schritt der Kommunikation erfolgreich meistern werden. Der zweite Teil des Kapitels ist dem „Small Talk" gewidmet. Dieser hat besonders im englischsprachigen Raum eine viel größere Bedeutung, als im Deutschen. Diese kulturellen Unterschiede können oft zu unnötigen Missverständnissen und peinlichen Kommunikationsschwierigkeiten führen. Der umfangreiche Inhalt und zahlreiche wichtige Tipps in diesem Kapitel ermöglichen es Ihnen, zukünftig souverän in alltäglichen Arbeitssituationen aufzutreten.

**Audiobeispiel 3.1** Alle wichtigen Vokabeln, Wendungen und Sätze zum Anhören und Wiederholen finden Sie auch in den Audiodateien zu diesem Kapitel.

## 3.1 Sich und Andere vorstellen

Prinzipiell besteht kein großer Unterschied zwischen der Vorstellung auf Englisch und Deutsch. Eine einfache Begrüßung ist oft ausreichend, um das Gespräch zu beginnen. Allerdings wirken deutsche Muttersprachler:innen beim ersten Gespräch oftmals zu formell oder überkorrekt, was sicher mit den kulturellen Unterschieden zusammenhängt, die sich in der Sprache niederschlagen. Das zeigt sich sofort, wenn es darum geht den eigenen Namen zu nennen. Anstatt das Gespräch mit der durchaus korrekten aber etwas formellen Wendung:

> "Hello, I am Stefan von Ulan. It is nice to meet you."
>
> Hallo, ich bin Stefan von Ulan. Es ist schön, Sie kennen zu lernen.

zu beginnen, wie es auf Deutsch durchaus üblich ist, ist es besser, direkt den vollen Namen nach der Begrüßung zu nennen. Zum Beispiel:

> "Hello! Stefan von Ulan, nice to meet you."
>
> Hallo! Stefan von Ulan, schön Sie kennen zu lernen.

Zur Begrüßung werden wie in Deutschland die Hände geschüttelt und sich in die Augen geschaut. Die folgenden Wendungen garantieren einen guten Einstieg ins persönliche Gespräch.

Begrüßung

| **Englisch** | **Deutsch** |
|---|---|
| Hello/Hi! *Vor- und Nachname.* | Hallo! *Vor- und Nachname.* |
| Good morning/evening. | Guten Morgen/Abend. |
| Nice to meet you. | Es freut mich, Sie kennenzulernen. |
| Good to meet you. | Schön Sie kennenzulernen. |
| Pleased to meet you. | Es freut mich, Sie kennenzulernen. |
| The pleasure is mine. | Das Vergnügen ist ganz meinerseits. |
| How do you do? | Wie geht es Ihnen? |
| How are you? | Wie geht es Ihnen? |
| How's it going? | Wie läuft es? |
| I'm ______ . Nice to meet you. | Ich bin ______ . Schön, Sie kennenzulernen. |
| Nice to see you again. How are you? | Schön, Sie wiederzusehen. Wie geht es Ihnen? |

Vermeiden Sie die Wendung „**My name is ...**“ bei der Begrüßung! Das mag zwar für James Bond oder Eminem eine passende Vorstellung sein, wirkt aber in allen anderen Kontexten viel zu formell. Stellen Sie sich außerdem unbedingt mit vollem Namen und nicht nur dem Nachnamen vor. Es ist im englischen Geschäftsalltag gängige Praxis sich gegenseitig beim Vornamen und nicht mit „Mr./Mrs.“ anzusprechen, es sei denn es handelt sich um ein sehr offizielles oder formales Gespräch! Das ist ein typischer Fauxpas deutscher Muttersprachler:innen und wird sehr leicht als distanziert, überheblich oder kühl empfunden. Wenn Sie sich unsicher sind, dann bieten Sie Ihrem Gegenüber Ihren Vornamen an, oder fragen Sie kurz nach:

"Please call me _____ ."

Bitte nennen Sie mich _____ .

"May I call you _____ ?"

Darf ich Sie _____ nennen?

**TIPP** Die Frage „**How do you do?**“ ist hier nicht wörtlich gemeint und muss nicht mit „I'm fine, thanks“ oder sonstigen Befindlichkeiten beantwortet werden. Es handelt sich vielmehr um eine Begrüßungsfloskel und ein einfaches Erwidern mit „How do you do?“ ist genug. Die Frage „**How are you?**“ hingegen erkundigt sich zwar nach Ihrem Befinden, verlangt aber keine detaillierte Beschreibung Ihres Gefühlszustands. Sie können einfach kurz und knapp mit „Fine, thank you. And you?“ antworten, um das Gespräch einzuleiten.

Direkt bei der Vorstellung kann es schon zu Missverständnissen kommen. Was ist, wenn Sie den Namen des Gegenübers nicht verstanden haben? Beginnen Sie Ihre Nachfrage mit der einfachen Phrase „I'm sorry“ oder dem etwas formelleren „Excuse me“:

| | **Englisch** | **Entschuldigung, ...** |
|---|---|---|
| I'm sorry, | I didn't get your name. | ich habe Ihren Namen nicht verstanden. |
| Excuse me, | I didn't catch your name. | ich habe Ihren Namen nicht verstanden. |
| Pardon me, | what was your name? | wie war Ihr Name? |
| | could you repeat your name please? | könnten Sie Ihren Namen bitte wiederholen? |

Indem Sie den Namen Ihres Gegenübers im weiteren Gespräch direkt benutzen, werden Sie ihn sich sehr leicht ohne weiteres Nachfragen merken können. Außerdem zeigen Sie dadurch ihre Aufmerksamkeit und aktives Interesse am Gespräch.

**TIPP** Die Wendung „**I didn't understand your name.**" sollte in diesem Kontext vermieden werden, denn dies bedeutet eher, dass Sie den Namen (intellektuell) nicht begriffen haben. Sie werden so zwar verstanden, rücken sich damit allerdings gleich zu Beginn des Gesprächs nicht in das beste Licht.

Nach der Begrüßung ist es wichtig ihre Firma, Position und eventuell am Gespräch beteiligte Mitarbeiter:innen vorzustellen. Insbesondere bei der Vorstellung Ihrer Kolleg:innen sollten Sie proaktiv auftreten und alle Personen kurz vorstellen - lassen Sie niemanden aus! Beschränken Sie sich hier auf die jeweiligen Namen und Positionen oder Aufgabenbereiche mit diesen einfachen Vorstellungsformeln:

## Vorstellung

| **Englisch** | **Deutsch** |
|---|---|
| Let me introduce myself, I'm the ______ in our company. | Lassen Sie mich vorstellen, Ich bin der/die ______ in unserer Firma. |
| I am responsible for ______ . | Ich bin für ______ verantwortlich. |
| My responsibilities in our company are ______ . | Meine Aufgaben in unserer Firma sind ______ . |
| I have the task of ______ . | Ich habe die Aufgabe, ______ . |
| I support ______ in our company. | Ich unterstütze ______ in unserer Firma. |
| I coordinate ______ in this project. | Ich koordiniere ______ in diesem Projekt. |
| My job involves ______ . | Zu meinen Aufgaben gehört ______ . |
| I report to ______ . | Ich bin ______ untergestellt. |
| I'm here in my function as ______ ______ . | Ich bin hier in meiner Funktion als ______ . |
| Allow me to introduce you to ______ . | Erlauben Sie mir Ihnen ______ vorzustellen. |
| I'd like to introduce you to ______ . | Ich würde Ihnen gerne ______ vorstellen. |
| I'd like you to meet ______ . | Ich würde Ihnen gerne ______ vorstellen. |
| Let me introduce you to ______ . | Erlauben Sie mir, Ihnen ______ vorzustellen. |
| This is my co-worker/colleague ______ . | Das hier ist mein:e Mitarbeiter:in/Kolleg:in ______ . |

**TIPP** Was die **Reihenfolge** der Vorstellung angeht, so gibt es im Englischen keine eindeutigen Regeln, vielmehr ist Ihre Intuition gefragt. Es empfiehlt sich mit Ihren Vorgesetzten anzufangen und dann zum Beispiel alle anderen Kolleg:innen der Reihe nach vorzustellen. Wichtiger als eine „korrekte" Reihenfolge nach Rang ist ein flüssiges und unkompliziertes Kennenlernen.

Der folgende Beispieldialog zeigt eine typische Unterhaltung beim Kennenlernen dreier Kolleg:innen:

*Stefan* Good Morning! Stefan von Ulan. Please call me Stefan.

*John* Good Morning Stefan! John Irwing. Call me John.

*Stefan* Good to meet you John. This is my colleague Svenja Baumann.

*Svenja* Pleased to meet you John.

*John* Hi Svenja. The pleasure is mine.

*Stefan* Svenja is our key account manager and I'm reporting to our supervisors on this project.

*John* Great! I'm handling the recruitment and progress tracking with the Human Resources department.

## 3.2 Small Talk

Um nach der Begrüßung ins Gespräch einzusteigen und peinliche Pausen zu vermeiden, ist es wie im Deutschen üblich, ein bisschen Small Talk zu betreiben. Dass dies eine Kunst für sich ist, haben Sie sicherlich schon einmal gehört. Und tatsächlich wird die Bedeutung dieser ersten Unterhaltungen von deutschen Muttersprachler:innen zu oft unterschätzt, wodurch Gespräche ins Stocken geraten und Sie einen kühl-distanzierten Eindruck vermitteln, der im Ausland schon als „typisch deutsch" gilt. Hier ein paar generelle Tipps zu Ihrer Einstellung beim Small Talk:

- Seien Sie **offen** und halten Sie die Konversation am Laufen. Vermeiden Sie es, Fragen mit einem einfachen „Ja" oder „Nein" zu beantworten und stellen Sie Ihrem Gegenüber offene Fragen mit „When", „Where", „How" oder „how long".
- Hören Sie **aktiv** zu, indem Sie Ihrem Gegenüber Feedback geben. Nützlich sind Ausdrücke wie „I see", „Oh, that's interesting" oder „Right".

- o **Lächeln** Sie und haben Sie keine Angst davor, Fehler zu machen. Das kann zu lustigen Situationen und lockeren Gesprächen führen und ist besser, als nur korrekte aber steife Antworten zu geben.

Achten Sie darauf, ein leicht zugängliches und neutrales Thema zu wählen mit dem sich alle Gesprächspartner:innen wohl und sicher fühlen. Im englischsprachigen Raum bieten sich die folgenden Themen an:

- o Arbeit und Wohnort
- o Anreise, Verkehr und Unterkunft
- o Wetter
- o Freizeit, Sport und Hobbies
- o Essen und Trinken

Themen wie Religion, Gesundheit und Politik werden, wenn überhaupt, nur sehr oberflächlich angesprochen und sollten am besten direkt vermieden werden. Ist Ihr Gegenüber gerade von einem anderen Ort angekommen, können Sie sich nach der Reise erkundigen, um das Eis zu brechen.

## Arbeit und Wohnort

| **Englisch** | **Deutsch** |
|---|---|
| How long have you been working at ______ ? | Wie lange arbeiten Sie schon bei ______ ? |
| Are you here by yourself or with colleagues? | Sind Sie alleine oder mit Kolleg:innen hier? |
| Do you work alone or as part of a team? | Arbeiten Sie alleine oder als Teil eines Teams? |
| Have you been very busy with work lately? | Waren Sie in letzter Zeit viel beschäftigt? |
| Do you all work for the same company? | Arbeiten Sie alle für die gleiche Firma? |
| So you are from ______ . How long have you lived there? | Sie sind also aus ______ . Wie lange leben Sie schon dort? |
| How is life in ______ ? | Wie ist das Leben in ______ ? |
| I've never been to ______ . How is life there? | Ich war noch nie in ______ . Wie ist das Leben dort? |
| I heard that ______ is a great place. Is that true? | Ich habe gehört, dass ______ ein toller Ort ist. Stimmt das? |
| I'm from ______ . Have you heard about it? | Ich komme aus ______ . Haben Sie schonmal davon gehört? |
| Where are you from exactly? I can't place your accent. | Woher kommen Sie genau? Ich kann Ihren Akzent nicht zuordnen. |

Auch Unterhaltungen über die Anreise, den Verkehr und die Unterkunft bieten einen guten Einstieg ins Gespräch.

## Anreise, Verkehr und Unterkunft

| **Englisch** | **Deutsch** |
|---|---|
| Did you have a pleasant flight? | Hatten Sie einen angenehmen Flug? |
| Did you have a good trip? | Hatten Sie eine gute Reise? |
| How was your flight/journey? | Wie war Ihr/e Flug/Reise? |
| How did you get here today? | Wie sind Sie heute hier hergekommen? |
| Did you have any problems finding us? | Haben Sie problemlos hergefunden? |
| How was the traffic? | Wie war der Verkehr? |
| Is it your first time here? | Sind Sie zum ersten Mal hier? |
| Have you ever been to ______ before? | Waren Sie schon einmal in ______ ? |
| So where are you staying while you are here? | Wo wohnen Sie, während Sie hier sind? |
| How is your hotel? | Wie ist Ihr Hotel? |
| Is your hotel far from here? | Ist Ihr Hotel weit von hier entfernt? |
| I've never stayed at that hotel, but I've heard that it is pretty good. | Ich war noch nie in diesem Hotel, aber ich habe gehört, dass es ziemlich gut ist. |

Das Wetter ist ein klassisches Thema für Small Talk und bietet zahlreiche Möglichkeiten ihre Gegenüber etwas besser kennen zu lernen und weitere Fragen zu stellen.

## Wetter

| **Englisch** | **Deutsch** |
|---|---|
| Nice/terrible weather, isn't it? | Schönes/Schreckliches Wetter, stimmt's? |
| Beautiful/Terrible day, right? | Ein wunderschöner/ schrecklicher Tag, stimmt's? |
| How has the weather in ______ been recently? | Wie war das Wetter in ______ in letzter Zeit? |
| How was the weather in ______ when you left? | Wie war das Wetter in ______ bei Ihrer Abreise? |
| What's the temperature there? | Wie ist die Temperatur dort? |
| How about this weather? | Wie finden Sie dieses Wetter? |
| It's a bit cold/warm for this time of year, isn't it? | Es ist ein bisschen kühl/warm für diese Jahreszeit, oder? |

Die Frage nach Freizeitbeschäftigungen und Hobbies ist etwas persönlicher, kann aber schnell zu lebhaften Unterhaltungen und guten Anknüpfungspunkten führen.

## Freizeit, Sport und Hobbies

| Englisch | Deutsch |
|---|---|
| What do you do for fun? | Was machen Sie, um Spaß zu haben? |
| How do you like to spend your free time? | Wie verbringen Sie gerne Ihre Freizeit? |
| Do you like sports? | Mögen Sie Sport? |
| What are you doing besides work? | Was machen Sie noch außer arbeiten? |
| Do you like to go out at the weekend? | Gehen Sie am Wochenende gerne aus? |
| I'm really interested in ______ . | Ich interessiere mich wirklich für ______ . |
| I enjoy ______ . | Ich genieße ______ . |

Ess- und Trinkgewohnheiten sind ein weiteres gutes Feld für leichte Unterhaltung. Hat Ihr Gegenüber spezielle Bedürfnisse oder Vorlieben können Sie sich das gleich merken und im nächsten Geschäftsessen oder in der Mittagspause Ihr Fingerspitzengefühl unter Beweis stellen.

## Essen und Trinken

| Englisch | Deutsch |
|---|---|
| Have you tried the food there? | Haben Sie das Essen dort probiert? |
| The food here is amazing! Have you tried? | Das Essen hier ist großartig. Haben Sie es probiert? |
| Do you drink coffee or tea? | Trinken Sie Kaffee oder Tee? |
| What's your favorite type of food? | Was ist Ihr Lieblingsessen? |
| What would you prefer to eat for lunch? | Was würden Sie zum Mittagessen bevorzugen? |
| Do you usually cook or go out to eat? | Kochen Sie selbst oder gehen Sie aus zum Essen? |

Hören Sie aktiv zu und geben Sie Feedback wenn Ihr Gegenüber mit Ihnen spricht. Dazu eignen sich zum Beispiel die folgenden Floskeln:

Aktiv zuhören und Feedback

| Englisch | Deutsch |
|---|---|
| Uh-huh. | Mmm-hmm. |
| Oh, really? | Ach wirklich? |
| Oh wow! | Oh wow! |
| That's interesting! | Das ist ja interessant! |
| Oh, I see. | Ah, ich verstehe. |
| That sounds great. | Das klingt gut. |
| Why was that? | Wieso das denn? |
| Exactly. | Genau. |
| I'm really sorry to hear that. | Es tut mir leid, das zu hören. |
| I'm not so sure about that. | Da bin ich mir nicht so sicher. |
| I just can't believe it. | Ich kann das nicht glauben. |

**TIPP** Wie schon erwähnt ist Small Talk eine subtile Kunst. Seien Sie deshalb vorsichtig mit der Verwendung dieser Floskeln. Sollten Sie sich unsicher sein, ob bzw. wann eine bestimmte Äußerung angebracht ist, dann sagen Sie lieber nichts, als einen deplatzierten und offensichtlich vorgefertigten Kommentar anzubringen. Das wichtigste hier ist ein authentisches und selbstbewusstes Auftreten!

In größeren Gruppen ist es von großer Bedeutung, dass Sie versuchen alle Personen gleichermaßen in die Unterhaltung einzubringen, damit sich niemand ausgeschlossen oder übergangen fühlt. Mit den folgenden Fragen können Sie Ihre Aufmerksamkeit und Taktgefühl unter Beweis stellen:

Andere einbinden

| Englisch | Deutsch |
|---|---|
| How about you? | Was meinen Sie? |
| What do you think? | Was denken Sie? |
| What's your opinion? | Was ist Ihre Meinung? |
| Do you agree? | Stimmen Sie dem zu? |
| Would you agree? | Würden Sie dem zustimmen? |
| And you? | Und Sie? |

## 3.3 Einladung und Verabschieden

Bevor die Unterhaltung endet können Sie noch eine Einladung aussprechen, zum Beispiel zu einem Geschäftsessen. So stärken Sie die Verbindung zu Ihren Gesprächspartner:innen und legen die Grundlage für weitere Begegnungen.

### Einladungen aussprechen

| Englisch | Deutsch |
|---|---|
| If you have time, I'd like to invite you to ______ . | Wenn Sie Zeit haben, würde ich Sie gerne zu ______ einladen. |
| Would you like to join us for ______ ? | Würden Sie uns gerne zum ______ begleiten? |
| I'd be delighted to have you as our guest at ______ . | Es wäre mir eine Freude wenn Sie unser Gast wären bei ______ . |
| A few of us are going to ______ . Would you like to join? | Einige von uns gehen zu ______ . Würden Sie gerne mitkommen? |

Im Vergleich zum deutschen Kontext kann der Small Talk im englischsprachigen Raum deutlich länger dauern. Doch spätestens nach ein paar Minuten sollten Sie das Gespräch beenden und zum Wesentlichen übergehen. Hier sind je nach Kontext folgende Wendungen nützlich:

### Verabschiedung

| Englisch | Deutsch |
|---|---|
| Shall we get started? | Sollen wir anfangen? |
| Maybe we should get down to business now. | Vielleicht sollten wir jetzt zur Sache kommen. |
| Great that you are here. Let's get started! | Schön, dass Sie hier sind. Fangen wir an! |
| It was great talking to you, but I have to go now. | Es war gut mit Ihnen zu sprechen aber ich muss nun los. |
| I look forward to seeing you again. | Ich freue mich darauf, Sie wieder zu sehen. |
| Lovely to talk to you, goodbye! | Schön mit Ihnen zu sprechen, auf Wiedersehen! |
| Goodbye! | Auf Wiedersehen. |
| Take care! | Machen Sie's gut. |
| See you! | Auf Wiedersehen. |

Zum Abschluss des Kapitels lernen Sie jetzt die wichtigsten Vokabeln zur Beschreibung von verschiedenen Positionen und Aufgabenbereichen innerhalb Ihrer Firma kennen.

## Wortschatz zu Kapitel 3

| **Englisch** | ***[Aussprache]*** | **Deutsch** |
|---|---|---|
| accountant | *[akkauntant]* | Buchhalter:in |
| account manager | *[akkaunt mänädschär]* | Kundenbetreuer:in |
| administrative manager | *[administratif mänädschär]* | Geschäftsführer:in |
| advertising manager | *[ädwärtaising mänädschär]* | Anzeigenbearbeiter:in |
| apprentice | *[aprenntis]* | Lehrling |
| apprenticeship | *[aprenntisschip]* | Ausbildung |
| boss | *[boss]* | Chef:in |
| call centre agent | *[koall ssenter eidschänd]* | Angestellte:r bei einem Callcenter |
| career | *[karrier]* | Karriere |
| chief | *[tschief]* | Haupt- |
| colleague | *[kollig]* | Kolleg:in |
| company car | *[kompani kar]* | Firmenwagen |
| customer adviser | *[kastomör adwaisär]* | Kundenberater:in |
| customer relationship manager | *[kastomör rileischonschip mänädschär]* | Betreuer:in der Kundenbeziehungen |
| department | *[dipartmänt]* | Abteilung |
| director | *[dairäktor]* | Direktor:in |
| experience | *[äkspiriens]* | Erfahrung |
| factory | *[fäktori]* | Fabrik |
| freelancer | *[friläinser]* | freiberufliche:r Mitarbeiter:in |
| health insurance | *[hälls inschurans]* | Krankenversicherung |
| head | *[hädd]* | Leiter:in |
| human resources (HR) | *[chjuman risorssäs]* | Personalwesen, Personalabteilung |
| internship | *[intörnschip]* | Praktikum |
| IT | *[ai ti]* | IT-Branche |
| job | *[dschob]* | Arbeitsplatz |
| managing director | *[mänädsching dairektor]* | Geschäftsführer:in |
| office | *[offis]* | Büro |

| | | |
|---|---|---|
| owner | *[ounär]* | Eigentümer:in |
| PR (Public Relations) | *[pi arr (pablik rilei-schons)]* | PR-Branche |
| recruitment | *[rekrutmänt]* | Anwerben von neuen Mitarbeiter:innen |
| sales | *[seils]* | im Verkauf |
| sales manager | *[seils mänädschär]* | Vertriebsleiter:in |
| secretary | *[säkretäri]* | Sekretär:in |
| store manager | *[stor mänädschär]* | Filialleiter:in |
| supply chain manager | *[suplai tschein mänäd-schär]* | Betreuer:in der Lieferkette |
| trainee | *[treini]* | Auszubildende:r |
| volunteer | *[woluntir]* | ehrenamtliche:r Mitarbeiter:in |

**Audiobeispiel 3.2** Den gesamten Wortschatz dieses Kapitels finden Sie auch zum Anhören und Nachsprechen in den Audiodateien zu diesem Buch.

**Take Aways Kapitel 3**

- Small Talk ist im englischsprachigen Raum zentral, um ein Gespräch einzuleiten! Nehmen Sie offen und aktiv am Gespräch teil und binden Sie alle Anwesenden mit ein.
- Passende Themen sind zum Beispiel Arbeit, Reise, Hobbies oder Essen und Trinken. Vermeiden Sie Themen wie Politik, Religion oder Gesundheit.
- Authentisches Auftreten ist wichtig - verinnerlichen Sie die Inhalte dieses Kapitels, so dass Sie frei sprechen können und nicht zu aufgesetzt wirken.

# 4. Höfliche Kommunikation



*Dieses Kapitel widmet sich dem wichtigen Thema der höflichen Kommunikation im Geschäftsalltag welche für deutsche Muttersprachler:innen oftmals ein großes Problem darstellt. Um bestimmt aber dennoch respektvoll aufzutreten, lernen Sie zuerst nützliche Formulierungen und Konzepte kennen, mit welchen Sie zu direkte deutsche Aussagen im Englischen entschärfen können. Darüber hinaus werden Sie höfliches Bitten, Nachfragen und Entschuldigen anhand von Beispielsituationen kennenlernen.*

**Audiobeispiel 4.1** Alle wichtigen Vokabeln, Wendungen und Sätze finden Sie auch in den Audiodateien zu diesem Kapitel zum Anhören und Wiederholen.

Ein Vorzug der deutschen Sprache ist ihre Direktheit, wodurch effizient und klar kommuniziert werden kann. Direkt übersetzte deutsche Aussagen klingen auf Englisch sehr leicht schroff und hart und führen im internationalen Kontext regelmäßig zu unnötigen Missverständnissen und Konflikten, denn viele andere Kulturen kommunizieren indirekter und „weicher“. Um Sie vor den zahlreichen Fettnäpfchen zu bewahren, die auf Deutsche in der englischsprachigen Geschäftswelt lauern, lernen Sie in den folgenden Absätzen die wichtigsten Werkzeuge zur „Entschärfung“ und die höfliche Umformulierung Ihrer Aussagen kennen.

## 4.1 Please, thank you, sorry!

Die einfachste Art im Englischen höflich zu sein, ist die richtige Verwendung der Wörter "„please“" *[plies]* (bitte), "thank you" *[ssänk ju]* (danke) und "sorry" *[sourri]* (Entschuldigung).
Um eine Frage höflich zu formulieren, können Sie einfach das Wort „please“ an den Satz anfügen, zum Beispiel lautet die eher direkte Frage:

> "Could you repeat that question?"
>
> Könnten Sie die Frage wiederholen?

In einer höflicheren Form:

> "Could you repeat that question, *please*?"
>
> Könnten Sie die Frage *bitte* wiederholen?

„Please“ kann generell an verschiedenen Stellen im Satz stehen, wenn Sie es jedoch einfach mit einem Komma an das Satzende anhängen sind Sie immer auf der sicheren Seite!
Genauso können Sie eine höfliche Bitte formulieren, indem Sie „please“ an den Satzanfang stellen:

> "Please start without me."
>
> Fangt bitte ohne mich an.
>
> "Please be on time tomorrow."
>
> Seien Sie bitte pünktlich morgen.

Eine weitere praktische Daumenregel zum höflichen Sprechen ist die Verwendung von „Thank you“ oder der gleichbedeutenden Kurzform „thanks“ (Danke). Das können Sie im Englischen eigentlich nicht zu oft verwenden, auch wenn sich das als Deutschsprachige:r etwas übertrieben anhören mag.

Hier zum Beispiel ein Dialog, wie er im Englischen in einem Café zwischen customer (Kund:in) und vendor (Verkäufer:in) sehr typisch auftreten kann:

*Customer*: Two coffees to go and a croissant please. Thanks.

*Vendor*: That will be 7.50$, please.

*Customer*: There you are. Thanks.

*Vendor*: Thanks. *(gibt Rückgeld aus)*

*Customer*: Thank you. *(nimmt Rückgeld entgegen).* Thanks, Bye! *(verlässt das Geschäft)*

*Vendor*: Thank you, goodbye!

Sie sehen also, Ihre Bitten und Aussagen mit einer höflichen Wendung zu schließen ist im Englischen nie wirklich verkehrt! Wenn Sie sich für etwas besonders bedanken wollen, können Sie auch die verstärkte Form „Thank you very much for ..." (Vielen Dank für ...) benutzen, zum Beispiel:

"Thank you very much for the discussion yesterday. It was very productive!"
Vielen Dank für die Diskussion gestern. Sie war sehr produktiv!

Im Deutschen wird das Wort „bitte" auch verwendet, um „gerne" oder „gerne geschehen" zu sagen. Das kann im Englischen schnell zu Verwirrung führen, denn es wird dafür nicht das Wort „please" benutzt. Um einen Dank höflich zu erwidern sind die folgenden Wendungen nützlich:

| **Englisch** | **Deutsch** |
|---|---|
| You're welcome! | Gern geschehen |
| With pleasure! | Liebend gerne! |
| No problem! | Kein Problem! |
| Don't mention it | Nicht der Rede wert! |

**TIPP** Antworten Sie niemals nur mit **„of course"** auf eine normale Frage. Das klingt für Ihr Gegenüber dann so, als wäre die Frage selbsterklärend und überflüssig!

Auch die Wendungen „Sorry“ und „Excuse me“ (Entschuldigung) werden im Englischen gerne häufiger verwendet als im Deutschen.

- Möchten Sie auf eine Situation hinweisen oder etwas höflich erfragen, dann beginnen Sie Ihren Satz am besten mit **„Sorry“** oder **„Excuse me“**, zum Beispiel: I'm sorry, do you know what time the meeting is? (Entschuldigung, wissen Sie, wann die Besprechung stattfindet?) oder „Excuse me. Are you working at HR?“ (Entschuldigen Sie, arbeiten Sie in der Personalabteilung?). „Sorry“ verwenden Sie eher im informellen (aber trotzdem höflichen) Umgang und „Excuse me“ in einer sehr formellen Unterhaltung.
- Um höflich zu verneinen gilt das Gleiche: „I'm sorry, but I don't agree with you“ (Es tut mir leid, aber ich stimme Ihnen nicht zu). „I'm sorry, I didn't understand that“ (Es tut mir leid, ich habe das nicht verstanden.)
- Verneinen Sie eine Frage am Telefon, ist es genauso üblich, eine Verneinung mit „I'm sorry“ zu beginnen. „I'm sorry, but he's not here today.“ (Es tut mir leid, aber er ist heute nicht hier). Diese Verwendung ist sehr gängig, auch wenn Sie sich als Deutsche:r vielleicht denken, dass es überhaupt nicht Ihre Schuld ist, dass er nicht hier ist.

## 4.2 Höfliche Fragen stellen

Fragen und Bitten höflich und respektvoll stellen zu können ist entscheidend für den Erfolg oder Misserfolg Ihres Anliegens. Daher lernen Sie in diesem Abschnitt verschiedene Techniken kennen, um Ihre Fragen richtig und der jeweiligen Situation angemessen stellen zu können.

### Höfliche Fragen mit Modalverben

Modalverben sind spezielle Hilfsverben, die Wünsche, Fähigkeiten, Zwänge, oder Möglichkeiten beschreiben. Sie werden besonders in der Alltagssprache und der höflichen Kommunikation sehr häufig verwendet. Es folgt eine Liste der wichtigsten Modalverben, welche Sie für den sicheren Einstieg in dieses Thema benötigen.

| **Englisch** | ***[Aussprache]*** | **Deutsch** |
|---|---|---|
| can/could | *[kän/kudd]* | können |
| must | *[mast]* | müssen |
| may | *[mei]* | dürfen |
| shall/should | *[schall/schudd]* | sollen/sollte |
| will/would | *[will/wudd]* | werden/würde |

Die deutsche Sprache kann sehr direkt sein, ohne dabei unhöflich zu wirken, ein klassisches Beispiel ist das Verb „to want" (wollen). Die unschuldige Frage:

> "Do you want a coffee?"
>
> Wollen Sie einen Kaffee?

klingt im Englischen wortwörtlich übersetzt eher schroff und abweisend. Wenn Sie allerdings „want" durch das höflichere „would ... like" ersetzen, klingt diese Frage viel eleganter:

> "Would you like a coffee?"
>
> Hätten Sie gerne einen Kaffee?

Gleiches gilt für die Verwendung des Modalverbs „can" bei Fragen. Zum Beispiel, wenn Sie etwas nicht verstanden haben:

> "Can you say that again?"
>
> Können Sie das nochmal sagen?

„can" sollte in diesem Fall unbedingt durch die Form „could" ersetzt werden, um Ihr Gegenüber nicht vor den Kopf zu stoßen:

> "Could you say that again?"
>
> Könnten Sie das nochmal sagen?

Oder noch besser, indem Sie auch das vorher Gelernte anwenden:

> "I'm sorry, could you say that again, please? "
>
> Entschuldigung, könnten Sie das bitte nochmal sagen?

Hier haben Sie eine Übersicht der direkten Verben, die für höfliche Fragen durch andere Formen ersetzt werden sollten.

| Direktes Verb | Höfliches Modalverb | Deutsch |
|---|---|---|
| can | could | kann/könnte |
| can | may | kann/könnte |
| want | would like | will/möchte |
| will | would | werde/würde |
| must | should | musst/solltest |

So lassen sich direkt wirkende Fragen ganz leicht in höflichere umwandeln wie Ihnen die folgenden Beispiele zeigen:

| Direkte Frage | Höfliche Frage | Deutsch |
|---|---|---|
| Can you open the window? | *Could* you open the window(, please)? | Können/*Könnten* Sie (bitte) das Fenster öffnen? |
| I want to eat here for lunch. | I *would like* to eat here for lunch. | Ich will/*würde gerne* hier zu Mittag essen. |
| You must be on time! | You *should* be on time. | Sie müssen/*sollten* pünktlich sein! |
| When do you want to come? | When *would* you like to come? | Wann wollen/*würden* Sie kommen? |

## Höflich nachfragen und bitten

Wie Sie bereits gelernt haben, ist die Verwendung des Wortes „please" eigentlich selten verkehrt. So auch beim Nachfragen und Bitten auf Englisch. Darüber hinaus ist es sehr wichtig, Ihr Anliegen freundlich und respektvoll zu formulieren, denn dann steigt Ihre Chance damit auch wahrgenommen zu werden. Im Folgenden finden Sie eine umfangreiche Liste verschiedener Phrasen, mit denen Sie Nachfragen und Bitten einleiten können.

| Englisch | *[Aussprache]* | Deutsch |
|---|---|---|
| Could I/you possibly ...? | *[Kudd ai/ju possibli]* | Könnte/n Ich/Sie ...? |
| Is it alright if I ...? | *[Is it alrait if ai]* | Ist es in Ordnung wenn ich ...? |
| Do you think I/you could ...? | *[du ju ssink ai/ju kudd]* | Denken Sie Ich/Sie könnte/n ...? |
| Would you mind if I/you ...? | *[wudd ju maind if ai/ju]* | Würde es Ihnen etwas ausmachen, wenn Ich/-Sie ...? |

| **Englisch** | ***[Aussprache]*** | **Deutsch** |
|---|---|---|
| Do you mind if I ...? | *[du ju maind if ai]* | Macht es Ihnen etwas aus, wenn Ich ...? |
| Do you mind doing ...? | *[du ju maind duing]* | Macht es Ihnen etwas aus ... ? |
| I was wondering if you/I could... | *[ai was uondäring if ju/ai kudd]* | Ich habe mich gefragt, ob Sie/ich ... |
| I was hoping you/I could... | *[ai was houping ju/ai kudd]* | Ich hatte gehofft, dass Sie/ich ... |
| Do you think you/I might be able to..? | *[du ju ssink ju/ai mait bi eibel tu]* | Denken Sie dass Sie/ich ... könnten? |
| If you're not too busy do you think you ...? | *[iff ju ar not tu bisi du ju ssink ju]* | Wenn Sie nicht zu beschäftigt sind, denken Sie Sie könnten ...? |

Diese Konstruktionen passen insbesondere in den folgenden Situationen:

- Wenn die Person, an die wir die Bitte richten, nicht verpflichtet ist, „Ja“ zu sagen.
- Wenn wir eine große Bitte stellen.
- Wenn wir eine Bitte an eine uns übergeordnete Person stellen.

Betrachten Sie dazu die folgenden, grammatikalisch allesamt korrekt formulierten Beispiele:

"I want to take Friday off."

Ich möchte Freitag Urlaub nehmen.

"Can you take my shift this Wednesday?"

Können Sie meine Schicht diesen Mittwoch übernehmen?

"Can you review this report with me today?"

Können Sie den Bericht heute mit mir durchgehen?

"Pick me up on the way to the meeting."

Holt mich auf dem Weg zur Besprechung ab.

Der Ton dieser Bitten stimmt allerdings noch nicht, und würde garantiert zumindest für Stirnrunzeln bei Ihren Kollegin:innen und Vorgesetzten führen. Mit den obigen Konstruktionen lassen sich feinfühligere Umformungen bilden, die gewiss eine deutlich höhere Chance auf Erfolg haben.

"I was hoping that I could take Friday off."

Ich hatte gehofft, dass ich diesen Freitag Urlaub nehmen könnte.

"I was wondering if you could take my shift this Wednesday?"

Ich habe mich gefragt, ob Sie meine Schicht diesen Mittwoch übernehmen könnten?

"Do you think you might be able to review this report with me today?"

Denken Sie es wäre möglich, diesen Bericht heute mit mir durchzugehen?

"Do you mind picking me up on the way to the meeting?"

Würde es euch etwas ausmachen, mich auf dem Weg zur Besprechung abzuholen?

## 4.3 Aussagen entschärfen - Softener

Eine sehr nützliche Methode, um Ihre Aussagen im Englischen die Schärfe zu nehmen, ist die Verwendung von „Softeners“, auch „Weichspüler“ genannt, also abschwächenden oder aufweichenden Formulierungen.

Die sehr deutsche Feststellung, dass etwas nicht ausreichend ist:

"This is not good enough."

Das ist nicht gut genug.

kann zum Beispiel so höflicher formuliert werden:

"I'm afraid, this is not good enough."

Ich fürchte das ist nicht gut genug.

"To be honest, I think this is not good enough."

Um ehrlich zu sein, ich denke das ist nicht gut genug.

**TIPP** Viele spannende englische Filme und Serien verwenden die höfliche Sprache. Die Serie„The Office" zum Beispiel handelt vom Arbeitsalltag in einem Büro und ist sicher eine gute Wahl, um sich in der Freizeit etwas mehr höfliches und korrektes Englisch für den Geschäftsalltag anzueignen.

Wenn Sie ansprechen wollen, dass bestimmte Informationen oder Aussagen eventuell nicht richtig oder zutreffend sind, bieten sich die folgenden Softeners an:

| **Englisch** | ***[Aussprache]*** | **Deutsch** |
|---|---|---|
| To be honest... | *[tu bie onnäst]* | Um ehrlich zu sein... |
| I'm afraid ... | *[aim afreid]* | Ich fürchte... |
| Apparently . . . | *[appäräntli]* | Augenscheinlich... |
| It seems that . . . | *[it siems ssäd]* | Es scheint als ... |
| As far as I know . . . | *[äs far äs ai nou]* | Soweit ich weiß ... |
| It would appear that . . . | *[it wudd apier ssäd]* | Es sieht so aus, als ob ... |

Die folgenden Aussagen sind sehr direkt:

"There is a mistake here."

Hier ist ein Fehler.

"The numbers in this report are not correct."

Die Zahlen in diesem Bericht stimmen nicht.

"I don't think this is true."

Ich denke nicht, dass das stimmt.

Sie können mit den obigen Wendungen zu höflichen aber dennoch bestimmten Sätzen geändert werden:

"Apparently, there is a mistake here."

Augenscheinlich ist hier ein Fehler.

"It seems that the numbers in this report are not correct."

Es sieht so aus, als ob die Zahlen in diesem Bericht nicht korrekt sind.

"As far as I know, this is not true."

So weit ich weiß, stimmt das nicht.

Um eine Aussage etwas weicher und weniger direkt zu formulieren, können Sie auch auf diese nützlichen Füllwörter zurückgreifen:

| **Englisch** | ***[Aussprache]*** | **Deutsch** |
|---|---|---|
| A bit/little | *[a bit/littel]* | Ein bisschen/wenig |
| slight/slightly | *[slaid/slaidli]* | Ein wenig/etwas |
| rather | *[rassär]* | eher |
| just | *[dschasd]* | nur kurz |

Durch sie werden zu harte und direkte Aussagen entschärft, zum Beispiel die Sätze:

"There will be a delay."

Es wird zu einer Verzögerung kommen.

"The price is higher than before."

Der Preis ist höher als davor.

"This is a poor result."

Das ist ein schlechtes Resultat.

welche durch obige Softener abgeschwächt werden zu

"There will be a *slight* delay."

Es wird zu einer *kurzen* Verzögerung kommen.

"The price is a *little* higher than before."

Der Preis ist *ein wenig* höher als davor.

"This is a *rather* poor result."

Das ist ein *eher* schlechtes Resultat.

Für Deutsche mag das etwas ungewohnt sein, denn es verändert sich ja irgendwie auch die Dringlichkeit und Präzision der Aussage. Hier sehen Sie schon einen feineren Unterschied in der englischen Sprache: Es wird tendenziell weniger direkt kommuniziert als im Deutschen üblich. Mit den einfachen Regeln und Beispielen aus diesem Kapitel sind Sie also schon auf bestem Wege, sich korrekt und höflich auszudrücken!

## 4.4 Höflich „Nein“ sagen

Besonders für deutsche Muttersprachler:innen ist es schwer auf Englisch höflich Ablehnung auszudrücken. Das liegt daran, dass die deutsche Kultur und Sprache Direktheit bevorzugt und eine klares und bestimmtes „Nein“ eine durchaus akzeptable Antwort sein kann. Im internationalen Kontext könnten sich Ihre Kolleg:innen so sehr schnell vor den Kopf gestoßen fühlen! Also gilt die Faustregel

**„No“ ist ein No-Go!**

Antworten Sie also bitte *niemals* nur mit einem plumpen „Nein“ auf die Frage eine:r Kolleg:in! Doch wie dann höflich bleiben und trotzdem „Nein“ sagen? Es gibt drei Strategien, derer Sie sich bedienen können:

- **Bedauern** ausdrücken
- **Erklärungen** angeben, wieso die Antwort „Nein“ lautet
- **Alternativen** anbieten

Um Bedauern auszudrücken sind die folgenden Wendungen nützlich:

| **Englisch** | ***[Aussprache]*** | **Deutsch** |
|---|---|---|
| I'm sorry, but ... | *[aim sorri, bat]* | Es tut mir leid, aber ... |
| I'm afraid that ... | *[aim afreid ssäd]* | Ich fürchte, dass ... |
| Unfortunately ... | *[anfortunatli]* | Bedauerlicherweise ... |
| I'd love to, but ... | *[Aid lov tu, bat]* | Ich würde gerne, aber ... |
| Thank you, but ... | *[ssänk ju, bat]* | Danke, aber ... |

Anhand der folgenden Frage-Antwort Beispiele sehen Sie, wie durch die Verwendung dieser Konstruktionen klare aber harte Ablehnungen in eine **angenehmere Form** gebracht werden können:

"Could you finish this report over the weekend?"

No. I don't have time.

**I'm afraid that I won't have time.**

"I was thinking that you could take care of this customer."

I can't, I have too much work already.

**I'd love to, but I have too much work already.**

"We'll all have to work overtime on this project."

No, this is not possible for me.

**Unfortunately, this is not possible for me.**

Um Erklärungen für Ihre Ablehnung anzubieten, können Sie Ihre Antwort auch mit den folgenden Phrasen beginnen

| **Englisch** | ***[Aussprache]*** | **Deutsch** |
|---|---|---|
| Normally I could, however ... | *[normalli ai kudd, hauäwär]* | Normalerweise könnte ich, allerdings ... |
| That would be great, but ... | *[ssäd wudd bi greit, bat]* | Das wäre großartig, aber ... |
| I wish I could, but ... | *[Ai wisch ai kudd, bat]* | Ich wünschte ich könnte, aber ... |
| I see your point, but ... | *[ai si jur point, bat]* | Ich sehe Ihren Punkt, aber ... |
| I see what you mean, but ... | *[ai si wadd ju mien, bat]* | Ich sehe was Sie meinen, aber ... |

Das ist enorm hilfreich, um Ihre Ablehnung zu begründen und Ihr Argument zu stärken. Lesen Sie sich den folgenden Dialog durch und achten Sie darauf, wie nützlich die obigen Formulierungen sein können, um Ihr „Nein" höflich und effektiv zu kommunizieren:

"As you have dealt with this company before, could you please take care of our request?"

No I can't, I don't have time.

**Normally I could, however at the moment I just can't find the time.**

"But is is extremely important that we get it done right. That's why I still think you should do it."

No, I still can't do it. There is no time.

**I see your point, but it doesn't change the fact that I don't have the time.**

"Okay, so what if I take over some of your responsibilities and you take care of this?"

No, that will not work.

**That would be great, but it still doesn't work. My current projects have to be handled by me personally.**

## 4.5 Professionelle Kommunikation mit Synonymen

In diesem letzten Abschnitt lernen Sie wichtige Formen kennen, mit denen gängige Wendungen aus dem Geschäftsalltag professioneller formuliert werden können. Damit verbessern Sie nicht nur direkt Ihre Kommunikation, sondern treten zugleich auch selbstbewusster und qualifizierter auf. Sollte das Thema dieses Abschnittes für Sie noch etwas zu fortgeschritten sein, dann lassen Sie sich nicht entmutigen und kommen zu einem späteren Zeitpunkt - zum Beispiel nach dem ersten Durcharbeiten dieses Buches - wieder darauf zurück!

Von einem abstrakten Level aus betrachtet, widmen wir uns bei der Arbeit meist einer der folgenden Tätigkeiten:

- Wir **denken** über etwas nach
- Wir **machen** etwas
- Wir **ändern** etwas
- Wir **arbeiten** zusammen

Für jedes dieser Themenfelder gibt es zentrale Wörter um die jeweilige Tätigkeit zu beschreiben. Diese sind:

- To **think** of/about
- To **make**
- To **change**
- To **work** together

Im Folgenden lernen Sie alternative Formulierungen und raffiniertere Wendungen für jedes dieser Wörter kennen. Diese können in speziellen Situationen verwendet werden, um Ihrer Aussage neue Nuancen zu verleihen, die besser für die jeweilige Situation geeignet sind als die oben gelisteten, sehr generellen Wörter.

**To think of/about**

„To think“ ist eins der am häufigsten verwendeten Verben und klingt daher oft unpräzise oder zu generell. Eine bessere Möglichkeit Gedanken auszudrücken bietet die Verwendung des gleichbedeutenden Verbs "**to consider**" *[tu konsidär]* (erwägen). Die Aussage:

"I will think about your proposal."

Ich werde über Ihren Vorschlag nachdenken.

kann damit professioneller formuliert werden zu:

"I will *consider* your proposal."

Ich werde Ihren Vorschlag *erwägen*.

„to consider" und „to think about" sind Synonyme und können in diesem Kontext problemlos ausgetauscht werden.

Was aber, wenn Sie über etwas nachdenken aber Ihnen die Entscheidung schwer fällt? In einer solchen Situation bietet sich das Verb "**to deliberate**" *[tu delibäreit]* (gründlich überlegen) an. Hiermit können Sie ausdrücken, dass eine Entscheidung schwierig ist und mehr Zeit in Anspruch nimmt, als normalerweise. So kommunizieren Sie Ihrem Gegenüber auf subtile Art und Weise die Feinheiten eines komplexen Entscheidungsprozesses. Zum Beispiel kann die neutrale Nachfrage nach einem Entscheidungsfortschritt

"You've been thinking about this all week. Are you any closer to a decision now?"

Sie haben darüber die ganze Woche nachgedacht. Sind Sie jetzt näher an einer Entscheidung?

feinfühliger formuliert werden, um Ihrem Gegenüber zu kommunizieren, dass Sie sich der Schwierigkeiten und Herausforderungen bewusst sind:

"You've been *deliberating* on this all week. Are you any closer to a decision now?"

Sie haben darüber die ganze Woche *gründlich überlegt*. Sind Sie jetzt näher an einer Entscheidung?

Ihr Gegenüber wird Ihnen diese aufmerksame Art der Kommunikation danken.

Mit „to think" kann ebenfalls eine Vermutung ausgedrückt werden, was aber oft unentschlossen oder vage klingt. In diesem Fall bietet das Verb "**to believe**" *[tu belif]* (glauben) eine gute Möglichkeit, um Ihrer Vermutung Sicherheit und Selbstbewusstsein zu verleihen. So wird:

> "I think that this option will be beneficial for us in the long run."
> Ich denke, dass diese Option langfristig vorteilhaft für uns sein wird.

durch die Verwendung von "to believe“ zu einer aussagekräftigeren Vermutung

> "I *believe* that this option will be beneficial for us in the long run."
> Ich *glaube*, dass diese Option langfristig vorteilhaft für uns sein wird.

**To make**

Das Verb "to make" *[tu meik]* (machen) kann zwar selten falsch verwendet werden, klingt aber in den meisten Fällen auch platt und zu vage. Wird über das Resultat einer Arbeit gesprochen, dann bieten sich die Verben "**to prepare**" *[tu pripär]* (vorbereiten) und "**to produce**" *[tu prodjus]* (erstellen) als Synonyme zu „to make“ an. Die Aussagen:

> "We made a report for today's meeting"
> Wir haben einen Bericht für das heutige Treffen gemacht.
>
> "Can you make a new image for our social media channels?"
> Können Sie ein neues Bild für unsere sozialen Netzwerke machen?

werden mit diesen Synonymen zu:

> "We *prepared/produced* a report for today's meeting"
> Wir haben einen Bericht für das heutige Treffen *vorbereitet/erstellt.*
>
> "Can you *prepare/produce* a new image for our social media channels?"
> Können Sie ein neues Bild für unsere sozialen Netzwerke *vorbereiten/erstellen*?

**To change**

Wandel und Veränderung ist ein wichtiger Bestandteil in allen Bereichen des Wirtschaftslebens. Um aber auf einen erfolgreichen Wandel hinzuarbeiten und alle Ihre Kolleg:innen mit an Bord zu haben, ist es besonders wichtig, diesen höflich und respektvoll kommunizieren zu können. Handelt es sich um kleine Änderungen, zum Beispiel in einem Bericht, einer Präsentation oder einem Schreiben, dann kann das Verb "**to modify**" *[tu modifai]* (abändern) statt „to change“ verwendet werden.

> "This needs to be changed before we send it out."
> Das muss verändert werden, bevor wir es abschicken können.

Die Veränderung im Ton dieser Aussage ist subtil aber deutlich wahrnehmbar

> "This needs to be *modified* before we send it out."
> Das muss *abgeändert* werden, bevor wir es abschicken können.

Handelt es sich um große Veränderungen mit weitreichenden Konsequenzen, zum Beispiel dem Wandel der Firmenpolitik, eine Neuausrichtung eines Projekts oder eine ähnlich tiefgreifende Neuerung, dann ist das Verb "**to transition to**" *[tu transischion]* (übergehen zu) eine gute Wahl.

> "The whole industry will change into a low-carbon-economy by 2025."
> Die gesamte Industrie wird sich bis 2025 zu einer kohlenstoffarmer Wirtschaft ändern.

Die Veränderung im Ton dieser Aussage ist subtil aber deutlich wahrnehmbar

> "The whole industry will *transition* to a low-carbon-economy by 2025."
> Die gesamte Industrie wird bis 2025 in eine kohlenstoffarme Wirtschaft übergehen.

**To work together**

Um die Zusammenarbeit mit Ihren Kolleg:innen zu beschreiben, bietet sich neben dem einfachen „to work together" das Verb "**to collaborate**" *[tu kollaboreit]* (zusammenarbeiten) als professioneller klingende Alternative an. Wenn Sie wirklich betonen wollen, dass eine intensive Kollaboration zwischen mehreren Parteien stattfinden wird, dann kann auch "**to join forces**" *[tu dschoin forssäs]* (sich zusammenschließen) verwendet werden. An den folgenden Beispielen wird die Verwendung dieser Verben verdeutlicht:

"Congratulations! Everybody collaborated very well in this project."

Herzlichen Glückwunsch! Alle Beteiligten haben sehr gut in diesem Projekt zusammengearbeitet.

"Teams of several departments will join forces on this challenging task."

Teams aus mehreren Abteilungen werden sich für diese herausfordernde Aufgabe zusammenschließen.

**TIPP** Das Wort „**teamwork**" bedeutet Gruppenarbeit und ist im Englischen wie auch im Deutschen ein Nomen. Es kann nicht wie ein Verb verwendet werden, also ist der Satz „We'll teamwork on this" nicht richtig!

**Take Aways Kapitel 4**

- Fragen und Bitten können höflich formuliert werden, indem das Wort „please" an das Satzende angehängt wird.
- Mit den Modalverben „could" und „would" anstelle von „can" und „will" können leicht höfliche Fragen gestellt werden.
- „No" ist ein No-Go bei Verneinungen! Benutzen Sie Softeners oder geben Sie eine Begründung für Ihre Ablehnung.
- Die generellen Verben „think", „change", „make" und „work together" können durch elegantere Synonyme wie „consider", „deliberate", „modify", „transition to", „produce", „prepare", „join forces" und „collarborate" ersetzt werden.

# 5. Telefonieren auf Englisch



*In diesem Kapitel lernen Sie eine der schwierigsten Alltagssituationen zu meistern: das Telefonieren auf Englisch! Neben einer ausführlichen Besprechung der häufigsten Szenarien erhalten Sie auch wertvolle Tipps, um in Zukunft Telefonate selbstbewusst und fließend zu führen. Am Ende des Kapitels finden Sie darüber hinaus das internationale Buchstabieralphabet sowie einen umfangreichen Aufbauwortschatz rund um das Thema telefonieren.*

**Audiobeispiel 5.1** Alle wichtigen Vokabeln, Wendungen und Sätze finden Sie auch in den Audiodateien zu diesem Kapitel zum Anhören und Wiederholen.

Vielleicht kennen Sie das: im Geschäftsalltag bereitet es Ihnen keine größeren Probleme mit Ihren Kolleg:innen auf Englisch klar und selbstbewusst zu kommunizieren. Doch sobald das Telefon klingelt oder Sie Ihren Finger auf das Wahlfeld setzen, ist alle Sicherheit dahin und Panik macht sich breit. Um dieses weit verbreite Phänomen zu beseitigen, lernen Sie in diesem Kapitel zahlreiche nützliche Wendungen für alle Abschnitte eines Telefongesprächs kennen. Darüber hinaus erhalten Sie hilfreiche Tipps und Hinweise, so dass es Ihnen in Zukunft ein Leichtes sein wird, Ihre Telefonate überzeugend und erfolgreich zu führen.

**TIPP** Es ist am Anfang überhaupt nicht nötig jeden der zahlreichen Ausdrücke in den folgenden Abschnitte zu kennen. Ich empfehle Ihnen, sich für jede Situation ein paar der für Sie **wichtigsten Phrasen** herauszusuchen und diese regelmäßig zu wiederholen, bis sie gut in Ihrem Gedächtnis verankert sind. Nur so werden Sie sie auch in einem echten Telefonat ohne Zögern abrufen können!

# 5.1 Gesprächsbeginn

Ein selbstbewusster und direkter Einstieg ist der Schlüssel für ein erfolgreiches Telefongespräch. Sprechen Sie lieber etwas langsamer aber dafür klar und verständlich. Das ist in jedem Fall besser, als sich direkt zum Einstieg zu verhaspeln. Wie schon in den vorherigen Kapiteln besprochen, sollten Sie sich auch am Telefon stets mit Vor- und Nachnamen vorstellen. Danach kommt der Name Ihrer Firma und gegebenenfalls weitere Angaben wie Ihre Abteilung oder Ihr Aufgabenbereich.

### Einen Anruf tätigen

Die folgenden Wendungen eignen sich, um ein Gespräch zu beginnen wenn Sie selbst den Anruf tätigen:

Begrüßung

| Englisch | Deutsch |
|---|---|
| Hello, this is *Name* from *Firma*. | Hallo, hier ist *Name* von *Firma*. |
| Good morning/afternoon/evening, this is *Name*. from *Firma* speaking | Guten Morgen/Tag/Abend, hier spricht *Name* von *Firma*. |
| Good morning/afternoon/evening, *Name* from *Firma*. here | Guten Morgen/Tag/Abend, *Name* von *Firma* am Apparat. |
| Hi, I'm *Name* from *Firma*. | Hallo, ich bin *Name*. von *Firma*. |

Beachten Sie bei Begrüßungen auch die eventuelle Zeitverschiebung Ihres Gegenübers! Beweisen Sie Feinfühligkeit indem Sie im Zweifelsfall lieber eine neutrale Wendung wie „Hello“ anstatt „Good morning/evening“ verwenden. Small Talk ist am Telefon nicht üblich, es sei denn, Sie kennen Ihre:n Gesprächspartner:in persönlich, dann könnte ein kurzes Erkundigen nach dem Befinden oder anderen gemeinsamen Themen angebracht sein. Gehen Sie danach mit den folgenden Wendungen zum Wesentlichen über:

Anliegen vortragen

| Englisch | Deutsch |
|---|---|
| May I speak with *Name*, please? | Dürfte ich bitte mit *Name* sprechen? |
| I'd like to speak with *Name*, please. | Ich würde gerne mit *Name* sprechen bitte. |
| Could you put me through to *Name*, please? | Könnten Sie mich bitte zu *Name* durchstellen? |
| I'd like to speak to somebody about ... | Ich würde gerne mit jemandem über ... sprechen. |

| Englisch | Deutsch |
|---|---|
| Am I speaking to *Name*? | Spreche ich mit *Name*? |
| I'm calling regarding ... | Ich rufe an bezüglich ... |
| I'm calling about ... | Ich rufe an wegen ... |
| I'd like to talk to you about ... | Ich würde gerne mit Ihnen über ... sprechen. |
| It's about ... | Es geht um ... |
| I was wondering if you could tell me ... | Ich habe mich gefragt ob Sie mir sagen könnten ... |
| I just wanted to ask ... | Ich wollte nur fragen ... |
| I'm calling in reply to ... | Ich rufe an als Antwort auf ... |
| I'm returning *Name*'s call about ... | Ich rufe wegen *Name*s Anruf zurück... |

### Einen Anruf entgegennehmen

Sollten Sie ein Gespräch entgegennehmen, gelten die gleichen Regeln wie schon zuvor. Sprechen Sie klar und deutlich und verwenden Sie eine der folgenden Phrasen:

Begrüßung

| Englisch | Deutsch |
|---|---|
| *Firma*, *Name* speaking, how may I help you? | *Firma*, *Name* am Apparat, wie kann ich Ihnen behilflich sein? |
| *Firma*, *Name* speaking. | *Firma*, *Name* am Apparat. |
| Hello/Good Morning/afternoon/evening, *Firma Name* | Hallo/Guten Morgen/Tag/Abend, *Firma Name* am Apparat. |

Mit den folgenden Sätzen können Sie direkt zum Anliegen Ihres Gegenübers übergehen

Anliegen erfragen

| Englisch | Deutsch |
|---|---|
| What does it concern, please? | Um was handelt es sich bitte? |
| Whom would you like to speak to, please? | Mit wem würden Sie gerne sprechen? |
| Would you mind telling me what you're calling about? | Könnte ich bitte den Grund Ihres Anrufes erfahren? |
| How can I help you? | Wie kann ich Ihnen behilflich sein? |
| What can I do for you? | Was kann ich für Sie tun? |

| Englisch | Deutsch |
|---|---|
| May I ask who's calling? | Dürfte ich fragen, wer anruft? |
| Could I have your name and number please? | Könnte ich bitte Ihren Namen und Telefonnummer bekommen? |
| May I have your name please? | Dürfte ich Ihren Namen erfahren? |
| Which organization do you represent? | Welche Organisation vertreten Sie? |

Was ist aber, wenn Sie feststellen, dass Sie sich verwählt haben bzw. die anrufende Person an der falschen Adresse gelandet ist? Mit diesen Formulierungen klärt sich die Situation schnell und einfach auf:

Verwählt!

| Englisch | Deutsch |
|---|---|
| I'm sorry, I must have dialed the wrong number. | Entschuldigung, ich muss mich wohl verwählt haben. |
| It seems that I got the wrong number here. I'm sorry! | Es scheint, als bin ich hier bei der falschen Nummer. Entschuldigung! |
| Sorry, is this ... ? | Entschuldigung, spricht hier ...? |
| I'm sorry, I was put through the wrong extension. | Tut mir leid, ich wurde zur falschen Durchwahl durchgestellt. |
| I'm afraid you'v dialed the wrong number. This is *Firma* and not ... | Ich fürchte Sie haben sich verwählt. Hier ist *Firma* und nicht ... |
| I'm sorry but this person doesn't work here. Do you have the right number? | Es tut mir leid, aber diese Person arbeitet nicht hier. Haben Sie die richtige Nummer? |
| I'm sorry, but I think you have the wrong extension. | Es tut mir leid, aber ich glaube Sie wurden versehentlich durchgestellt. |

**TIPP** Um anfängliche Panik oder Unsicherheit abzubauen, empfiehlt sich **tägliche Übung**! Vereinbaren Sie zum Beispiel ein Telefongespräch pro Tag mit englischsprachigen Freunden oder deutschen Kolleg:innen die ebenfalls Ihr Telefonenglisch verbessern wollen. So lernen Sie, Unsicherheiten abzulegen und können eine positive Grundeinstellung aufbauen.

## 5.2 Weiterleitung, Rückruf und Nachrichten

Im Folgenden werden die weiteren typischen Situationen betrachtet, die bei einem Telefonat nach der Begrüßung auftreten. Möchte der:die Anrufer:in verbunden werden, sind folgende Wendungen hilfreich:

## Weiterleitung

| Englisch | Deutsch |
|---|---|
| Could you please connect me with *Name* of *Department*? | Könnten Sie mich bitte mit *Name* aus *Abteilung* verbinden? |
| Would you mind putting me through to *Name*, please? | Würde es Ihnen etwas ausmachen, mich mit *Name* zu verbinden? |
| Please hold the line, I'll put you through. | Bleiben Sie bitte an der Leitung, ich stelle Sie durch. |
| Just a moment please, I'll connect you to *Name*. | Einen Augenblick bitte, ich verbinde Sie mit *Name*. |
| I'll pass you over to *Name*. | Ich stelle Sie zu *Name* durch. |
| Could you hold the line for a second, please? | Könnten Sie bitte kurz in der Leitung bleiben? |
| Hang on a moment, please. | Bleiben Sie kurz dran bitte. |
| Just a moment, please. | Einen Moment, bitte. |

Häufig kommt es zur Situation, dass der:die gewünschte Gesprächspartner:in bereits auf einer anderen Leitung spricht oder abwesend ist. Teilen Sie dies Ihrem Gegenüber mit den folgenden Sätzen mit und beachten Sie dabei, Ihr Bedauern am Satzanfang mit den höflichen Wendungen des letzten Kapitels auszudrücken, zum Beispiel wie „I'm sorry" oder „I'm afraid":

## Gesprächspartner:in abwesend oder belegt

| Englisch | Deutsch |
|---|---|
| I'm sorry but the line is busy. | Die Leitung ist leider belegt. |
| I'm sorry *Name* is speaking on another line. | *Name* spricht auf einer anderen Leitung. |
| I'm afraid *Name* is in a meeting at the moment. | Ich fürchte *Name* ist gerade in einer Besprechung. |
| It seems like *Name* is out right now. | Es scheint als ob *Name* gerade nicht im Haus ist. |
| I'm sorry, *Name* is not at her desk right now. | Entschuldigung, aber *Name* ist gerade nicht am ihrem Schreibtisch. |
| Unfortunately, *Name* is on holiday/-lunchbreak/sick leave. | *Name* ist leider im Urlaub/beim Mittagessen/krankgeschrieben. |
| *Name* is not in but should be back any minute. | *Name* ist nicht hier, sollte aber jeden Augenblick zurück sein. |

In diesem Fall können Sie um Rückruf bitten oder dies anbieten, je nachdem ob Sie angerufen oder den Anruf entgegengenommen haben:

Rückrufe

| **Englisch** | **Deutsch** |
|---|---|
| Do you know, when *Name* will be back? | Wissen Sie, wann *Name* zurück sein wird? |
| When can I reach *Name*? | Wann werde ich *Name* erreichen können? |
| Could you please tell *Name* that I called? | Könnten Sie *Name* bitte ausrichten, dass ich angerufen habe? |
| Please let *Name* know, that ... | Lassen Sie *Name* bitte wissen, dass ... |
| Could you please ask *Name* to call me back? | Könnten Sie *Name* bitte bitten, mich zurückzurufen? |
| Please ask *Name* to contact me about ... | Bitte richten Sie *Name* aus, mich bezüglich ... zu kontaktieren. |
| Who is covering for *Name*? | Wer vertritt *Name*? |
| When would be a good time to call *Name*? | Wann wäre eine gute Zeit, um *Name* anzurufen? |
| Would you mind calling back later? | Könnten Sie später zurückrufen? |
| Could you try again later/tomorrow? | Könnten Sie es später/morgen noch einmal versuchen? |
| Should I ask *Name* to call you back? | Soll ich *Name* ausrichten, Sie zurückzurufen? |
| I could ask *Name* to call you back on this number. | Ich könnte *Name* bitten, Sie unter dieser Nummer zurückzurufen. |
| If it's urgent, I can ask *Name* to call you back asap. | Wenn es dringend sein sollte, kann ich *Name* bitten, Sie unverzüglich zurückzurufen. |
| I'm afraid I'm a bit busy right now. Could I call you back later? | Ich fürchte ich bin gerade sehr beschäftigt. Könnte ich Sie später zurückrufen? |
| Would you mind calling me back later? I am tied up right now. | Würde es Ihnen etwas ausmachen, mich später zurückzurufen? Ich bin gerade etwas eingespannt. |

Alternativ können Sie mit den folgenden Wendungen auch eine Nachricht hinterlassen oder dies anbieten:

Nachrichten

| Englisch | Deutsch |
|---|---|
| Would you mind taking a message? | Könnten Sie etwas ausrichten? |
| I'd like to leave *Name* a message. | Ich würde *Name* gerne eine Nachricht hinterlassen. |
| Would you like me to take a message? | Würden Sie gerne eine Nachricht hinterlassen? |
| Can I take a message for you? | Kann ich eine Nachricht für Sie aufnehmen? |
| Should I tell *Name* that you tried to reach him? | Soll ich *Name* ausrichten, dass Sie versucht haben, ihn zu erreichen? |

## 5.3 Nachfragen und Verständigungsprobleme

Kritisch wird es bei Telefonaten vor allem dann, wenn Verständigungsprobleme auftreten. Ob nun die Verbindung schlecht ist oder Ihr Gegenüber unverständlich redet - in solchen Situationen ist es wichtig, Ruhe zu bewahren und die richtigen Sätze parat zu haben. Im Folgenden lernen Sie praktische Formulierungen kennen, mit denen Sie jegliche Probleme souverän aus der Welt schaffen werden!

Schlechte Verbindung

| Englisch | Deutsch |
|---|---|
| The line is very bad. Could you speak up please? | Die Verbindung ist sehr schlecht. Könnten Sie bitte lauter sprechen? |
| I think we have a bad connection. Can you hear me well? | Ich glaube wir haben eine schlechte Verbindung. Können Sie mich gut verstehen? |
| I'm sorry, I have very bad reception here. | Es tut mir leid, ich habe hier nur wenig Empfang. |
| I'm sorry, I can hardly hear you. | Es tut mir leid, ich kann Sie kaum verstehen. |

Haben Sie etwas nicht verstanden, oder spricht Ihr Gegenüber viel zu schnell für Sie? Dann zögern Sie nicht lange und fragen Sie direkt nach, zum Beispiel mit einem der folgenden Sätze:

## Nachfragen

| **Englisch** | **Deutsch** |
|---|---|
| I didn't get that. Could you repeat that please? | Ich habe das nicht verstanden. Könnten Sie das bitte wiederholen? |
| I'm sorry I didn't catch that. | Entschuldigung, das hab ich nicht verstanden. |
| I'm sorry, could you repeat that please? | Entschuldigung, könnten Sie das bitte wiederholen? |
| Would you mind speaking a bit slower? | Würde es Ihnen etwas ausmachen, ein wenig langsamer zu sprechen? |
| What was the name of the company please? | Wie war der Name der Firma bitte? |
| Could you please repeat your name? | Könnten Sie bitte Ihren Namen wiederholen? |
| Could you spell that for me please? | Könnten Sie das bitte für mich buchstabieren? |
| Would you be so kind to spell that for me? | Wären Sie so nett und würden das für mich buchstabieren? |
| Sorry/Pardon? | Entschuldigung/Wie bitte? |

**TIPP** Wenn Ihr Gegenüber zu schnell oder undeutlich spricht - treten Sie **selbstbewusst und aktiv** auf und fagen Sie direkt nach, bis alles klar geworden ist. Es gibt keinen Grund sich dafür zu schämen, außerhalb der eigenen Muttersprache etwas nicht zu verstehen!

## Internationales Buchstabieralphabet

| **Buchstabe** | **Wort** | ***[Laut]*** | **Buchstabe** | **Wort** | ***[Laut]*** |
|---|---|---|---|---|---|
| **A** | Alpha | *[alfa]* | **N** | November | *[nowämbär]* |
| **B** | Bravo | *[brawo]* | **O** | Oscar | *[oskar]* |
| **C** | Charlie | *[tscharli]* | **P** | Papa | *[papa]* |
| **D** | Delta | *[delta]* | **Q** | Quebec | *[kebäk]* |
| **E** | Echo | *[ekko]* | **R** | Romeo | *[rome]* |
| **F** | Foxtrot | *[foxtrott]* | **S** | Sierra | *[ssiärra]* |
| **G** | Golf | *[golf]* | **T** | Tango | *[tängo]* |
| **H** | Hotel | *[houtäll]* | **U** | Uniform | *[juniform]* |
| **I** | India | *[indija]* | **V** | Victor | *[wiktor]* |
| **J** | Juliet | *[dschuliät]* | **W** | Whiskey | *[whiski]* |
| **K** | Kilo | *[kilo]* | **X** | X-Ray | *[äks rei]* |
| **L** | Lima | *[lima]* | **Y** | Yankee | *[jänki]* |
| **M** | Mike | *[maik]* | **Z** | Zulu | *[sulu]* |

Gerade wenn es dann darum geht etwas durch Buchstabieren zu wiederholen kommen deutsche Muttersprachler:innen so richtig ins Schwimmen! Denn das deutsche Buchstabieralphabet verwendet leider nicht die gleichen Begriffe wie das Englische. Damit Sie auch diese letzte Hürde erfolgreich meistern können, finden Sie in der linksstehenden Tabelle das offizielle internationale Buchstabieralphabet mit dem Sie überall auf der Welt verstanden werden. Damit steht ihrem Echo Romeo Foxtrot Oscar Lima Golf nichts mehr im Wege!

## 5.4 Gesprächsende

Sie können je nach Gespräch noch kurz auf weitere Schritte eingehen, bevor Sie es beenden. Dafür bieten sich die Folgenden Wendungen an:

Abschließende Schritte

| **Englisch** | **Deutsch** |
|---|---|
| I'll be in touch regarding ... | Ich werde mich bezüglich ... nochmal melden. |
| I'll check that and will get back to you. | Ich werde das überprüfen und mich wieder bei Ihnen melden. |
| Is there anything else I can do for you? | Kann ich sonst noch etwas für Sie tun? |
| Is there anything else I could help you with? | Könnte ich Ihnen noch anderweitig behilflich sein? |

Zur Verabschiedung ist es nie falsch, sich für die Zeit und Mühen Ihres Gegenübers zu bedanken und einen angenehmen Eindruck zu hinterlassen:

Verabschiedung

| **Englisch** | **Deutsch** |
|---|---|
| Thank you for calling. Have a nice day. | Danke für Ihren Anruf. Einen guten Tag noch. |
| Goodbye, Mr:Ms *Name* | Auf Wiedersehen Herr:Frau *Name*. |
| Thank you very much for your help. Goodbye. | Vielen dank für Ihre Hilfe. Auf Wiederhören. |
| Thank you for your time. Bye. | Danke für Ihre Zeit. Auf Wiederhören. |
| Okay, I think that's all from my side. Have a good day. | Okay, das ist alles von meiner Seite. Ich wünsche Ihnen noch einen schönen Tag. |

**TIPP** Antworten Sie auf ein „Thank you very much" bitte **niemals** mit „please"! Diese wörtliche Übersetzung ist ein klassisches Fettnäpfchen deutscher Muttersprachler:innen. Die korrekte Antwort lautet immer „You're welcome"!

## 5.5 Beispielgespräch

Im Folgenden finden Sie ein Beispielgespräch anhand dessen Sie die Verwendung vieler Phrasen aus den obigen Abschnitte nachvollziehen können. Zur vertiefenden, selbständigen Übung können auch Sie versuchen, Formulierungen in diesem Dialog durch Gleichbedeutende zu ersetzen und passende Alternativen zu finden!

| | |
|---|---|
| Stefan | AES publishing house, this is Stefan von Ulan speaking. How may I help you, please? |
| Caller | Good morning Stefan, this is Helena Bryne from Ireland National Distributions calling. |
| Stefan | Good morning Helena, what can I do for you? |
| Helena | I was wondering if it would be possible to talk to Mr. Scharton today? |
| Stefan | Would you mind telling me what you're calling about? |
| Helena | Not at all. I'm calling regarding the possibility of an interview in one of our Dublin-based magazines on his experiences in the self publishing sector. |
| Stefan | Hang on a moment please, I'll see if he's available. |
| Helena | Sure. |
| Stefan | Hello? Mrs. Bryne? Mr. Scharton is in a meeting at the moment. |
| Helena | Oh, that's unfortunate. Do you know when he will be available today? |
| Stefan | It looks like his schedule is pretty busy today. Should I let him know that you've called? |
| Helena | Would it be possible for him to call me back tomorrow? We'd really like to do this interview for next month's issue. |
| Stefan | Certainly. I will make an appointment for him to call you back. |
| Helena | Lovely. He can call me via this number. |
| Stefan | Okay. Sorry, could you repeat your name again? |
| Helena | Helena Bryne. |
| Stefan | Helena... Would you mind spelling your last name out for me? |
| Helena | Absolutely. Bravo, Romeo, Yankee, November, Echo. Bryne. |

Stefan Great I got it. How's tomorrow around 2 PM Dublin Time for you?

Helena That fits perfectly, thank you very much.

Stefan You're welcome Helena. Mr. Scharton will be in touch with you tomorrow, 2 PM Dublin Time. Is there anything else I can do for you?

Helena No that's all from my side. Thank you very much for your time! Bye!

Stefan You're very welcome! Bye!

**TIPP** Sie können sich ebenso eine eigene Liste nützlicher Wendungen aus diesem Kapitel zusammenstellen und diese an Ihrem Arbeitsplatz neben dem Telefon platzieren. Ein solcher „**Spickzettel**" gibt Ihnen nicht nur mehr Sicherheit während des Telefonats, sondern dient gleichzeitig auch der täglichen Wiederholung und Übung!

## Wortschatz zu Kapitel 5

| **Englisch** | ***[Aussprache]*** | **Deutsch** |
|---|---|---|
| answering machine | *[ansöring maschin]* | Anrufbeantworter |
| area code | *[äria koud]* | Ortsvorwahl |
| battery | *[bätteri]* | Batterie, Akku |
| business call | *[bisnäs kall]* | Dienstgepräch |
| call waiting | *[kall ueiting]* | Anklopfen |
| country code | *[kantri koud]* | Ländervorwahl |
| dialling tone | *[daialing toun]* | Wählton |
| engaged | *[engeidschd]* | besetzt |
| extension | *[äkstänschjon]* | Durchwahl |
| fault | *[folt]* | Störung |
| interference | *[intärfiräns]* | Beeinträchtigung |
| landline | *[ländlain]* | Festnetz |
| line | *[lain]* | Telefonleitung |
| mailbox | *[meilbox]* | Anrufbeantworter |
| message | *[mässädsch]* | Nachricht |
| missed call | *[missed kall]* | verpasster Anruf |
| mobile | *[mobail]* | Handy |
| mobile phone charger | *[mobail foun tschard-schär]* | Aufladegerät |
| personal call | *[pörsönal kall]* | persönlicher Anruf |
| phone | *[foun]* | Telefon |
| phone number | *[foun namber]* | Telefonnummer |

| | | |
|---|---|---|
| receiver | *[risiwär]* | Telefonhörer |
| reception | *[risäptschon]* | Handyempfang |
| ringtone | *[ringtoun]* | Klingelton |
| signal | *[signall]* | Empfang |
| smartphone | *[smardfoun]* | Smartphone |
| text message | *[täggs messädsch]* | Textnachricht, SMS |
| to be cut off | *[tu bi kat off]* | unterbrochen werden |
| to call someone back | *[tu kall somuon bäg]* | jemanden zurückrufen |
| to catch up with somebody | *[tu kätsch ap wiss somebadi]* | jemanden erreichen |
| to dial a number | *[tu dail a namber]* | eine Nummer wählen |
| to hang up | *[tu häng ap]* | auflegen |
| to leave a message | *[tu lief a messädsch]* | eine Nachricht hinterlassen |
| to put somebody on loudspeaker | *[tu put somebadi on laudspikär]* | Telefonlautsprecher einschalten |
| to ring | *[tu ring]* | klingeln |
| to send a text message | *[tu sänd a täggsd messädsch]* | eine SMS senden |
| to stay on the line | *[tu stei on lain]* | Am Apparat bleiben |
| to text | *[tu täggsd]* | SMS schreiben |

**Take Aways Kapitel 5**

- Egal ob Sie einen Anruf tätigen oder entgegennehmen: stellen Sie sich immer mit Vor- und Nachname vor.
- Smalltalk am Telefon ist eher unüblich, es sei denn, Sie kennen Ihr Gegenüber schon besser und es gibt gemeinsame Themen auf die Sie zurückgreifen können.
- Sprechen Sie im Zweifelsfall lieber langsamer und deutlicher, als sich nervös zu verhaspeln. Wenn Ihr Gegenüber zu schnell oder undeutlich spricht, fragen Sie direkt nach!
- Auch beim Telefonieren sind die Softeners und höflichen Wendungen des vorherigen Kapitels nützlich für einen angenehmen Gesprächsablauf.
- Eignen Sie sich das internationale Buchstabieralphabet an, um Missverständnisse beim Buchstabieren zu vermeiden.
- Auf „Thank you very much“ wird stets mit „You're welcome“ und niemals mit „Please“ geantwortet!

# 6. Geschäftsbriefe und -mails



*Mit den Inhalten dieses Kapitels werden Sie in der Lage sein, schnell und korrekt verschiedenste Arten von Geschäftsbriefen und -mails zu verfassen. Neben einigen wichtigen Konzepten und Tipps zur Struktur, lernen Sie sowohl für formelle als auch informelle Schreiben zahlreiche Formulierungen und Wendungen kennen. Darüber hinaus finden Sie eine praktische generelle Checkliste um häufige Fehler zu vermeiden, Tipps zur korrekten Zeichensetzung und drei typische Beispielschreiben. Das Kapitel endet mit einem umfangreichen Aufbauwortschatz zum Thema Geschäftsschreiben.*

**Audiobeispiel 6.1** Alle wichtigen Vokabeln, Wendungen und Sätze finden Sie auch in den Audiodateien zu diesem Kapitel zum Anhören und Wiederholen.

Der Schriftverkehr ist ein zentraler Bestandteil sämtlicher Geschäftsbeziehungen und wird in diesem Kapitel in aller Breite und Tiefe behandelt. Neben den essentiellen Formulierungen und grammatikalischen Besonderheiten des Schriftverkehrs auf Englisch werden darüber hinaus noch zahlreiche praktische Tipps und Konzepte vorgestellt, um Ihrer schriftlichen Kommunikation Prägnanz und Stil zu verleihen. Der Fokus liegt dabei auf dem korrekten Schreiben elektronischer Briefe (E-Mails), da diese mittlerweile einen Großteil der schriftlichen Alltagskommunikation ausmachen. Der traditionelle Briefverkehr unterscheidet sich davon nicht prinzipiell, sondern nur in wenigen Aspekten der Formatierung. Diese werden in einem gesonderten Abschnitt besprochen, so dass Sie auch darauf Bestens vorbereitet sein werden. Legen wir los!

## 6.1 Aufbau geschäftlicher E-Mails

Eine Studie von Sendmail kam zu dem Ergebnis, dass 91% aller befragten Personen E-Mails als unverzichtbares und nützliches Kommunikationsinstrument wertschätzen. 64% der Befragten gaben jedoch ebenfalls an, dass E-Mails der Hauptgrund für unnötigen Stress und Verwirrung während der Arbeit darstellen[1]. Die mit Abstand häufigste Ursachen dafür ist: unklare oder zu lange und komplizierte Formulierungen in der Mail. Dabei ist es durchaus nicht unüblich, dass Menschen an einem Arbeitstag über 100 E-Mails erhalten und versenden. Angesichts dieses Volumens ist klar, dass bereits kleine Fehler in der Formatierung für viel gefühlten Stress und Unklarheiten sorgen können. Die Grundsäulen eines guten Geschäftsschreibens - ob digital oder als Brief - lauten daher:

- **Höflichkeit**: Nutzen Sie höfliche und respektvolle Formulierungen und hinterlassen Sie so einen positiven Eindruck.
- **Klarheit**: Treffen Sie kurze und präzise Aussagen, vermeiden Sie Füllwörter und beschränken Sie sich auf die absolut wichtigsten Punkte Ihres Anliegens.
- **Struktur**: Unterteilen Sie Ihr Schreiben in die folgenden Abschnitte: Einleitung(*greeting*), Hauptteil(*body*), Schluss(*closing*) und heben Sie diese klar durch Absätze hervor.
- **Sandwich Prinzip** Diesem Kommunikationsprinzip folgend, sollten Sie negative Inhalte stets hinter eine positive oder neutrale Aussage stellen und dann eine weitere optimistische/positive Aussage folgen lassen. Dadurch werden schlechte Neuigkeiten von Ihrem Gegenüber besser aufgenommen und akzeptiert - it works!

In der englischen Sprache stehen Ihnen eine Vielzahl von Ausdrücken zur Verfügung wobei der Schreibstil natürlich vom Kontext und der jeweiligen Beziehung zu Ihrem:r Empfänger:in abhängt. Allerdings ist der alltägliche Schriftverkehr besonders bei Briefen stark standardisiert, um Missverständnisse zu verhindern. Verzichten Sie auf umgangssprachliche Ausdrücke, komplizierte Satzstrukturen und zu bildhafte oder emotionale Sprache. In E-Mails können Sie einen informelleren Ton wählen, wenn Ihnen der:die Empfänger:in schon bekannt oder der geschäftliche Umgang generell etwas lockerer ist und sich daher eine persönlichere Form anbietet. Allgemein gilt auch hier das **KISS**-Prinzip:

[1] https://www.wrike.com/blog/work-emails-cause-anger-confusion-infographic/

**K**eep **i**t **s**hort and **s**imple !

Fassen Sie sich kurz und bündig! Oft können 5 Sätze für eine einfache Mail ausreichend sein. In den kommenden Abschnitten lernen Sie Möglichkeiten kennen, Ihre Schreiben nach den oben genannten Prinzipien einfach und verständlich zu gestalten. In den Tabellen stehen die *informellen Phrasen* und Wendungen jeweils im unteren Teil der Aufzählung und sind darüber hinaus *kursiv hervorgehoben*. Sie sollten nur unter passenden Umständen verwendet werden - entscheiden Sie selbst!

**TIPP** Unter dem Punkt „**Füllwörter**" finden Sie weiter hinten in diesem Kapitel eine Liste von zu vermeidenden Wörtern und passende Alternativen, um Ihre Schreiben eleganter und präziser zu gestalten.

## Einleitung - Opening

Bevor das eigentliche Schreiben beginnt, kommt die Betreffzeile. Diese lautet auf Englisch „subject line" oder einfach nur „subject" und stellt den ersten, wichtigen Punkt Ihres Schreibens dar. Denn anhand der Information, die Sie hier geben, entscheidet Ihr Gegenüber über die Relevanz Ihres Anliegens. Bei über 100 solcher E-Mails pro Tag ist es besonders wichtig, sich hier klar und deutlich hervorzuheben - sonst rutschen Sie auf der Prioritätenliste nach hinten und müssen mit Verzögerungen rechnen. Vermeiden Sie generell das redundante Wort „information" in Ihrem Betreff und wählen Sie ein klare und direkte Beschreibung Ihres Anliegens mit den folgenden Wendungen:

### Betreffzeile

| Englisch | Deutsch |
|---|---|
| Confirmation of ... | Bestätigung von ... |
| Request to/for ... | Anfrage zu/für ... |
| Reservation for ... | Reservierung für ... |
| Delivery date | Lieferdatum |
| Your email *Datum* | Ihre E-Mail vom *Datum* |
| Your offer of *Datum* | Ihr Angebot vom *Datum* |
| Our appointment on *Datum* | Unser Termin am *Datum* |
| Preparation for ... | Vorbereitung auf ... |
| Request for Invoice *Nummer* | Anfrage zu Rechnung *Nummer* |
| Feedback on ... | Feedback zu ... |
| Urgent: ... | Dringend: ... |

Falls vorhanden, nennen Sie unbedingt Kunden- oder Rechnungsnummern, vereinbarte Daten oder andere Schlagworte, anhand derer Ihr Gegenüber Ihr Schreiben schnell und eindeutig zuordnen kann. Die Betreffzeile sollte idealerweise nicht länger als 15 Worte sein, wobei die zentrale Information in den ersten 50 Zeichen enthalten sein sollte.

**TIPP** Eine umfassende Liste der wichtigsten englischen Abkürzungen wie „CC“, „BCC“ und „FYI“ finden Sie im letzten Kapitel am Ende dieses Buches.

**Anrede und Begrüßung**

Am Anfang steht wie im Deutschen das Wort "Dear" *[dier]* (Liebe:r). Falls möglich, sollte der:die Empfänger:in namentlich angesprochen werden. Dafür werden die Anreden "Mister" *[mistär]* (Herr) und "Miss" *[miss]* (Frau) gefolgt vom Nachnamen der jeweiligen Person verwendet. Die korrekten Abkürzungen lauten „Mr“/“Ms“ im britischen (**UK**) und „Mr.“/“Ms.“ im amerikanischen (**US**) Englisch. Als geschlechtsneutrale Anrede hat sich in den letzten Jahren die Form „Mx/Mx.“ durchgesetzt. Die Form „Mrs.“ für verheiratete Frauen gilt heute als veraltet und sollte unbedingt vermieden werden!

Wenn Ihnen Ihr gegenüber nicht mit Name und Geschlecht bekannt ist, oder es sich um mehrere Empfänger:innen handelt, dann verwenden Sie am besten die neutrale Begrüßung “To whom it may concern“*[tu huhm it mei konsörn]* . Früher waren im UK Englisch die Form „Sir or Madam“ und im US Englisch „Ladies and Gentlemen“ der Standard. Da es sich hier aber nicht um geschlechtergerechte Sprache handelt, ist die neutrale Anrede immer vorzuziehen. Falls bekannt, kann auch die jeweilige Berufsbezeichnung ihres Gegenübers verwendet werden, zum Beispiel „head of marketing“.

Anreden

| **Englisch** | **Deutsch** |
|---|---|
| Dear Mx/Mx. *Name* | *geschlechtsneutral* |
| Dear Mister/Mr/Mr. *Name* | Sehr geehrter Herr |
| Dear Miss/Ms/Ms. *Name* | Sehr geehrte Frau |
| Dear Sir/Madam | Sehr geehrte:r Herr/Frau *(unbekannt)* |
| To whom it may concern | An die betreffende Person *(unbekannt)* |
| Dear Sir or Madam | Sehr geehrte Damen und Herren *(unbekannt, UK)* |
| Ladies and Gentlemen | Sehr geehrte Damen und Herren *(unbekannt, US)* |

| Englisch | Deutsch |
|---|---|
| *Dear Vorname* | *Liebe:r Vorname* |
| *Hi/Hello Vorname* | *Hallo Vorname* |
| *Good morning/afternoon/evening Vorname* | *Guten Morgen/Tag/Abend Vorname* |

Nach der Anrede folgt im US Englisch ein Komma „**,**“ oder auch ein Doppelpunkt „**:**“ und ein Absatz. Im UK Englisch wird auf Satzzeichen verzichtet. Achten Sie auch darauf, dass der folgende Satz, anders als im Deutschen, stets **mit einem Großbuchstaben** beginnt! Hier ein Beispiel verschiedener Anreden:

"Dear Sir or Madame,"

Sehr geehrte Damen und Herren,

...

"Dear John:"

Lieber John,

...

"To whom it may concern:"

An die betreffende Person:

...

"Hello Annabell,"

Hallo Annabell,

Da der:die Empfänger:in wahrscheinlich eine hohe Anzahl von E-Mails bearbeiten muss, sollten Sie in den ersten drei Sätzen schnell auf den Punkt kommen. Häufig überfliegen Empfänger:innen eine E-Mail erst einmal oder lesen sich nur den Anfang durch. Daher sollte das Wichtigste immer zu Beginn stehen. Wird zuerst viel Irrelevantes genannt, kann es sein, dass die E-Mail nicht ernst genommen und nicht beachtet wird. Daher sagt man in den ersten drei Sätzen am besten, wer man ist, woher der Kontakt kommt, was das Anliegen ist und warum dieses Anliegen für den:die Adressat:in von Bedeutung ist.

### Einleitung

Eine gelungene Einleitung ist entscheidend, um die Aufmerksamkeit Ihres Gegenübers auf Ihr Schreiben zu lenken. Falls Sie schon zuvor in Kontakt standen, bietet es sich sehr an, darauf Bezug zu nehmen, etwa mit Sätzen wie „In reply to your email ...“. Andernfalls finden Sie hier eine Liste genereller Formulierungen, um schnell auf den Punkt zu kommen:

Generelle Einleitungen

| **Englisch** | **Deutsch** |
|---|---|
| I am writing to you about ... | Ich schreibe Ihnen wegen ... |
| I am contacting you to inform you, that ... | Ich kontaktiere Sie, um Sie zu informieren, dass ... |
| I am writing to enquire(UK)/inquire(US) about ... | Ich schreibe Ihnen, um anzufragen ... |
| I am writing to confirm ... | Ich schreibe Ihnen um ... zu bestätigen. |
| I am writing on behalf of ... | Ich schreibe Ihnen im Namen von ... |
| I am writing in reference to ... | Ich schreibe Ihnen in Bezug auf ... |
| I am writing in connection with ... | Ich schreibe Ihnen in Verbindung zu ... |
| I am delighted to tell you that ... | Es freut mich Ihnen mitteilen zu können, dass ... |
| *I am reaching out because ...* | *Ich melde mich wegen ...* |
| *This email is to let you know that ...* | *Mit dieser Mail möchte ich Ihnen mitteilen, dass ...* |
| *It's Name from Firma.* | *Hier ist Name von Firma.* |
| *Just a quick note to tell you that ....* | *Eine kurze Bemerkung zu ....* |

Bestand schon vorher Kontakt zwischen Ihnen und Ihrem Gegenüber, dann bietet sich eine Antwort auf die bisherige Kommunikation als Einleitung an. Das ist auch eine ausgezeichnete Möglichkeit, eine kurze Danksagung in Form eines „Thank you“ anzubringen, um den Ton für das weitere Schreiben zu setzen und Ihrem Gegenüber ein positives Grundgefühl zu geben:

Einleiten mit Antworten

| **Englisch** | **Deutsch** |
|---|---|
| Thank you for your email about ... | Danke für Ihre Mail zu ... |
| I recently wrote to you about ... | Ich hatte Ihnen kürzlich bezüglich ... geschrieben. |
| Thank you for your feedback on/your suggestion ... | Danke für Ihr Feedback/Ihren Vorschlag zu ... |
| Thanks for sending ... | Danke für das Senden von ... |
| Thank you for providing the requested information. | Danke, für die Bereitstellung der angefragten Informationen. |

| Englisch | Deutsch |
|---|---|
| I would like to thank you for your prompt response to ... | Ich möchte Ihnen für Ihre schnelle Antwort auf ... danken. |
| Thank you for contacting us. | Danke, dass Sie uns kontaktiert haben. |
| As we discussed, I would like to ... | Wie besprochen würde ich gerne ... |
| I have just received your request for ... | Ich habe soeben Ihre Anfrage zu ... erhalten. |
| The purpose of this mail is to update you on ... | Der Grund dieses Schreibens ist es, Sie bezüglich ... auf den neuesten Stand zu bringen. |
| *Thank you for getting back to me so quickly.* | *Danke, dass Sie sich so schnell rückgemeldet haben.* |
| *I just got your request for ...* | *Ich habe Ihre Anfrage zu ... gerade erhalten.* |
| *Thanks for your quick reply.* | *Danke für die schnelle Antwort.* |
| *I wanted to update you on ...* | *Ich möchte Sie bezüglich ... auf den neuesten Stand bringen.* |

Auch eine Entschuldigung bietet einen guten Einstiegspunkt für Ihr Schreiben. So können Sie sich gleich zu Beginn offen für Dialog und Verständigung zeigen.

## Einleiten mit Entschuldigungen

| Englisch | Deutsch |
|---|---|
| Thank you for your patience. | Danke für Ihre Geduld. |
| I must apologize for my late reply. | Ich muss mich für meine späte Antwort entschuldigen. |
| Please accept my apologies for ... | Bitte nehmen Sie meine Entschuldigung für ... an. |
| I am very sorry about ... | Es tut mir leid, dass ... |
| Apologies for taking such a long time to ... | Entschuldigen Sie, dass es so lange gedauert bis ... |
| *Sorry for my late reply.* | *Entschuldigung für meine späte Antwort.* |
| *Sorry it took me so long to ...* | *Entschuldigung, dass ich so lange gebraucht habe, um ...* |

Für den Fall, dass Sie Ihr Gegenüber bereits gut kennen und auf einer informellen, persönlichen Ebene kommunizieren, bietet sich auch ein wenig Small Talk an, um das Gespräch einzuleiten:

Einleiten mit Small Talk

| Englisch | Deutsch |
|---|---|
| *I hope you are (doing) well.* | *Ich hoffe, es geht Ihnen gut.* |
| *How are you (doing)?* | *Wie geht es Ihnen?* |
| *How's everything going?* | *Wie läuft es?* |
| *How have you been?* | *Wie geht es Ihnen?* |
| *It was great meeting you at ...* | *Es war toll, Sie bei ... zu treffen.* |
| *I hope you've enjoyed your holidays.* | *Ich hoffe, Sie hatten einen angenehmen Urlaub.* |
| *I hope you had a great weekend.* | *Ich hoffe, Sie hatten ein gutes Wochenende.* |

## Hauptteil - Body

In Geschäftsschreiben werden üblicherweise entweder Informationen gegeben oder erfragt. Der Hauptteil (body) des Schreibens folgt auf die Einleitung und enthält alle wichtigen Details die kommuniziert werden sollen. Bereits **in den ersten 3 Sätzen** Ihres Schreibens sollte das Kernthema klar und deutlich erkennbar sein. Stellen Sie daher das Wichtigste stets an den Anfang und gehen Sie danach erst auf die relevanten Details ein.

Falls mehrere Themen oder Aspekte angesprochen werden, bietet es sich auf jeden Fall an, diese auch durch Absätze deutlich voneinander zu trennen. Denken Sie daran, Ihr Anliegen kurz aber vollständig zu beschreiben, idealerweise sollte jeder Absatz nicht mehr als 4-5 Zeilen umfassen. Auch Aufzählungen in Stichpunkten sind ein gutes Stilmittel, um Ihr Schreiben übersichtlicher zu gestalten.

### Informationen erfragen und geben

Tragen Sie Ihre Anfrage direkt aber freundlich vor und achten Sie auf eine präzise Formulierung, zum Beispiel mit den folgenden Sätzen:

Anfragen stellen

| Englisch | Deutsch |
|---|---|
| I would be grateful if you could ... | Ich wäre Ihnen dankbar, wenn Sie ... könnten. |
| I was wondering if you would be able to ... | Ich habe mich gefragt, ob Sie ... könnten. |
| If possible, I'd like to know more about ... | Falls möglich würde ich gerne mehr über ... wissen. |

| | |
|---|---|
| I would appreciate it if you could ... | Ich würde es sehr begrüßen, wenn Sie ... könnten. |
| Could you please give me more information about ...? | Könnten Sie mir bitte mehr Informationen zu ... geben? |
| Would you be so kind as to ...? | Wären Sie so freundlich ...? |
| *I need this information as soon as possible.* | *Ich benötige diese Informationen so schnell wie möglich.* |
| *Could you please ... ?* | *Könnten Sie bitte ....?* |
| *I have a few questions about ...* | *Ich habe ein paar Fragen zu ...* |
| *Would you mind ...* | *Würde es Ihnen etwas ausmachen ...* |

Benötigen Sie eine Bestätigung oder muss ein Sachverhalt geklärt werden, sind die folgenden Wendungen sehr nützlich:

## Bestätigen und klarstellen

| **Englisch** | **Deutsch** |
|---|---|
| If I understood you correctly, you would like me to ... | Wenn ich Sie richtig verstanden habe, dann hätten Sie gerne, dass ich ... |
| I didn't understand your point about ... . Could you be more specific? | Ich habe Ihren Kommentar zu ... nicht ganz verstanden. Könnten Sie genauer sein? |
| I'm sorry, I don't fully understand ... . Could you explain that again please? | Entschuldigung, Ich verstehe ... nicht ganz. Könnten Sie das bitte noch einmal erläutern? |
| Could you please clarify ... ? | Könnten Sie ... bitte klarstellen? |
| Could you please clarify what you would like me to do about ...? | Könnten Sie bitte klarstellen, was ich bezüglich ... unternehmen soll? |
| Could you provide me with more details on ... | Könnten Sie mir mehr Details zu ... geben? |
| Please confirm whether/if ... | Bitte bestätigen Sie, ob ... |
| Please let me know if this is OK with you. | Teilen Sie mir bitte mit, ob das für Sie in Ordnung geht. |
| *I'm happy to confirm ...* | *Gerne bestätige ich ...* |
| *Just writing to confirm ...* | *Ich schreibe um kurz zu bestätigen ...* |
| *I'd like to confirm ...* | *Ich würde gerne bestätigen ...* |
| *What are your thoughts on this?* | *Was denken Sie darüber?* |
| *Please let me know what you think.* | *Lassen Sie mich bitte wissen, was Sie davon halten.* |
| *We're just waiting for the thumbs up from you.* | *Wir warten nur noch auf Ihr Okay.* |

Besonders bei schlechten Nachrichten ist eine korrekte und feinfühlige Formulierung ausschlaggebend für den weiteren Verlauf der Geschäftsbeziehungen. Denken Sie dabei auch an das Sandwich-Prinzip das am Anfang dieses Kapitels vorgestellt wurde und verwenden Sie eine der folgenden Formulierungen:

## Schlechte Nachrichten mitteilen

| **Englisch** | **Deutsch** |
|---|---|
| I'm afraid that ... | Ich befürchte, dass ... |
| We (deeply) regret to inform you that ... | Wir bedauern (zutiefst) Ihnen mitteilen zu müssen, dass ... |
| Unfortunately, I have to inform you that ... | Leider muss ich Ihnen mitteilen, dass ... |
| After careful consideration we have decided not to ... | Nach ausgiebigen Überlegungen haben wir uns entschieden nicht ... |
| Unfortunately, we have no choice but to ... | Bedauerlicherweise bleibt uns keine andere Wahl als ... |
| Unfortunately, we are unable to ... | Bedauerlicherweise sind wir nicht in der Lage ... |
| *Despite my best efforts ...* | *Trotz aller Bemühungen ...* |
| *I'm sorry to tell you that ...* | *Es tut mir Leid Ihnen mitteilen zu müssen, dass ...* |
| *I can't see how ...* | *Ich sehe keine Möglichkeit ...* |
| *I'm afraid it won't be possible to ...* | *Ich fürchte es wird nicht möglich sein ...* |

Natürlich sollten auch gute Nachrichten richtig kommuniziert werden. Dazu bieten sich die folgenden Phrasen an:

## Gute Nachrichten mitteilen

| **Englisch** | **Deutsch** |
|---|---|
| We are delighted to inform you that ... | Wir sind froh Ihnen mitteilen zu können, dass ... |
| It is my pleasure to inform you that ... | Es ist mir ein Vergnügen Ihnen mitteilen zu können, dass ... |
| *I'm happy to tell you that...* | *Ich bin froh Ihnen mitteilen zu können, dass ...* |
| *You'll be delighted to hear that ...* | *Es wird Sie freuen zu hören, dass ...* |

Besonders bei E-Mails sind Dateianhänge sehr gängig. Nichts ist dem:der Empfänger:in einer E-Mail ein größeres Grauen, als sich durch unverständliche Anhänge zu klicken und zu versuchen, diese einem kryptischen Nachrichtentext zuzuordnen! Beziehen Sie sich auf jeden Fall in Ihrem Schreiben direkt und eindeutig auf den jeweiligen Anhang und achten Sie falls möglich darauf, jede Datei eindeutig und klar verständlich zu benennen. Mit den folgenden Wendungen verweisen Sie korrekt auf Anhänge und Dateien:

Anhänge und Verweise

| Englisch | Deutsch |
|---|---|
| Please find attached ... | Im Anhang finden Sie ... *(E-Mailverkehr)* |
| Please find enclosed ... | In den Anlagen finden Sie ... *(Briefverkehr)* |
| Please see the information below for more details on ... | Beachten Sie bitte die untenstehenden Informationen für mehr Details zu ... |
| The attached/enclosed files contain ... | Die angehängten/beigefügten Dateien beinhalten ... |
| The following link will redirect you to ... | Der folgende Link wird Sie zu ... weiterleiten. |
| Please find all the necessary information under the following link. | Alle notwendige Information finden Sie unter dem folgenden Link. |
| *I've attached ... to this mail.* | *Ich habe dieser Mail ... angehängt.* |
| *Attached is the document that we discussed.* | *Das Dokument das wir besprochen hatten ist angehängt.* |
| *Here's the document that you have been asking for.* | *Hier ist das Dokument, nach dem Sie gefragt hatten.* |
| *Please have a look at the files attached to this mail.* | *Bitte sehen Sie sich die Dateien im Anhang dieser Mail an.* |

**TIPP** Um den klassischen Fehler des „**vergessenen Anhangs**" zu vermeiden, ist es hilfreich Anhänge direkt während des Schreibens in die Mail einzufügen. Sobald Sie also „I have attached ..." tippen, hören Sie auf zu schreiben, fügen den entsprechenden Anhang ein und setzen danach die Mail fort. So vergessen Sie einerseits keine Anhänge, andererseits fügen Sie auch nur die Anhänge bei, auf die in der Mail auch Bezug genommen wird. Diese Angewohnheit hat meine persönliche Fehlerquote mittlerweile auf beinahe 0 reduziert.

### Eine Beschwerde äußern

Falls Sie eine Beschwerde äußern möchten, gelten die gleichen Regeln wie auch schon für die höfliche Sprache: Seien Sie niemals zu direkt und vermeiden Sie harte Schuldzuweisungen oder Emotionen. Meistens reichen gut formulierte Hinweise aus, um Ihr Ziel zu erreichen und eine dauerhafte Störung der Beziehung zu vermeiden. Fragen und Aussagen mit den Modalverben „would" oder „wish" sind hier besonders hilfreich

Beschwerden formulieren

| Englisch | Deutsch |
|---|---|
| It would be very helpful if someone could | Es wäre sehr hilfreich, wenn jemand ... könnte. |
| I am writing to express my dissatisfaction with ... | Ich schreibe, um meine Unzufriedenheit mit ... auszudrücken. |
| I wish to draw your attention to ... | Ich würde Ihre Aufmerksamkeit gerne auf ... lenken. |
| There is still the matter of ... | Die Angelegenheit ... steht immer noch aus. |
| I have to express my complaint about ... | Ich muss meine Beschwerde gegenüber ... ausdrücken. |
| It would be important that ... | Es wäre wichtig, dass ... |
| I'm afraid I must ask you to ... | Ich fürchte Ich muss Sie bitten ... |
| Could you please find out what happened with ... | Könnten Sie bitte herausfinden, was mit ... geschehen ist? |
| Please look into the matter immediately. | Bitte nehmen Sie sich umgehend der Sache an. |
| I was disappointed to hear that ... | Ich war enttäuscht, als ich erfahren habe, dass ... |
| *Could you possibly help me by ...* | *Könnten Sie mir vielleicht helfen, indem ...* |
| *We'll have to find another solution for ...* | *Wir müssen eine andere Lösung für ... finden.* |

### Einladen und Termine vereinbaren

Ein weiteres wichtiges Thema von Geschäftsschreiben ist die Vereinbarung und Besprechung von Terminen und Treffen. Ganz egal ob es um ein Geschäftsessen, eine Teambesprechung oder die Einladung zu einer Veranstaltung geht - die richtigen Worte zu finden ist entscheidend.

Eine gute Terminvereinbarung beginnt mit der Betreffzeile, wo Sie bereits Schlagworte wie „Scheduling a meeting for ...“(Terminvereinbarung für ...) oder „Our appointment on ...“(Unser Termin am ...) verwenden sollten. Darüber hinaus ist es wichtig, Datum, Uhrzeit und Ort korrekt und klar verständlich zu vereinbaren.

**TIPP** Im Wortschatz am Ende dieses Kapitels finden Sie zahlreiche nützliche Vokabeln zur Vereinbarung von Terminen und Treffen!

In Kapitel 3 wurden die verschiedenen Uhrzeit- und Datumsformate sowie die wichtigsten Zeitzonen bereits besprochen. Außerdem wurden die Präpositionen „on“ für Tagesangaben und „at“ für Zeitangaben besprochen. Das alles kommt in diesem Abschnitt in Verbindung mit den folgenden Sätzen zum Einsatz:

## Termine vereinbaren

| **Englisch** | **Deutsch** |
|---|---|
| I would like to schedule a meeting on *Tag*, *Uhrzeit* in *Ort*. | Ich würde gerne ein Treffen in *Ort* am *Tag* um *Uhrzeit* vereinbaren. |
| Our meeting is scheduled for ... | Unser Treffen ist für den ... angesetzt. |
| I am available on *Tag*, at *Uhrzeit* if that is convenient for you. | Ich bin am *Tag* um *Uhrzeit* verfügbar, wenn das für Sie passend ist. |
| It would be great if we could arrange to meet sometime. When would you be available? | Es wäre gut, wenn wir ein Treffen arrangieren könnten. Wann wären Sie verfügbar? |
| I would like to make use of the opportunity to meet you in person. | Ich würde die Gelegenheit nutzen, Sie persönlich zu treffen. |
| When would be a convenient time for you? | Wann würde es Ihnen passen? |
| You are warmly invited to ... | Sie sind herzlich eingeladen zu ... |
| We would like to invite you to *Anlass* on *Tag* at *Ort*. | Wir würden Sie gerne einladen zu *Anlass* am *Tag* in *Ort*. |
| I would like to suggest meeting in *Ort* on *Tag*. | Ich würde vorschlagen dass wir uns am *Tag* in *Ort* treffen. |
| It would be a pleasure to welcome you here on *Tag*. | Es wäre uns eine Freude, Sie am *Tag* hier zu empfangen. |
| Would you like to get together for lunch/a coffee/dinner to discuss this in person? | Könnten wir uns einmal zum Mittagessen/auf einen Kaffee/Abendessen treffen, um dies persönlich zu besprechen? |

| **Englisch** | **Deutsch** |
|---|---|
| *When/Where would you like us to meet?* | *Wann/Wo sollten wir uns treffen?* |
| *Are you free next ... ?* | *Sind Sie nächsten ... frei?* |
| *When/Where would be convenient for you?* | *Wann/Wo würde es Ihnen passen?* |
| *Can you make it on* Tag*? If so, I'll schedule accordingly.* | *Schaffen Sie es am Tag? Wenn ja, werde ich das dementsprechend ansetzen.* |
| *When are you free this week?* | *Wann sind Sie diese Woche verfügbar?* |
| *Can you make it on one of these dates?* | *Schaffen Sie es zu einem dieser Daten?* |
| *I think we should meet.* | *Ich denke, wir sollten uns treffen.* |

Ein häufiges Problemfeld deutscher Muttersprachlerin:innen ist die korrekte Verwendung von **Präpositionen** mit bestimmten Verben. Heißt es zum Beispiel „to schedule for“ oder „to schedule on“? „To arrange for“ oder „to arrange to?“. Je nach Kontext sind verschiedene Möglichkeiten richtig. Weil es hier häufig zu Missverständnissen kommt, finden Sie in der folgenden Tabelle wichtige Verben zum Thema Terminvereinbarungen und die dazugehörigen Präpositionen.

Korrekte Präpositionen

| **Englisch** | ***[Aussprache]*** | **Deutsch** |
|---|---|---|
| To schedule *Anlass* for *Datum.* | *[tu skeddschule for]* | *Anlass* vereinbaren am *Datum.* |
| To make an appointment for *Datum.* | *[tu meik än apointmänt for]* | Einen Termin vereinbaren am *Datum.* |
| To arrange for *Anlass* on *Datum.* | *[tu arreindsch for]* | *Anlass* am *Datum* vereinbaren. |
| To arrange *Anlass* at *Ort.* | *[tu arreindsch ätt]* | *Anlass* in *Ort* vereinbaren. |
| To make an appointment for *Anlass* in *Ort* at *Uhrzeit.* | *[tu meik an appointmänt for in ätt]* | Einen Termin für *Anlass* in *Ort* um *Uhrzeit* vereinbaren. |

Müssen bereits vereinbarte Termine geändert, verschoben oder abgesagt werden, dann bieten sich die folgenden Formulierungen in zahlreichen Situationen an:

## Termine verschieben und absagen

| Englisch | Deutsch |
|---|---|
| I'm afraid I can't make it on *Tag*. How about ... ? | Ich fürchte ich schaffe es nicht am *Tag*. Wie wäre es mit ...? |
| I'm sorry to inform you that the meeting on *Tag* at *Uhrzeit* will have to be rescheduled. | Ich muss Ihnen leider mitteilen, dass das Treffen am *Tag* um *Uhrzeit* verlegt werden muss. |
| I'm afraid we'll have to cancel our appointment at *Uhrzeit* on *Tag*. | Ich fürchte, wir müssen unseren Termin am *Tag* um *Uhrzeit* absagen. |
| Would it be possible to reschedule our appointment of *Datum* to another date? | Könnten wir unseren Termin vom *Datum* auf einen anderen Tag verlegen? |
| Unfortunately, something has come up and we won't be able to make it to *Anlass* on *Datum*. | Unglücklicherweise ist uns etwas dazwischengekommen und wir schaffen es nicht zu *Anlass* am *Datum*. |
| I wonder whether we can postpone our meeting? | Wäre es möglich, unsere Besprechung zu verschieben? |
| Would it be possible to set another date? | Wäre es möglich ein anderes Datum zu festzulegen? |
| Regretfully, I have to inform you that I will not be able to attend *Anlass*. | Bedauerlicherweise muss ich Ihnen mitteilen, dass ich es nicht schaffen werde an *Anlass* teilzunehmen. |
| *I'm sorry I can't make it to* Anlass. *Could we reschedule please?* | *Entschuldigung, aber ich schaffe es nicht zu* Anlass. *Können wir den Termin verlegen?* |
| *Could we make it a bit earlier/later?* | *Könnten wir uns ein bisschen früher/später treffen?* |

Achten Sie auch darauf, dass Sie bei einer Terminabsage oder -verschiebung unbedingt die entsprechenden **Gründe** in einem oder zwei kurzen Sätzen angeben. Die einfachen Wendungen „because of", „due to" und „owing to" können dafür genutzt werden:

> "Due to a double booking, I won't be able to make it to our appointment next Tuesday at 2 pm."
>
> Aufgrund einer Doppelbuchung werde ich es nicht zu unserem Termin nächsten Dienstag um 14 Uhr schaffen.
>
> "Because of circumstances out of our control, we will have to postpone our interview on March 3 at 4 pm to a later date."
>
> Aufgrund von äußeren Umständen müssen wir unser Interview am 3. März um 16 Uhr auf ein späteres Datum verschieben.

> "Owing to the recent developments in the pandemic, we have to cancel our personal meeting this Thursday. We propose to meet online on Zoom, via the link below."
>
> Aufgrund der momentan Pandemiesituation müssen wir unser persönliches Treffen diesen Donnerstag absagen. Wir schlagen ein Onlinetreffen auf Zoom über den untenstehenden Link vor.

**TIPP** Achten Sie zur Vermeidung von groben Missverständnissen unbedingt auf die **korrekte Angabe des Datums und der Uhrzeit** (inklusive der jeweiligen Zeitzone), wenn Sie Termine vereinbaren. Die verschiedenen Formate wurden in Kapitel 3 bereits besprochen - schlagen Sie bei Unklarheiten lieber noch einmal nach!

## Schlussteil - Closing

### Handlungsaufforderung

Der erste Satz im Schlussteil Ihrer Mail sollte ein konkrete Handlungsaufforderung (call to action) oder ein Ausblick auf das weitere Vorgehen (outlook) beinhalten. Benötigen Sie weitere Informationen, eine Bestätigung des oben Besprochenen oder möchten Sie für den weiteren Verlauf Ihre Hilfe anbieten? Mit den folgenden Sätzen stellen Sie sicher, dass Ihr Anliegen zur Kenntnis genommen wurde und öffnen die Tür für alle zukünftige Kommunikation.

Handlungsaufforderung

| Englisch | Deutsch |
|---|---|
| Please let me know if you are available on these dates. | Lassen Sie mich bitte wissen, ob Sie an diesen Daten verfügbar sein werden. |
| We would greatly appreciate your feedback on this. | Wir würden Ihre Rückmeldung dazu sehr schätzen. |
| Please contact us again if there are any problems. | Bitte nehmen Sie wieder Kontakt mit uns auf, falls Probleme auftreten sollten. |
| Should you require further information/assistance, please do not hesitate to contact me. | Sollten Sie weitere Informationen/Unterstützung benötigen, kontaktieren Sie mich bitte gerne. |
| Please feel free to call me on *Nummer* if you require any additional information. | Sie können mich jederzeit telefonisch unter *Nummer* erreichen, sollten Sie weitere Informationen benötigen. |
| I would be grateful if you could get in touch with me as soon as possible. | Ich wäre Ihnen dankbar, wenn Sie sich so schnell wie möglich mit mir in Verbindung setzen könnten. |

| | |
|---|---|
| Please consider the above proposal and let me know your decision. | Bitte bedenken Sie obigen Vorschlag und teilen Sie mir Ihre Entscheidung mit. |
| Should any questions arise at a later point, please get in touch with me. | Sollten zu einem späteren Zeitpunkt irgendwelche Fragen aufkommen, setzen Sie sich bitte mit mir in Verbindung. |
| I would appreciate your immediate attention to the matter. | Für eine zeitnahe Bearbeitung dieser Angelegenheit wäre ich Ihnen sehr dankbar. |
| *Please keep me posted on this.* | *Halten Sie mich darüber bitte auf dem Laufenden.* |
| *Could you send this to me by* Datum, *please?* | *Könnten Sie mir das bitte bis zum* Datum *zuschicken?* |
| *Please let me know if this works for/that sounds good to you.* | *Lassen Sie mich bitte wissen, ob das für Sie in Ordnung geht.* |
| *I hope you find this helpful.* | *Ich hoffe Sie fanden das hilfreich.* |

### Grußformeln und Verabschiedung

Ihr Schreiben endet immer mit einer kurzen Grußformel und der Verabschiedung. Das Bedanken am Ende ist ein zentrales Element von E-Mails und Geschäftsschreiben auf Englisch und sollte unter keinen Umständen ausgelassen werden. Selbst, bzw. besonders dann, wenn im Schreiben negative Themen besprochen wurden, ist ein kurzes Bedanken besonders wichtig. Das muss auch überhaupt nicht zu aufgesetzt klingen oder blumig formuliert werden. Eine Studie der Forscher Adam Grant und Francesco Gino hat ergeben, dass ein einfaches „**Thank you**" nach einer Bitte die daraufhin angebotene Hilfe um 50% erhöht![2] Falls Sie in Ihrer E-Mail also um Unterstützung gebeten oder zu einer Handlung aufgefordert haben, wird ein einfaches Bedanken die Effektivität Ihrer Anfrage enorm verbessern. Hier sind einige Vorschläge für Ihre abschließende Grußformel:

Grußformeln

| **Englisch** | **Deutsch** |
|---|---|
| Thank you in advance. | Danke im Voraus. |
| Thank you for everything. | Danke für Alles. |
| Thank you for understanding. | Danke für Ihr Verständnis. |
| Thank you for your patience. | Danke für Ihre Geduld. |
| Thank you for your consideration. | Danke für Ihre Berücksichtigung unserer Anliegen. |

[2]https://www.umkc.edu/facultyombuds/documents/grant_gino_jpsp_2010.pdf

| | |
|---|---|
| Thank you for your help in this matter. | Danke für Ihre Hilfe in dieser Angelegenheit. |
| Thank you for your kind cooperation. | Danke für Ihre Zusammenarbeit. |
| Thank you for your kind attention. | Danke für Ihre Bemühungen. |
| I am looking forward to hearing from you. | Ich freue mich darauf, von Ihnen zu hören. |
| I am looking forward to working with you in the future. | Ich freue mich auf unsere zukünftige Zusammenarbeit. |
| *Thanks.* | *Danke.* |
| *It would be great to hear from you.* | *Es wäre super, von Ihnen zu hören.* |
| *I look forward to meeting you next Monday.* | *Ich freue mich darauf, Sie nächsten Montag zu treffen.* |
| *See you soon.* | *Bis bald.* |

Am Ende des Schreibens steht eine einfache Verabschiedung, die je nach Kontext formell oder informell ausfallen kann. Wie schon nach der Anrede wird im US Englisch ein Komma nach der Verabschiedung gesetzt. Im UK Englisch wird auf Satzzeichen verzichtet und direkt ein Absatz gemacht. Im **UK Englisch** ist die Verabschiedung auf die Anrede abgestimmt. Wurde der:die Empfänger:in mit Namen angeredet, dann wird die Verabschiedung „Yours sincerely“ verwendet, andernfalls das gleichbedeutende „Yours faithfully“. Im US Englisch können alle Verabschiedungen, ungeachtet der Anrede verwendet, werden.

## Verabschiedung

| **Englisch** | **Deutsch** |
|---|---|
| Yours sincerely | Hochachtungsvoll *(UK: bekannte:r Empfänger:in)* |
| Yours faithfully | Hochachtungsvoll *(UK: unbekannte:r Empfänger:in)* |
| Yours truly | Hochachtungsvoll (US) |
| Respectfully yours | Hochachtungsvoll (US) |
| Sincerely (yours), | Mit freundlichen Grüßen |
| *Best regards* | *Mit besten Grüßen* |
| *All the best* | *Alles Gute* |
| *Kind regards* | *Freundliche Grüße* |
| *Keep in touch* | *Wir bleiben in Verbindung* |
| *Bye* | *Tschüss* |
| *Cheers* | *Tschüss* |
| *Have a great weekend!* | *Ein schönes Wochenende!* |

## 6.2 Weitere Tipps und Checkliste

In diesem Abschnitt finden Sie weitere hilfreiche Tipps zur Vertiefung Ihres Wissens. Mit diesen praktischen Konzepten und Schreibhilfen werden sich Ihre Schreiben in Zukunft deutlich verbessern.

### Positive Sprache

Was auf den ersten Blick offensichtlich klingt, wird dennoch häufig beim eigenen Schreiben übersehen oder vergessen: Vermeiden Sie, falls möglich, negative Formulierungen und verwenden Sie so oft es geht positive Sprache. Damit vermitteln Sie nicht nur ein positives Bild von sich und Ihrer Firma, sondern erhöhen auch die Effektivität Ihrer Schreiben deutlich, wie eine Vielzahl von Studien bereits belegt haben.[3] In dieser Grafik sehen Sie eine Gegenüberstellung von positiver und negativer Sprache. Diese ist natürlich bei weitem nicht vollständig und soll Ihnen vielmehr als Denkanstoss dienen, Ihre eigene Kommunikation und die Ihrer Kolleg:innen von diesem Blickwinkel aus zu betrachten. Folgen Sie dabei immer der Frage: wie könnte ich die gleiche Bedeutung mit einer positiveren Aussage vermitteln?

| Positive Sprache | Negative Sprache |
|---|---|
| Let's look at our alternatives | It'll never work |
| I can try a different approach | It's how I am ... |
| I'll get back to you on that | I don't know |
| I will choose | I am forced to |
| I'd love to, but | It's not my job |
| How interesting ... | Another mistake |
| Let's try ... | If only ... |
| It's all experimental | Never |
| Yes | No |
| Positive | Negative |
| Together | Without |
| I see your point, although | I disagree |

Hier noch ein paar Beispiele, wie negativ formulierte Aussagen in **positive** umgewandelt werden können, ohne die Bedeutung grundlegend zu verändern:

[3] https://www.ncbi.nlm.nih.gov/pmc/articles/PMC7093771

"Don't use negative language when writing professional mail."

**Use** more **positive** language when writing professional mail.

"If you don't sign up before April 22 2021, you won't be able to attend the lecture."

**Please** sign up before April 22 2021 to **participate** in this lecture.

"Important decisions on this matter cannot be made by anyone except Mr. Stevens."

Mr. Stevens **needs to** approve all important decisions on this matter.

"Without your cooperation, we are stuck in this phase of the project."

**Please** cooperate with us at this point so we can move on to the **next stage together**.

## Zu vermeidende Füllwörter

Die Vermeidung gängiger Füllwörter und Floskeln hilft dabei, Ihrem Schreiben den letzten Schliff zu geben und wirklich nur die wichtigsten Informationen zu kommunizieren. Im Folgenden finden Sie eine Liste der am häufigsten verwendeten Füllwörter und wieso sie in Ihren Geschäftsschreiben fehl am Platz sind:

- **Just**: ist vage, spielt die Wichtigkeit des diskutierten Themas herunter und impliziert, dass es von geringer Priorität ist oder keinen großen Aufwand erfordert. Falls Sie nicht genau das aussagen möchten, streichen Sie es am Besten aus Ihrem Businesswortschatz. Der Beispielsatz: „Could you just finish this for me please“ wird ohne die Verwendung dieses Füllworts präziser und dringlicher. Ebensowenig sollten die Synonyme „simply“ oder „only“ in diesem Kontext verwendet werden.
- **Probably**: Dieses Wort vermittelt Unschlüssigkeit und Zögern und ist aus genau diesem Grund nicht geeignet, um präzise und klare Schreiben zu formulieren. Zu vermeidende Synonyme sind: perhaps, hopefully, ideally, maybe, possible.
- **Try**: Zu sagen, dass Sie etwas versuchen, vermittelt kein Selbstbewusstsein und Kompetenz. Falls Sie sich in einer Aufgabe unsicher sein sollten, fragen Sie klar und direkt nach Unterstützung und vermeiden Sie diese schwammige Formulierung unbedingt.

- o **Whatever**: Dieses oft gebrauchte Worte klingt nicht nur abschätzig, sondern vermittelt auch den Eindruck, dass Sie es nicht so genau nehmen und Ihnen die Details Ihrer Aufgaben nicht am Herzen liegen. Kein guter Eindruck für Ihr Gegenüber. Genauso schlecht sind die Synonyme „something" und „some such".

## Checkliste für E-Mails

Bevor Sie wichtige E-Mails abschicken, sollten Sie sicher gehen, dass Sie keinen der zentralen Punkte vergessen haben. Dabei hilft Ihnen diese Checkliste, welche nach den oben besprochenen Prinzipien für Sie zusammengestellt wurde:

- ☐ Ist das Anliegen in der **Betreffzeile** klar und deutlich formuliert?
- ☐ Passt die **Anrede** zu den Empfängern?
- ☐ Ist der **Grund** meines Schreibens aus den ersten 2-3 Sätzen direkt ersichtlich?
- ☐ Sind verschiedene Themen logisch gegliedert und durch **Absätze** gut sichtbar voneinander getrennt?
- ☐ Sind alle **Anhänge** beigefügt und im Text vermerkt?
- ☐ Sind alle meine **Anfragen und Handlungsaufforderungen** klar formuliert?
- ☐ Endet das Schreiben mit einer Danksagung und einer passenden **Verabschiedung**?
- ☐ Vermittelt das Schreiben einen guten **Eindruck** von mir?
- ☐ Habe ich das Schreiben in **Ruhe** und ohne großen Druck verfasst?
- ☐ Habe ich das Schreiben von einer **Rechtschreibprüfung** korrigieren lassen?
- ☐ Habe ich alle diese Fragen mit „**Ja**" beantwortet?

Selbst wenn Sie eine professionelle Rechtschreibprüfung verwendet haben, kann es vorkommen, dass sich Fehler durch Homonyme einschleichen. Dies sind englische Worte mit gleichen Laut welche von Korrekturprogrammen meist nicht als Fehler hervorgehoben werden. Im Businesskontext sollten Sie besonders auf die korrekte Verwendung und die Unterschiede zwischen den folgenden Homonymen achten:

- o There - Their - They're
- o You're - Your
- o Two - Too -To
- o It's- Its
- o Right - Rite - Wright - Write
- o For - Four
- o Ware - Wear - Where
- o Weather - Whether

## 6.3 Geschäftsbriefe

Alle oben besprochenen Prinzipien gelten ebenso für das Verfassen von traditionellen Geschäftsbriefen. Es müssen lediglich Unterschiede in der Formatierung für Briefe in britischem und amerikanischem Englisch beachtet werden. Diese betreffen vor allem die Schreibweise von Datum und Adresse und die Anordnung von Datum, Betreffzeile und Bezugszeichen und richtet sich im UK bzw. US Englisch nach dieser Reihenfolge:

Formatierung von Geschäftsbriefen

| **UK** | **US** |
|---|---|
| Briefkopf | Briefkopf |
| Bezugszeichen (AA/bb) | Datum (Monat, Tag, Jahr) |
| Datum (Tag, Monat, Jahr) | Empfängeranschrift |
| Empfängeranschrift | Vermerk: „Attention:“(zu Händen von:) |
| Vermerk: „Attention:“(zu Händen von:) | Betreffzeile (mit oder ohne Re:) |
| Anrede (ohne Komma) | Anrede (mit Komma oder Doppelpunkt) |
| Betreffzeile (unterstrichen) | Brieftext |
| Brieftext | Grußformel |
| Grußformel | Firma |
| Firma | Unterschrift |
| Unterschrift | ausgeschriebener Name |
| ausgeschriebener Name | Position |
| Position | Anlagenvermerk |
| Anlagenvermerk | Verteiler |
| Veteiler | Bezugszeichen (AA:bb) |

Wählen Sie für Korrespondenz mit US-amerikanischen Firmen stets das US Format, für den internationalen Briefverkehr das UK Format. Generell sollten Sie für den schriftlichen Briefverkehr eine formellere Sprache wählen als für E-Mails. Entsprechende Optionen wurden in den obigen Abschnitten ausführlichst vorgestellt.
Im Folgenden lernen Sie die unterschiedlichen Formatierungen der verschiedenen Blöcke eines Geschäftsbriefes kennen.

### Briefkopf

Alle Blöcke sind im UK wie im US Englischen links eingerückt. Der Briefkopf kann je nach Präferenzen Ihrer Firma links-, mittig- oder rechtsbündig stehen. Er enthält die wichtigsten Daten des Absenders, üblicherweise bestehend aus Firmenlogo, Anschrift und anderen Kontaktdaten wie E-Mailadresse oder Telefonnummer.

### Empfängeranschrift

Allgemein wird im Englischen die Hausnummer vor der Strasse genannt, gefolgt von Stadtteil und Stadt. Im Britischen folgt nach der Stadt direkt die Postleitzahl (post code), im US-amerikanischen wird zuerst der Bundesstaat (state), meist in abgekürzter Form, genannt und danach die Postleitzahl (zip code). In den USA werden Straßennamen darüber hinaus oft abgekürzt zu St (Street), Rd (Road) und Ave (Avenue). Hier finden Sie zwei Beispieladressen im UK und US Format:

**UK** AES Publishing Ltd
88 Success Road
Manchester
M2 4WU
England

**US** AES Publishing Inc.
88 Success Rd
Los Angeles, CA 10268
United States of America (USA)

Vielleicht haben Sie auch den feinen Unterschied in der abgekürzten Schreibweise von „Ltd“ und „Inc.“ bemerkt? Im US-amerikanischen werden Abkürzungen tendenziell eher mit einem Punkt versehen als im Britischen (vergleichen Sie dazu auch die Abkürzungen von „Mister“ bei der Anrede im US/UK Englischen).

Allerdings gibt es dafür keine konsequente Regel, zum Beispiel sind die Abkürzungen „N.Y." und „NY" für den Staat „New York" beide sehr gebräuchlich. Als allgemeinen Tipp empfehle ich Ihnen, im Zweifelsfall auf den Punkt nach einer Abkürzung zu verzichten. Verstanden werden Sie aber in beiden Fällen ohne weitere Probleme.

**Bezugszeichen**

Wie oben gesehen, werden Bezugszeichen im UK und US Englischen an unterschiedlichen Stellen gesetzt und auch die Formatierung unterscheidet sich leicht voneinander. Dabei wird das Namenskürzel des:der Verfasser:in immer als „AA" zuerst genannt, gefolgt vom Kürzel des:der Sekretär:in als „bb". Andere Bezugszeichen könnten Aktenzeichen oder auch Referenz- oder Bestellnummern sein. In diesem Fall ist die Trennung nach internen und externen Referenznummern üblich

"Your ref: Inq. SR/1146/12 / Our ref: 113/FF/055/b"

Ihr Zeichen / Unser Zeichen

**Betreffzeile**

Im Britischen wird die Betreffzeile unterstrichen oder durch Großbuchstabierung hervorgehoben, da sie hinter die Anrede gestellt wird. Im US-amerikanischen dagegen muss die Betreffzeile nicht besonders markiert werden. Im US-amerikanischen kann die Betreffzeile darüber hinaus mit einem „Re:" oder „Subject:" begonnen werden, was heutzutage allerdings immer unüblicher wird und nicht unbedingt von Nöten ist.

## 6.4 Beispielschreiben

Nun schließen wir dieses wichtige Kapitel mit drei Beispielschreiben anhand derer Sie alle Prinzipien und Besonderheiten von Geschäftsschreiben noch einmal nachvollziehen und wiederholen können. Um diese Beispiele möglichst relevant für Ihren Arbeitsalltag zu gestalten, wurden die drei von Englischlernenden am häufigsten erfragten Formate gewählt: Ein Angebot, eine Buchung und ein Einladungsschreiben.

**TIPP** Zur Übung und auch für Ihren Geschäftsalltag empfehle ich Ihnen, sich mit den Inhalten dieses Kapitels eigene **Vorlagemails** für verschiedene Berufssituationen auszuarbeiten und diese in Ihrem E-Mailprogramm abzuspeichern. Für einen konkreten Anlass können Sie dann auf diese vertrauten Vorlagen zurückgreifen, die entsprechenden Details anpassen und so Ihre Geschäftskommunikation deutlich effizienter gestalten. Probieren Sie es am Besten heute schon aus!

## Angebotsschreiben

Angebotsschreiben gehören zu den häufigsten Dokumenten, die im internationalen Arbeitsalltag verfasst werden müssen. Mit diesem Beispiel eines Geschäftsbriefs verfügen Sie nun über eine verlässliche und solide Vorlage, um zukünftig selbstbewusst und schnell eigene Angebote zu erstellen. Überlegen Sie sich als kleine Übung zur Wiederholung doch auch gleich noch, welchem Stil dieses Schreiben folgt (UK oder US) und woran Sie das erkennen können.

AES Publishing House
Saint-Claude-Str. 83/1
72108 Rottenburg
Germany
info@aes-verlag.de

American National Bookstore
142 Ocean Rd
Los Angeles, CA, 90001
USA

05 May 2021

For the attention of Ms Burlington

Your ref: KWL/420 Our ref: GXF/8X

Offer

Dear Ms Burlington,

In reply to your inquiry of 05 May 2021, we have the pleasure to submit an offer on the following terms:

| *name* | *quantity* | *price per item* | *price per position* |
|---|---|---|---|
| English Lernen - praxisnah und einfach (2021, 1st edition) | 400 | 14.99 | 5,996.00 EUR |
| Business English (2021, 1st edition) | 150 | 16.99 | 4,247.50 EUR |
| Instagram Marketing and Social Media Skills (2020, 1st edition) | 100 | 16.99 | 4,247.50 EUR |
| **total** | | | **10,243.50 EUR** |

All prices are net.
On an order of this size, we are willing to apply a trade discount of 10%.

In addition to this volume discount, we allow a further cash discount of 1.5% on condition that invoices are settled within 21 day of receipt of the goods.

The goods will be dispatched immediately on receipt of order by air.

Our usual terms and conditions of business apply. This offer is valid for three weeks after the above date.

Thank you for your inquiry. Should you require any further information, please get in touch with us.

Yours sincerely,

Stefan von Ulan
Sales and Key Account Manager
Encs: conditions of business

cc: Anton Scharton (CEO)
SU:jg

### Buchung

Hier finden Sie eine einfache aber sehr übliche Buchungsmail für die Konferenzräume eines Hotels.

> Subject line: Booking confirmation at Ascot Hotel New York, Jan 23 to 27 2022
>
> Dear Ms. Bradley,
>
> I would like to thank you for your prompt response to our booking inquiry of Jan 21 2022 (Ref: 343/A2). I am writing you to confirm our booking of conference hall (H1) at your Hotel in 442 Broadway, New York from Jan 23 to Jan 27 2022.
>
> Attached to this email you will find a document detailing our requirements for staff and technical equipment during our conference. Should you require any further information regarding this document, please contact Mr. Scharton directly at ascharton@aes-verlag.de or via +49 1525 133 8829.
>
> We are very much looking forward to working together with you and your team. If there are any questions or should any problems arise as we proceed, please do not hesitate to get in touch with us.
>
> Thank you very much for your work.
>
> Yours sincerely,<br>
> Stefan von Ulan

## Einladung

Als letztes Beispielschreiben finden Sie hier eine typische Einladungsmail zu einer Firmenkonferenz. Beachten Sie besonders die Handlungsaufforderung am Ende der Mail, die sicherstellt, dass sich der:die Empfänger:in bei Ihnen bezüglich des vorgeschlagenen Termins rückmelden wird.

*Subject: Your invitation to the 2021 AES author conference, June 21*

Dear Mr. von Ulan,

As the time for AES' annual author conference approaches, we'd like to thank you for your ongoing support and collaboration. We hope you will attend this year's meeting, which we have scheduled to take place on June 21, 2021, at 11 am on Zoom. You'll find the link here.

We've attached a meeting agenda to this email so you know what to expect. As you'll see, the meeting will cover the following key topics:

- Novel trends in the online publishing industry and their impact on you as an author of our house
- Presentation of our upcoming book series and collaboration projects
- Exciting talks and workshops by our best-selling authors
- Annual financial report and statistics
- New developments at AES publishing house

We expect the meeting to last between 5 to 6 hours, including breaks. Please let us know if you can attend by clicking this link. We ask you to reply by May 21, as we need to arrange the workshops and lectures in advance.

Thank you for your time, and we hope to see you on June 21.

Kind regards,

Anton Scharton

CEO
ascharton@aes-verlag.de

## Wortschatz

Abschließend finden Sie hier eine Liste mit wichtigen und oft gebrauchten Vokabeln rund um das Schreiben von Geschäftsbriefen und -emails. Gehen Sie entweder langsam durch und notieren Sie sich unbekannte und nützliche Vokabeln oder nutzen Sie diese kompakte Liste als praktisches Nachschlagewerk für Ihre zukünftige Geschäftskorrespondenz.

### Wortschatz zu Kapitel 6

| **Englisch** | ***[Aussprache]*** | **Deutsch** |
|---|---|---|
| advance | *[adwans]* | im Voraus |
| advance payment | *[adwans peimänt]* | Vorauszahlung |
| advice of payment | *[adwais of peimänt]* | Zahlungsmitteilung |
| after-sales service | *[after seils sörwis]* | Kundendienst |
| agreement | *[agrimänt]* | Vereinbarung |
| air freight | *[är freit]* | Luftfracht |
| air mail | *[är meil]* | Luftpost |
| air waybill | *[är weibill]* | Luftfrachtbrief |
| amount due | *[amaunt dju]* | Fälliger Betrag |
| apology | *[apolodschi]* | Entschuldigung |
| bank transfer | *[bänk transfär]* | Banküberweisung |
| brochure | *[brouschur]* | Broschüre |
| cargo | *[kargo]* | Fracht |
| carriage free | *[kärriädsch fri]* | Frachtfrei |
| carriage paid | *[kärriädsch peid]* | frei Haus |
| confidential | *[konfidäntschal]* | vertraulich |
| contract | *[konträkt]* | Vertrag |
| delay | *[dilei]* | Verzögerung |
| enclosed | *[änkloused]* | in der Anlage |
| express delivery | *[äkrspräss deliweri]* | Eilsendung |
| introductory price | *[introdaktori prais]* | Einführungspreis |
| invitation | *[inwiteischon]* | Einladung |
| invoice | *[inwois]* | Rechnung |
| leaflet | *[lieflät]* | Broschüre |
| liability | *[laiabiliti]* | Haftung |
| liable | *[laiabel]* | haftbar |
| negotiation | *[negoschieischon]* | Verhandlung |
| net price | *[nät prais]* | Nettopreis |

| Englisch | *[Aussprache]* | Deutsch |
|---|---|---|
| obliged | *[oblaidschd]* | dankbar |
| offer | *[offär]* | Angebot |
| opportunity | *[opportjuniti]* | Gelegenheit |
| order | *[ordär]* | Bestellung |
| orderform | *[ordärform]* | Bestellschein |
| personal | *[pörsönal]* | persönlich |
| please forward | *[plis forward]* | Bitte Weiterleiten |
| post code | *[poust kod]* | Postleitzahl |
| private | *[praiwet]* | privat |
| project | *[prodschägd]* | Projekt |
| recipient | *[resipiänt]* | Empfänger:In |
| registered letter | *[redschistärd lättär]* | Einschreiben |
| reimbursement | *[reimbörsmänt]* | Rückerstattung |
| sender | *[sendär]* | Absender:In |
| services | *[sörwis]* | Dienstleistungen |
| state | *[steit]* | Staat |
| supplier | *[suplaiär]* | Lieferant |
| survey of damage | *[sörwei of dämädsch]* | Schadensaufnahme |
| terms | *[törms]* | Bedingungen |
| terms of payment | *[törms of peimänt]* | Zahlungsbedingungen |
| to book | *[tu buk]* | buchen |
| to call off | *[tu känsäl of]* | absagen |
| to enclose | *[tu änklous]* | beifügen |
| to invite | *[tu inwait]* | einladen |
| to invoice | *[tu inwois]* | in Rechnung stellen |
| to move | *[tu muhf]* | verschieben |
| to postpone | *[tu postpoun]* | verschieben |
| to rearrange | *[tu riarreindsch]* | umorganisieren |
| to refund | *[tu rifand]* | erstatten |
| to reschedule | *[tu riskädschjul]* | verlegen |
| to send | *[tu sänd]* | abschicken |
| trade fair | *[treid fär]* | Handelsmesse |
| urgent | *[ördschänd]* | dringend |
| with reference to | *[wiss räfäräns tu]* | in Bezug auf |

**Audiobeispiel 6.2** Den gesamten Grundwortschatz aus dieser Liste finden Sie auch zum Anhören und Nachsprechen in den Audiodateien zu diesem Buch.

**Take Aways Kapitel 6**

- Höflichkeit, Klarheit, Struktur und das Sandwich-Prinzip sind die vier **Grundsäulen** eines erfolgreichen Geschäftsschreibens.
- Im **UK** Englisch werden keine Satzzeichen nach Namenstiteln und Anrede gesetzt, im **US**-amerikanischen Englisch allerdings schon.
- Das erste Wort im Absatz nach der Anrede wird immer **großgeschrieben**!
- Trennen Sie Ihr Schreiben klar in logische Absätze und nennen Sie bereits in den ersten 2-3 Sätzen Ihr Hauptanliegen.
- Verwenden Sie positive Sprache anstatt negativer Formulierungen und vermeiden Sie die gängigen Füllwörter „just“, „probably“, „try“ und „whatever“ sowie deren Synonyme.
- Im UK Englisch steht die **Betreffzeile** nach der Anrede, im US-amerikanischen davor.

# 7. Bewerbungen



*Im folgenden Kapitel erfahren Sie alles zum Thema Bewerben auf Englisch. In dieser ausführlichen Besprechung von Anschreiben, Lebenslauf und Bewerbungsgesprächen, lernen Sie nicht nur die wichtigsten Formulierungen zum selbständigen Verfassen einer erfolgreichen Bewerbung kennen, sondern auch zahlreiche Tipps zu Lebensläufen und Beispielantworten zu den 10 am häufigsten gestellten Fragen in Bewerbungsgesprächen. Mit der Besprechung häufig auftretender Fehler sowie dem ausführlichen Themenwortschatz am Ende des Kapitels sind Sie bestens auf Ihre nächste Bewerbung vorbereitet!*

**Audiobeispiel 7.1** Alle wichtigen Vokabeln, Wendungen und Sätze finden Sie auch in den Audiodateien zu diesem Kapitel zum Anhören und Wiederholen.

Verständlicherweise gehört die Frage danach, wie man eine korrekte und erfolgversprechende Bewerbung auf Englisch schreibt zu den wichtigsten Themen des Business Englisch. In diesem Kapitel lernen Sie nacheinander die zentralen Bestandteile des Bewerbungsprozesses kennen: Anschreiben, Lebenslauf und Bewerbungsgespräch. Der prinzipielle Ablauf unterscheidet sich dabei offensichtlich nicht vom deutschen Raum, allerdings gibt es in allen Teilen Abweichungen und Besonderheiten, auf die Sie vorbereitet sein sollten.

## 7.1 Anschreiben auf Englisch

Im Englischen wird das Anschreiben an ein Unternehmen als „Cover Letter“ bezeichnet. Für die Bewerbung an einer Universität oder einer sozialen Einrichtung spricht man auch von einem „Letter of Motivation“ (UK) oder „Statement of Purpose“ (US). In beiden Fällen geht es um eine persönliche Darstellung ihrer individuellen Talente, Motive und Werte. Das Anschreiben soll vor allem dafür sorgen, dass sich der:die Empfänger:in den Rest Ihrer Bewerbung auch wirklich genauer ansehen wird. Strukturell wird das Anschreiben dreigeteilt in:

- **Einleitung**: Ein kurzer Absatz, bestehend aus einer möglichst persönlichen Begrüßung, einer klaren Beschreibung Ihrer Motivation und für welche Stelle Sie sich bewerben.
- **Hauptteil**: Präsentieren Sie hier ihr Profil und die persönliche Eignung für die Stelle. Dies ist der längste Teil des Schreibens und sollte durch Absätze in logisch gegliederte Themenbereiche getrennt werden.
- **Schluss**: Mit einer Bitte zur Einladung zu einem Vorstellungsgespräch und einer standardisierten Verabschiedungsformel endet jedes gute Anschreiben.

Inhaltlich sollte es die folgenden Punkte erfüllen:

- **Prägnanz**: Die Lesbarkeit und Eindeutigkeit Ihrer Botschaft steht im Vordergrund. Schreiben Sie knappe, präzise Sätze ohne umständliche Formulierungen und machen Sie in den ersten Sätzen deutlich, auf welche Position Sie sich bewerben.
- **Signifikanz**: Das Anschreiben muss klar machen, weshalb Sie die richtige Person für diese Stelle sind! Eine bloße Auflistung Ihrer Fähigkeiten und Erfahrungen ist für den:die Empfänger:in dabei nicht so interessant, wie Ihre persönliche Entwicklung. Wiederholen Sie also nicht einfach die Informationen aus Ihrem Lebenslauf, sondern zeichnen Sie ein persönliches, schlüssiges und ansprechendes Bild von sich und Ihrem Werdegang, dass Sie aus der Masse an Bewerber:innen hervorhebt. Nehmen Sie unbedingt auch explizit Bezug auf die Stelle und das Unternehmen, bei welchem Sie sich bewerben und zeigen Sie so, dass Sie sich intensiv mit der Aufgabe auseinandergesetzt haben. Beim Lesen des Anschreibens muss klar werden, wieso Sie die Person sind, welche alle Anforderungen der Stellenausschreibung erfüllt.

- **Unique Selling Proposition**: Kommunizieren Sie unbedingt Ihr Alleinstellungsmerkmal, welches Sie *genau* für diese Stelle und Firma qualifiziert. Ihr Anschreiben muss eine Antwort auf die Frage geben, wieso Sie sich bei *genau* dieser Firma beworben haben. Das hängt natürlich stark vom Kontext und Ihren persönlichen Präferenzen ab und könnte zum Beispiel Ihre bisherige Berufserfahrung, Fremdsprachenkenntnisse, eine persönliche Begeisterung für die Firmenphilosophie oder ein gutes Netzwerk in dieser Industrie sein.

Das Schreiben sollte auf keinen Fall mehr als **eine DIN-A4-Seite** umfassen und in **3-5 logisch getrennte Absätze** gegliedert sein. Es gilt: Fassen Sie sich kurz aber präzise und versuchen Sie im Zweifelsfall eher, Informationen zu kürzen oder zu verdichten anstatt die Schriftgröße zu verkleinern oder Absätze zu verlängern.

Technisch gesehen handelt es sich beim Anschreiben um einen formellen Brief/E-Mail. Daher gelten alle Punkte, die Sie bereits kennen gelernt haben - insbesondere wenn es um Formatierung und die richtige Wahl der Anrede geht. Ihre Kontaktdaten stehen rechtsbündig ganz oben im Schreiben, gefolgt von der linksbündigen Anschrift der Organisation, bei welcher Sie sich bewerben. Wenn Sie sich nicht mehr sicher sind, wo und ob eine Betreffzeile verwendet und wie das Datum in UK und US Englisch geschrieben wird, empfehle ich Ihnen noch einmal im vorherigen Kapitel nachzuschlagen.

**TIPP** Geben Sie eine deutsche **Telefonnummer** in Ihren Kontaktdaten unbedingt mit der deutschen Vorwahl +49 an, damit Sie auch für internationale Personalabteilungen erreichbar sind. Achten Sie außerdem darauf, eine seriös klingende **E-Mailadresse** anzugeben, um einen ersten, professionellen Eindruck zu hinterlassen. Abgesehen von einer Bewerbung beim Zirkus ist „partyclown93@funmail.de" definitiv nicht geeignet.

### Einleitung

Die Einleitung beginnt mit der richtigen Anrede gemäß dem vorherigen Kapitel. Es macht im englischsprachigen Raum einen guten Eindruck, wenn Sie vorab schon einen persönlichen Kontakt zur Firma hergestellt haben, zum Beispiel durch ein Telefonat oder E-Mailverkehr. Dann können Sie Ihr Gegenüber direkt mit „Mr./Ms. *Name*" anschreiben und so Ihre Eigeninitiative bereits in der Begrüßung hervorheben. Sind die Empfänger unbekannt, benutzen Sie im UK Englisch „Dear Sir or Madam" und im US Englisch „Ladies and Gentlemen". Im UK Englisch wird kein Komma gesetzt, im US-Amerikanischen allerdings schon.

In beiden Fällen beginnt der erste Satz des folgenden Abschnitts jedoch mit einem großgeschriebenen Wort! Akademische Titel wie „Dr.“ oder „Prof.“ sollten in der Begrüßung unbedingt berücksichtigt werden. Im UK Englisch werden diese ohne den Punkt „.“ geschrieben (Dr/Prof).

**TIPP** „You'll never get a second chance to make a first impression.“ - Dieser Satz beschreibt ziemlich gut, worum es bei der Einleitung geht: Den **ersten Eindruck**! Achten Sie darauf, schon mit den ersten Sätzen die Aufmerksamkeit des:der Leser:in zu wecken.

Formulieren Sie alle Ihre Sätze bestimmt und energisch und drücken Sie damit aus, wie ernst Sie es mit der Bewerbung meinen. Denken Sie daran, dass Sie zuerst nur eine von (sehr) vielen Personen sind, die sich auf diese Stelle bewerben werden - nach dem Lesen Ihrer Einleitung muss bei Ihrem Gegenüber schon das Gefühl geweckt werden, dass Sie die Richtige sein könnten!

Nichts wird schneller langweilen und zum Weglegen verleiten, als abgedroschene Bewerbungsfloskeln von denen er:sie an diesem Tag wahrscheinlich schon ein paar Hundert gelesen hat. Idealerweise können Sie sich schon im ersten Satz Ihrer Bewerbung auf eine Referenzperson beziehen, die Sie vermittelt hat oder weiterempfehlen könnte. Hier sind ein paar Formulierungen, mit denen Sie Ihr Anschreiben einleiten könnten:

## Einleitung

| **Englisch** | **Deutsch** |
|---|---|
| I am writing to apply for the position of *Position* as advertised in ... on *Datum*. | Hiermit bewerbe ich mich auf die Stelle als *Position*, ausgeschrieben in ... am *Datum*. |
| I was interested to learn that your organization is currently recruiting a *Position*. | Mit Interesse habe ich erfahren, dass Ihr Unternehmen im Moment eine:n *Position* einstellen möchte. |
| Your company was recommended to me by *Referenz*. | Ihre Firma wurde mir von *Referenz* empfohlen. |
| I am writing in reference to the job opening as *Position* on your website. | Ich schreibe bezüglich des Stellenangebots als *Position* auf Ihrer Webseite. |
| I am writing in response to your job advertisement posted in ... on *Datum*. | Ich schreibe Ihnen als Antwort auf Ihre Stellenanzeige in ... am *Datum*. |

| Englisch | Deutsch |
|---|---|
| It was with great interest that I read the advertisement for *Position*. | Mit großem Interesse habe ich Ihre Stellenanzeige als *Position* gelesen. |
| This is my application for the job opening as *Position*, advertised by you on ... | Dies ist meine Bewerbung auf das Stellenangebot als *Position*, ausgeschrieben auf ... |
| I am very interested in the *Position* that you advertised in ... on *Datum*. | Ich bin sehr an der Stelle als *Position* interessiert, welche Sie am *Datum* auf ... ausgeschrieben haben. |

Im Einleitungssatz sollte dann der wichtigste Punkt folgen, der Sie für diese Stelle qualifiziert. Das hängt sehr vom Kontext ab, Sie können zum Beispiel Ihre langjährige Erfahrung oder spezielle Kenntnisse und Fähigkeiten in den Vordergrund stellen. Bedenken Sie dabei immer, dass Sie nicht zu viel exakte Informationen oder Daten geben müssen - dafür ist der Lebenslauf da. Es geht vielmehr darum, Ihre Hauptstärke gleich zu Anfang zu erwähnen, mit den genauen Details wird sich der:die Leser:in dann im weiteren Verlauf Ihrer Bewerbung beschäftigen - doch zuerst muss das Interesse geweckt werden.

Wie das konkret aussieht, sehen Sie an folgendem Beispiel. Hier zuerst eine relativ langweilig und unauffällig formulierte Einleitung:

> "I would like to apply to the position advertised on your website. I have already worked in the ... sector from 2012 to 2019 and think that I would be a good addition to your company."
>
> Ich würde mich gerne auf die auf Ihrer Webseite ausgeschriebene Stelle bewerben. Ich habe bereits von 2012 bis 2019 im Bereich ... gearbeitet und denke, dass ich eine gute Ergänzung für Ihre Firma wäre.

Es gibt hier folgenden Probleme

- Es wird nicht genau klar, auf welche Stelle sich beworben wird.
- Beide Sätze starten mit „I“, was schon beim zweiten Satz zu strukturellen Wiederholungen führt.
- Es wird mit den Jahreszahlen zu viel unnötige Informationen gegeben, die bereits im Lebenslauf stehen
- Der sehr zögerlich wirkende Konjunktiv wird verwendet.

Wie das besser geht, sehen Sie in diesem Beispiel:

> "This is my application for the job opening as *Position* as advertised on your webpage on *Datum*. With more than 7 years of professional experience, an extensive personal network and a deep fascination with the ... sector, I am convinced that I will be a great addition to realize the mission of your company."
>
> Dies ist meine Bewerbung auf die Position als *Position*, ausgeschrieben auf Ihrer Webseite am *Datum*. Ich bin überzeugt, dass ich mit meinen mehr als 7 Jahren professioneller Erfahrung, einem ausgedehnten persönlichen Netzwerk und einer großen Faszination für den Bereich ... eine hervorragende Ergänzung zur Umsetzung ihrer Firmenziele sein werde.

Beachten Sie, dass die Sätze zwar etwas länger, dafür aber viel informativer und ansprechender formuliert wurden. Es ist klar, um welche Stelle es geht, Formulierungen wie „I am convinced" strahlen Selbstbewusstsein aus und mit der Referenz auf Ihr persönliches Netzwerk und Erfahrung wecken Sie das Interesse nach mehr.

**Hauptteil**

Der Hauptteil ist der größte und wichtigste Abschnitt Ihres Anschreibens. Diente die Einleitung noch dazu, das Interesse zu wecken, geht es nun darum, Ihren persönlichen Werdegang zu schildern und die wichtigsten Argumente Ihrer Eignung für diese Stelle klar hervorzuheben. Wie bereits besprochen sollten Sie sich kurz und prägnant fassen - daher reicht es in der Regel aus, sich auf die drei wichtigsten Punkte zu beschränken.

Wählen Sie diese gezielt aus und versuchen Sie, Ihre Stärken und Vorzüge mit dem Unternehmen und der ausgeschriebenen Stelle in Verbindung zu setzen. Je präziser und eindeutiger formuliert, desto besser. In der folgenden Tabelle finden Sie einige wichtige Formulierungen, um Ihre bisherige Arbeitserfahrung zu beschreiben:

## Arbeitserfahrung

| **Englisch** | **Deutsch** |
|---|---|
| As you will see in the attached CV/Resume, my skills and experience reflect all the important requirements in your job offering. | Wie Sie dem beigefügten Lebenslauf entnehmen können, spiegeln meine Fähigkeiten und Erfahrung alle wichtigen Anforderungen Ihrer Stellenausschreibung wider. |
| At the moment, I am finishing my *Program* and am excited to put my newly acquired set of skills to use. | Im Moment beende ich mein *Program* und bin gespannt darauf, meine neuen Fertigkeiten in der Praxis anzuwenden. |
| Within the field of *Bereich*, I am an expert in ... | Im *Bereich* bin ich ein:e Expert:in für ... |
| In my current employment at *Firma*, it is part of my role to ... | Im Rahmen meiner aktuellen Beschäftigung bei *Firma* gehört es zu meinen Aufgaben ... |
| I have experience in working with ... | Ich habe Erfahrung in der Arbeit mit ... |
| My current responsibilities include ... | Meine momentanen Verantwortungsbereiche beinhalten ... |
| Over the past ... years, I have gained extensive experience in working with ... | In den vergangenen ... Jahren habe ich umfangreiche Erfahrung in ... erworben. |
| I have been working at *Firma* for the past ... years and have gained extensive experience in the area of ... | Ich arbeite seit ... Jahren bei *Firma* und habe umfassende Erfahrung im Bereich ... erworben. |

Manchmal bietet es sich auch an, Ihre umfangreiche Erfahrung in Stichpunkten aufzulisten. So können Sie Ihre Stärken einfach hervorheben und Ihrem Schreiben eine klare Struktur verleihen. Zum Beispiel:

Relevant experiences and knowledge for this position include:

- "Five years experience as head of a diverse, international team in ..."

  Fünf Jahre Erfahrung als Leiter eines diversen, internationalen Teams in ...

- "Expert knowledge in the field of ..."

  Fachwissen im Bereich ...

- "A proven track record and achievements in ..."

  Eine nachweisliche Erfolgsbilanz und Leistungen in ...

Versuchen Sie, Ihren Enthusiasmus und Motivation für die Stelle und Firma hervorzuheben. Auch hier ist es wichtig, dass Sie sich vorher gut informiert haben und Details der Stellenbeschreibung und des Betriebs kennen. So können Sie idealerweise den Bogen zwischen Ihrer persönlichen Motivation und den Besonderheiten der Position schlagen.

## Motivation

| **Englisch** | **Deutsch** |
|---|---|
| I am keen to broaden my knowledge in the field of ... | Ich bin gespannt darauf, meine Kenntnisse in Bereich ... zu vertiefen. |
| This job/program presents me with the valuable opportunity to ... | Diese/s Arbeit/Programm bietet mir die wertvolle Möglichkeit ... |
| The mission statement of your company strongly resonates with my personal vision and I am confident that ... | Das Leitbild Ihrer Firma resoniert stark mit meiner persönlichen Vision und ich bin zuversichtlich, dass ... |
| I would be delighted to combine my passion for ... with my professional experience as *Position* at your company. | Ich würde mich freuen, wenn ich meine Leidenschaft für ... mit meiner Arbeitserfahrung als *Position* in Ihrer Firma verbinden könnte. |
| As my previous experiences show, I am eager and capable to take on new challenges and situations. | Wie mein bisheriger Werdegang deutlich macht, bin ich bereit und fähig, neue Herausforderungen und Situationen zu meistern. |
| Having worked with ... for the past years, I am now ready to take on the challenge of ... | Nachdem ich in den letzten Jahren mit ... gearbeitet habe, bin ich nun bereit, mich der Herausforderung ... zu stellen. |

Seien Sie nicht zu schüchtern wenn es darum geht, über Ihre Fähigkeiten und Kenntnisse zu sprechen. Im englischsprachigen Raum wird ein selbstbewusstes und zielstrebiges Auftreten deutlich höher geschätzt, als im Deutschen. Bleiben Sie dabei aber immer authentisch und bei den Fakten.

## Qualifikation

| **Englisch** | **Deutsch** |
|---|---|
| The position/job fits perfectly with my experiences and competences. | Diese Stelle passt hervorragend zu meinen Erfahrungen und Kompetenzen. |
| I am eager to take on new responsibilities in a challenging position. | Ich bin äußerst motiviert, neue Verantwortungen in einer herausfordernden Stelle anzunehmen. |

| Englisch | Deutsch |
|---|---|
| As *Position*, I will bring several years of experience and expert knowledge to your company. | Als *Position* werde ich mehrere Jahre Erfahrung und Expertenwissen in Ihre Firma einbringen. |
| I will bring all the necessary qualifications and qualities for this job. | Ich bringe alle nötigen Qualifikationen und Fähigkeiten für diese Stelle mit. |
| My former employers can confirm my qualification and trustworthiness. | Meine früheren Arbeitgeber können meine Qualifikation und Vertrauenswürdigkeit bestätigen. |

Sie sollten im Hauptteil auch versuchen, die Erfahrungen und Fähigkeiten, welche aus Ihrer Bewerbung hervorgehen, mit Ihren positiven Charaktereigenschaften zu verbinden. Auch hier ist es wichtig, spezifisch und selbstbewusst zu formulieren, ohne abgedroschen oder überheblich zu klingen. Wörter wie „perfectionist“ und „teamplayer“ werden heutzutage viel zu häufig verwendet. Nehmen Sie sich Zeit, einzigartige und passende Worte für Ihre Selbstbeschreibung zu finden und lassen Sie sich von den folgenden Vorschlägen inspirieren:

## Charaktereigenschaften

| Englisch | *[Aussprache]* | Deutsch |
|---|---|---|
| adaptive | *[adaptif]* | lernfähig |
| ambitious | *[ambischios]* | ambitioniert |
| broad-minded | *[broad mainded]* | aufgeschlossen |
| capable to work in a team | *[keipabel tu wörk in a tiem]* | teamfähig |
| confident | *[konfidänt]* | selbstbewusst |
| conscientious | *[konschiänschious]* | gewissenhaft |
| courageous | *[koreidschus]* | mutig |
| efficient | *[äffischient]* | effizient |
| focussed | *[fokusset]* | zielstrebig |
| outgoing | *[autgouing]* | kontaktfreudig |
| prepared to compromise | *[pripäret tu rompromais]* | kompromissbereit |
| self-sufficient | *[sälf saffischent]* | selbstständig |
| technically skilled | *[täknikali skillet]* | technisch begabt |

Bringen Sie Abwechslung in Ihre Satzanfänge und vermeiden Sie es, jeden Satz mit „I“ zu beginnen. Das wird nicht nur schnell langweilig, sondern wirkt auch selbstbezogen und einfallslos - kein guter Eindruck! Durch geschicktes Umformulieren lassen sich aussagekräftige und abwechslungsreiche Sätze bilden. Diese Satzanfänge sorgen für Abwechslung:

### Satzanfänge

| Englisch | Deutsch |
|---|---|
| During ..., | Während ... |
| In particular ... | Insbesondere ... |
| The reason why ... | Der Grund weshalb ... |
| Due to ... | Aufgrund von ... |
| After my ... | Nach meiner ... |
| In brief, my professional experience includes ... | Im Wesentlichen umfasst meine professionelle Erfahrung ... |
| As you will see from my CV, ... | Wie Sie meinem Lebenslauf entnehmen werden ... |
| At present ... | Im Moment ... |
| Having graduated in ..., I will now ... | Nach meinem Abschluss in ... werde ich nun ... |

## Schluss

Der Schlussteil sollte, anders als die Einleitung und Hauptteil, eher standardisiert gehalten werden. Verweisen Sie auf die Anlagen und wann und wie Sie bei Fragen am Besten zu erreichen sein werden. Unterstreichen Sie abschließend noch einmal Ihr Interesse, indem Sie Ihre Hoffnung auf eine baldige Einladung oder Kontaktaufnahme ausdrücken:

### Schluss

| Englisch | Deutsch |
|---|---|
| Attached/enclosed you will find my current CV. | Im Anhang finden Sie meinen aktuellen Lebenslauf. |
| Please find my CV attached for further information on my qualification and skills. | Zur weiteren Information über meine Qualifikationen und Fähigkeiten finden Sie meinen Lebenslauf im Anhang. |
| As you can see from the attached CV, I would make a great fit for this position. | Wie Sie meinem angehangenen Lebenslauf entnehmen können, würde ich hervorragend auf diese Stelle passen. |
| I will happily discuss further matters with you at an interview. | Gerne werde ich weitere Details in einem Vorstellungsgespräch mit Ihnen besprechen. |
| I am looking forward to discussing further details at an interview. | Ich freue mich darauf, weitere Details in einem Gespräch zu besprechen. |
| I am available for an interview at any time. | Ich stehe jederzeit für ein Gespräch zur Verfügung. |

| Englisch | Deutsch |
|---|---|
| Please do not hesitate to contact me, should there arise any questions. | Sollten irgendwelche Fragen aufkommen, bitte zögern Sie nicht, mich zu kontaktieren. |
| Feel free to contact me, should you require further information. | Bitte kontaktieren Sie mich gerne, falls Sie weitere Informationen benötigen sollten. |
| I look forward to hearing from you. | Ich freue mich darauf, von Ihnen zu hören. |
| Thank you for your time and consideration. | Danke für Ihre Zeit und Mühen. |
| Thank you very much for your interest. I look forward to hearing from you. | Danken Sie vielmals für Ihr Interesse. Ich freue mich darauf, von Ihnen zu hören. |
| I am looking forward to an interview opportunity at your organization. | Ich freue mich auf die Einladung zu einem persönlichen Gespräch in Ihrem Unternehmen. |

Häufig wird gefragt, ob „I look forward to hearing from you" oder „I am looking forward to hearing from you" die korrekte Schreibweise der Schlussformel ist. Die Antwort: Beides ist richtig. „I look forward to ..." wirkt sprachlicher etwas formeller, „I am looking forward to ..." ist eher umgangssprachlicher. Aber das sind subtile Unterschiede und beide Formen sind in jedem Fall korrekt.

**TIPP** Achten Sie bei der Schlussformel **„I look/am looking forward to hearing from you"** darauf, dass immer die „-ing" Form des folgenden Verbs verwendet wird, zum Beispiel *hearing*. Der Satz „I look forward to hear from you" ist falsch und ein häufiger Fehler in Bewerbungsschreiben!

Die abschließenden Grußformeln sind analog zum Schreiben von E-Mails und Briefen und richten sich nach der in der Einleitung verwendeten Anrede.

## Wertvolle Tipps

Da eine Bewerbung immer auf die jeweilige Stelle und Ihren persönlichen Kontext abgestimmt sein muss, können die obigen Beispielsätze und -formulierungen zwar Ihre Schreiben deutlich verbessern und wichtige Denkanstöße geben. Es ist trotzdem von zentraler Bedeutung, dass Sie sich gut mit Ihrer eigenen Motivation, der Stellenbeschreibung und den sprachlichen Details Ihres Anschreibens auseinandersetzen. Nur so werden Ihre Bewerbungen aussagekräftig und elegant genug, um professionelle Personalangestellte von sich zu überzeugen.

In diesem Abschnitt möchte Ich Ihnen noch einige allgemeine und praxisnahe Tipps ans Herz legen, um Ihren Schreiben den Feinschliff zu verleihen.

Verwenden Sie für Ihre Bewerbungsschreiben eine gebräuchliche, **gut lesbare Schrift**. Sollten Sie Ihre Bewerbung per E-Mail versenden, konvertieren Sie alle Schreiben vorher unbedingt ins PDF Format, um Darstellungsfehler zu vermeiden.

Achten Sie auf die **Schlüsselwörter** in der Stellenausschreibung und nehmen Sie auf die Wichtigsten von ihnen Bezug in Ihrem Schreiben. Im folgenden Beispielstellenangebot sind einige Schlüsselwörter **hervorgehoben**:

> Job Offering
> Our company is looking for **enthusiastic** people who will bring the following talents:
>
> - **Lead** and manage large, **international** teams
> - **Fluent** in English and one of the following **languages**: German, Mandarin Chinese, French
> - At least 3 years of **project management** experience
> - Proven performance record in **time-critical** projects

Nun sollten Sie natürlich nicht alle diese Schlüsselbegriffe in Ihrem Schreiben wiederholen, sondern vielmehr versuchen, indirekt auf diese Bezug zu nehmen und einen Zusammenhang zu Ihrem bisherigen Werdegang und Ihren Fähigkeiten herzustellen. Auch Synonyme oder verwandte Wörter eignen sich gut, zum Beispiel „communcation“ anstatt „language“ oder „diverse“ statt „international“. Ein passender Absatz wäre zum Beispiel:

> During my previous position as **project leader** at the overseas division of AES publishing house, I was coordinating the work of a **diverse** team of authors and publishers in over 15 **different countries**. Among other things, I ensured smooth communication and synchronization between different divisions in order to meet challenging **deadlines** for our complex, multinational publishing projects. During my studies at UAC, I gained fluent knowledge of Mandarin Chinese as well as Japanese and am **excited and happy** about the opportunity to combine these skills with my previous work experience in your company.

Wie Sie bereits wissen, gibt es zahlreiche, mehr oder weniger feine Unterschiede zwischen dem US-amerikanischen und dem britischen Englisch. Neben der Kommasetzung, Datumsformatierung und der Betreffzeile wird bei Bewerbungsanschreiben, wo alles perfekt sein sollte, oft nach den unterschiedlichen Wortendungen „-ize“ (US) und „-ise“ und deren korrekten Verwendung gefragt. Wörtlich übersetzt entspricht das der deutschen Endung „-isieren“, zum Beispiel:

| **US** | **UK** | **Deutsch** |
|---|---|---|
| to organize | to organise | organisieren |
| to categorize | to categorise | kategorisieren |
| to realize | to realise | realisieren |

Es wäre natürlich ideal, wenn Sie in einem Anschreiben im britischen Stil die Endungen „-ise“ benutzen, in einem US-amerikanischen die Endung „-ize“. Allerdings weichen die Unterschiede bereits langsam auf, und auch im Britischen wird die Verwendung von „to organize“ immer üblicher. Falls Sie sich im Zweifelsfall unsicher sind, dann verwenden Sie einfach konsequent eine der beiden Endungen in Ihrem gesamten Schreiben. Verstanden werden Sie in jedem Fall. Insgesamt sollten Sie auf einen formellen Sprachstil achten und auch Abkürzungen wie e.g. oder die verkürzten Schreibweisen „I'll“ vermeiden.

„**Action verbs** (Aktionsverben) sind eine großartige Möglichkeit, um Ihr Schreiben aktiv und überzeugend zu formulieren. Im Folgenden finden Sie ein umfassende Liste der wichtigsten Verben, um Ihre berufliche Erfahrung und Tätigkeiten ansprechend und elegant zu beschreiben:

| **Englisch** | ***[Aussprache]*** | **Deutsch** |
|---|---|---|
| to accelerate | *[tu aksäläreit]* | beschleunigen |
| to accomplish | *[tu akomplisch]* | schaffen |
| to achieve | *[tu atschief]* | erreichen |
| to analyze | *[tu änalais]* | analysieren |
| to assist | *[tu asist]* | unterstützen |
| to boost | *[tu buhst]* | steigern |
| to contribute to | *[tu kontribjut tu]* | beitragen zu |
| to develop | *[tu diwälop]* | entwickeln |
| to enable | *[tu äneinbäl]* | ermöglichen |
| to expand | *[tu ikspand]* | ausweiten |
| to guide | *[tu gaid]* | führen |

| Englisch | Deutsch | |
|---|---|---|
| to increase | *[tu inkris]* | steigern |
| to influence | *[tu influäns]* | beeinflussen |
| to initiate | *[tu inischieid]* | einleiten |
| to interpret | *[tu intörprät]* | interpretieren |
| to launch | *[tu launsch]* | starten |
| to mentor | *[tu mäntor]* | betreuen |
| to negotiate | *[tu nigouschieid]* | verhandeln |
| to reach | *[tu ridsch]* | erreichen |
| to refocus | *[tu rifoukus]* | neu konzentrieren |
| to screen | *[tu skrien]* | etwas durchsehen |
| to set up | *[tu sät up]* | einrichten |
| to simplify | *[tu simplifai]* | vereinfachen |
| to supervise | *[tu supärwais]* | leiten |
| to teach | *[tu tidsch]* | unterrichten |
| to train | *[tu trein]* | ausbilden |

Abschließend noch ein paar allgemeine Tipps für Ihr Anschreiben und die Bewerbung im Allgemeinen:

- Benutzen Sie für alle von Ihnen verfasste Dokumente die gleiche **Schriftart**, Schriftgröße und Farbpalette um einen einheitlichen Gesamteindruck zu geben.
- Formulieren Sie Ihre Sätze **aktiv und positiv**. Vermeiden Sie passive Formen, lange verschachtelte Sätze und den Konjunktiv.
- Eine Bewerbung im englischsprachigen Raum besteht üblicherweise nur aus Anschreiben und Lebenslauf. **Zeugnisse und Zertifikate** sollten nur beigefügt werden, wenn explizit danach gefragt wird. Der Ausdruck „Complete Dossier" bedeutet, dass auch alle Abschlusszeugnisse und Noten verlangt werden.
- Achten Sie auf **typische Fehler** im Englischen: Groß- und Kleinschreibung, Komma und Punkte bei Zahlen sowie korrekte Anführungszeichen. Diese wichtigen Punkte wurden bereits im Kapitel „Business Englisch Basics" am Anfang dieses Buches besprochen.

Mit der Vielzahl an Konzepten, Formulierungen und Tipps dieses Abschnitts steht einem erfolgreichen Anschreiben nun nichts mehr im Wege! Sollten Sie nicht schon direkt eine Bewerbung zu verfassen haben, dann üben Sie doch schon einmal, indem Sie ein paar fiktive Anschreiben nach den oben besprochenen Punkten verfassen - Viel Erfolg!

**TIPP** Nehmen Sie sich **mindestens eine Woche** Zeit für Ihr Anschreiben. Lassen Sie den ersten Entwurf ein paar Tage ruhen und falls möglich, lassen Sie Ihr Bewerbungsschreiben von so vielen Personen wie möglich korrekturlesen! Idealerweise kennen Sie eine:n Muttersprachler:in, die Ihren Formulierungen den letzten Schliff geben und subtile Ungenauigkeiten ausbügeln kann.

### Beispielschreiben

Hier finden Sie ein fiktives Bewerbungsschreiben an ein US-amerikanisches Magazin. Benutzen Sie es gerne als Vorlage und Muster für Ihre eigenen Schreiben und verinnerlichen Sie noch einmal die Konzepte dieses Abschnitts.

Stefan von Ulan
Urbanstrasse 64 • Berlin • 14166 Berlin • Germany
+49 1525 1334 2103 • stefanvonulan@aes-verlag.de

Ms. Naomi Swadson
Editor-in-Chief
Vice Magazine
589 Venice Blvd
Los Angeles, CA 90077

May 5, 2021

Dear Ms. Naomi Swadson:

I was very excited to see your job advertisement for a copywriter advertised on your social media channels. I am a versatilely trained professional and author who always wanted to work for a high-profile, unique and innovative magazine like Vice.

My extensive personal experience would make me a valuable asset to Vice. I have developed a well-rounded skill set as well as strong interpersonal and communication skills and have also gained in-depth experience in the following areas:

- 4 years of work experience as an independent author, copywriter and public relations consultant
- Proven track record of achieving outstanding results under strict time constraints

> - Comfortable working self-sufficiently or as part of a larger team in all stages of the journalistic process
> - The ability to successfully engage in multiple projects simultaneously
>
> I know how to set goals and achieve them, and have in the past found, investigated and written on overlooked topics with strong social impact. The opportunity to take on more responsibility and at the same time broaden my knowledge in the field of cutting-edge investigative journalism as part of a multinational team of experts is nothing that I could let pass by unnoticed.
>
> Attached you will find a copy of my CV, illustrating my previous experience and the unique set of skills that make me ideal for this position. Please feel free to contact me should you need any further information. I greatly appreciate your interest and I am looking forward to hearing from you soon.
>
> Yours sincerely,
>
> Stefan von Ulan
>
> Attachments: resume, references

## 7.2 Lebenslauf auf Englisch

Der Lebenslauf ist nach dem Anschreiben das zweite zentrale Dokument einer jeden Bewerbung. Im UK Englisch heißt er, dem Lateinischen entnommen, „Curriculum Vita“ oder kurz CV, während man im US-amerikanischen von „resumé“ spricht. Außerdem gibt es wichtige Unterschiede im Vergleich zu deutschen Lebensläufen, die Sie unbedingt wissen sollten, bevor Sie sich auf eine internationale Stelle bewerben.

Mit dem deutschen Lebenslauf soll ein tiefer Einblick in Ihre Fähigkeiten und den bisherigen Werdegang gegeben werden, oft auch unter Preisgabe persönlicher Daten wie Geschlecht und Familienstand. Englische Firmen sind viel stärker auf Gleichstellung fokussiert und es soll ausgeschlossen werden, dass Menschen aufgrund irgendeines anderen Faktors als der beruflichen Qualifikation eingestellt werden. In der folgenden Tabelle sind einige Stichpunkte zusammengefasst:

| Resumé (US) | CV (UK) | Lebenslauf (DE) |
|---|---|---|
| **Kein Foto** | **Kein Foto** | Foto möglich |
| Maximal 1 Seite | Maximal 2-3 Seiten | maximal 2 Seiten |
| Keine Angaben zu Alter, Geschlecht, Nationalität, Familie | Keine Angaben zu Alter, Geschlecht, Familie | Angaben möglich |
| Abschlüsse mit Kursen und Noten aufgelistet | Abschlüsse mit Kursen und Noten aufgelistet | Studieninhalte nicht einzeln aufgelistet |
| Kein Datum und Unterschrift | Kein Datum und Unterschrift | Unterschrift erforderlich |
| Referenzen angeben | Referenzen angeben | Referenzen unüblich |
| Ausschnitt des Werdegangs | Gesamter Werdegang | Gesamter Werdegang |
| Fokus auf Stärken und wichtigste Fähigkeiten | Ausführlich | Ausführlich |

Die fehlenden Angaben zu persönlichen Daten wie Alter, Geschlecht, Religion, Nationalität, Familie und des Bewerbungsfoto sind besonders wichtig! In den USA werden Bewerbungen, in denen diese Details preisgegeben werden, aufgrund der strengen Antidiskriminierungsgesetze kategorisch abgelehnt und unabhängig von ihrem weiteren Inhalt verworfen. Daher gehören neben Ihren Vor- und Nachnamen, der Adresse und den wichtigsten Kontaktdaten wie Telefonnummer und E-Mailadresse keine weiteren Angaben in den Lebenslauf.

## Aufbau des Lebenslaufs

Im Folgenden werden die einzelnen Abschnitte eines englischen Lebenslaufs im Detail vorgestellt. Prinzipiell gilt wie im Deutschen, immer zuerst die aktuellsten Punkte aufzulisten und sich dann in der Zeit zurück zu arbeiten(achronologisch). In den einzelnen Titeln der Abschnitte kann jedes Wort großgeschrieben werden, wie zum Beispiel „**W**ork **E**xperience“ oder „**S**kills & **C**ompetences“.

### Personal Details

Hier dürfen wie gesagt nicht zu viele Angaben gemacht werden. Name, Anschrift, Telefonnummer und E-Mailadresse genügen. Achten Sie auch darauf, dass alle deutschen Sonderzeichen „ä,ü,ö,ß“ ausgeschrieben werden als „ae,ue,oe,ss“.

Stefan von Ulan
Urbanstrasse 64, 14202 Berlin
Phone: +49 1525 1330 204
Mail: stefanvonulan@aes-verlag.de

## Personal Profile (optional)

Dieser Abschnitt ist optional, kommt aber besonders bei US-amerikanischen Unternehmen sehr gut an. Sie haben hier die Möglichkeit in 2-3 knappen Sätzen sich und Ihre persönlichen Stärken zusammenzufassen. Wenn Sie diesen Abschnitt einfügen, ist es wichtig, dass Sie klar, prägnant und überzeugend schreiben.

A versatilely trained author of several books, language enthusiast and Yoga expert with excellent oral and written communication skills. Ambitious and determined to make his mark in the fast-growing self-publishing industry.

## Work Experience

Hier geht es um Ihre berufliche Erfahrung. Nennen Sie dafür Firmenname, Standort, Zeitraum der jeweiligen Anstellung und Ihre Position. In kurzen Unterpunkten sollten Ihre Hauptaufgaben und Erfolge genannt werden. Für ein US-amerikanisches Resume genügen die wichtigsten 2-3 Stationen, die für die aktuelle Bewerbung am relevantesten sind.

## Education

Nennen Sie alle Ihre Schul- und etwaige Universitätsabschlüsse, inklusive Name und Ort der Bildungseinrichtung sowie den Zeitraum Ihrer Ausbildung. Weiter Unterpunkte wie die Themen und Noten von Abschlussarbeiten, Schwerpunktfächern oder Auslandsaufenthalte sollten ebenfalls genannt werden. Zusätzlich dazu werden hier auch alle Fortbildungen (Advanced Trainings) und Zusatzqualifikationen aufgelistet.

| | |
|---|---|
| 2012-2014 | English Literature and Culture (M.A.)<br>University of California at Berkeley<br>Final Grade: 1.2<br>Major subject: Modern American literature<br>Master's thesis: The Beat Generation - Reflections on impact, ideas and ideologies in writing |

### Skills & Competences

Unter diesen Punkt fallen alle Fähigkeiten wie Sprachkenntnisse und Software- oder Programmierskills. Beurteilen Sie besonders Sprachkenntnisse ehrlich - das Letzte was Sie wollen, ist es im Bewerbungsgespräch über Ihr altes Schulfranzösisch zu stolpern, nur weil Sie dachten, dass fließende Sprachkenntnisse im Lebenslauf ganz gut aussehen würden. Zur Bewertung von Sprachkenntnissen empfiehlt sich der europäische Referenzrahmen (A1, A2, ...) oder das Ergebnis offizieller Sprachtests wie TOEFL oder IELTS.

### Activities

Hier können Sie mit Ihrem ehrenamtlichen Engagement glänzen und Ihre Hobbys nennen. Beschränken Sie sich besonders in einem Resume auf die wirklich wichtigsten und relevanten Punkte. Ein fokussierter, gut lesbarer Lebenslauf hinterlässt einen besseren Eindruck, als eine Fülle an irrelevanten Informationen.

### References

Als Letztes sollten unbedingt die Namen und Kontaktdaten von Referenzen angegeben werden, welche persönliche Auskunft über Sie und Ihren Lebenslauf, Erfahrung und Fähigkeiten oder Charakter geben können. Es ist unabdingbar, dass Sie die Referenzpersonen zuvor darüber informieren und ihr Einverständnis zur Nennung der Kontaktdaten einholen. Es ist außerdem wichtig, dass Sie nicht irgendwen als Referenz angeben, sondern starke Unterstützer:innen wie ehemalige Professor:innen und Vorgesetzte, die Sie gut kennen. Sie können sich natürlich auch dafür entscheiden, Ihren Lebenslauf ohne die Angabe konkreter Referenzen zu beenden. In diesem Fall sollten Sie mit dem Satz „References available upon request"(Referenzen auf Anfrage) schließen und darauf vorbereitet sein, auf Nachfrage die Kontaktdaten Ihrer Referenzen bereitzustellen.
Abschließend betrachten wir noch die folgenden Fehler, die sich sehr oft in die Lebensläufe deutscher Muttersprachler:innen einschleichen:

- **Studies**, ist der korrekte Begriff für „Studium". Das oft fehlverwendete Wort „study" ist ein Arbeitszimmer
- **Since**, ist der korrekte Begriff für „seit", wenn es sich auf einen konkreten Zeitpunkt bezieht. Oft wird hier „for" verwendet, was sich aber auf einen Zeitraum bezieht.

Also: „*Since* 2015 - Copywriter at AES Verlag" (Seit 2015) und „I have been working at AES *for* six years" (Für einen Zeitraum von 6 Jahren).

- **Marks/Grades**, sind die korrekten Begriffe für Noten. Oft wird hier der falsche Freund „notes" verwendet
- **High school**, ist der korrekte Begriff für das deutsche Gymnasium. Der falsche Freund „gymnasium" bedeutet übersetzt „Turnhalle".
- **Current**, ist der korrekte Begriff für „aktuell". Oft wird der falsche Freund „actual"(eigentlich) fehlverwendet.

**TIPP** Diese und viele weitere englische „false friends"(falsche Freunde) finden Sie zum Nachschlagen im letzten Kapitel am Ende dieses Buches.

### Lebenslauf Musterbeispiel

Hier sehen Sie einen kompakten englischen Lebenslauf, in dem die wichtigsten Punkte des oberen Abschnitts berücksichtigt wurden.

Stefan von Ulan
Urbanstrasse 46, 12003 Berlin, Germany
phone: +49 1523 2109 329, e-mail: stefanvonulan@aes-verlag.de

**Personal Profile**

A versatilely trained author of several books, language enthusiast and Yoga expert with excellent oral and written communication skills. Ambitious and determined to make his mark in the fast-growing self-publishing industry.

**Work Experience**

| | |
|---|---|
| since 2019 | **AES Verlag**<br>Free author and layout designer<br>- Best-selling author of "Englisch Lernen - praxisnah und einfach" published Feb 2021 |
| 2016-2019 | **Soul Tribe China**<br>Public Relations Manager, copywriter and project coordinator |

**Education**

| | |
|---|---|
| 2016-2018 | **Hangzhou University**<br>Chinese Studies (B.A.)<br>- Studies sponsored by the German Academic Exchange Service<br>- Final grade: 1.3 |
| 2012-2014 | **University of California at Berkeley**<br>English literature and Culture (M.A.)<br>Final Grade: 1.2<br>Major subject: Modern American literature<br>Master's thesis: The Beat Generation - Reflections on impact, ideas and ideologies in writing |
| 2004-2011 | **Diesterweg-Gymnasium Berlin**<br>Abitur<br>Final Grade: 1.0<br>Major subjects: English, Russian, German |

**Skills & Competences**

| | |
|---|---|
| German | Native speaker |
| English | Business fluent, TOEFL ibT Score: 119 |
| Mandarin | Fluent, HSK 6 Score: 220 |
| Russian | Fluent, CEFR Level: C1 |

**Activities**

| | |
|---|---|
| Literature | Contemporary American and British literature |
| Yoga | Yoga Alliance certified RYT 200 instructor |

**References**

A. Marquardt, Editor-in-Chief and Publisher at AES Verlag, Contact: eic@aes-verlag.de
Liu Yiyu, Staff manager at Soul Tribe, liq@qq.com

## 7.3 Das Bewerbungsgespräch

In diesem Abschnitt lernen Sie wichtige Phrasen für die letzte Hürde im Bewerbungsprozess kennen - das persönliche Gespräch! Prinzipiell kommen hier viele Dinge zusammen, die sie in diesem Kapitel bereits kennen gelernt haben. Auch Tipps und Konzepte aus vorherigen Kapiteln sind auf diese Situation anwendbar. Hier sind die Punkte, auf die Sie sich gründlich auf Englisch vorbereiten sollten, um das Bewerbungsgespräch zu meistern:

- Alle Abschnitte Ihres **Lebenslaufs** und Werdegangs benennen und beschreiben
- Ihr **Bewerbungsschreiben** inhaltlich in- und auswendig kennen
- Antworten auf die gängigsten **Fragen** eines Vorstellungsgesprächs sicher parat haben
- Fachbegriffe und **Besonderheiten** des Unternehmens kennen
- **Beschreibung** und Einschätzung Ihrer aktuellen Tätigkeit geben
- Den **Grund** für Ihre Bewerbung angeben
- Ihre eigenen **Stärken**, **Schwächen** und **Hobbies** beschreiben

Zur idealen Vorbereitung sollten Sie selbst auf jeden Fall Ihre Bewerbung in- und auswendig kennen und in der Lage sein, die Inhalte relativ frei wiederzugeben. Außerdem ist es in dieser Phase besonders wichtig, dass Sie sich mit dem Unternehmen und der konkreten Position näher beschäftigen. Was sind die charakteristischen Eigenschaften und Vorzüge der Firma? Gibt es auffällige Besonderheiten wie zum Beispiel ein Corporate Social Responsibility Programm oder eine besondere Firmenphilosophie? Wer sind die Hauptkonkurrenten und wie ist die momentane Marktsituation?

Neben diesen inhaltlichen Tipps, sollten Sie auf jeden Fall das Bewerbungsgespräch selbst üben, indem Sie es mit Freunden durchspielen. Auch die nützlichen Hinweise zum freien Sprechen aus den Kapiteln zum Telefonieren und zu Präsentationen auf Englisch in diesem Buch sind hilfreich, um Ihre Erfolgschancen zu erhöhen. Meine Empfehlung: Bereiten Sie sich mindestens eine Woche täglich auf das Gespräch vor. Die Fortschritte, die Sie in dieser Woche auf jeden Fall machen werden, verleihen Ihnen mehr Sicherheit und Selbstvertrauen am Tag des Interviews.

### Typische Fragen und Antworten

Es gibt eine Reihe von Fragen, mit denen Sie als Bewerber:in auf jeden Fall rechnen sollten. Wenn Sie sich gut vorbereiten und persönliche, ehrliche Antworten ausarbeiten können, dann sind diese Fragen ein sehr gute Möglichkeit, um sich von Ihrer besten Seite zu zeigen. Im folgenden werden 10 ausgewählte Fragethemen und nützliche Phrasen für Ihre Antwort vorgestellt:

**"Please tell us something about yourself."**

I come from ...
For the last years I have been living in ... where I studied ...
After my studies, I started working at ...
I am fascinated with ...
My dream has always been to ...
At the moment, I am responsible for ...
I grew up in a big family, which made me realize quite early that ...
My special interest lies in ...

**"Tell us about your career so far.**
**Could you summarize your background in a few sentences?"**

In my current position, I am responsible for...
After finishing university, I gained first experiences as a ...
In addition to my degree in ..., I have knowledge of ...

**"Why are you interested in this job?**
**What made you apply for this job in particular?"**

I applied to this position, because ...
This position offers me the possibility to...
In the future, I want to specialize in ...
My professional goals are ...
I want to take the next step and ...
This job is a great opportunity for me to ...
In my opinion, I am the right person for this job because ...

**"Which skills and talents can you bring to our company?**
**Which skills do you offer for the job?"**

Everything I do, I do passionately. So ...
I consider myself ...
I have extensive knowledge of ...
I am used to working under pressure and think that ...

**"What are your biggest strenghts?**
**Could you tell us about your professional strenghts?"**

I excel at ...
I am very good with ...
I believe my biggest strength is ...
I have always been good at ...
For most of my life, it was easy for me to ...

Wenn Sie über Ihre Stärken reden, dann ist es wichtig die richtigen Worte parat zu haben. Die folgende Tabelle gibt Ihnen einen Überblick über verschiedene Stärken und Soft Skills und wie Sie diese auf Englisch direkt und präzise kommunizieren können

Stärken und Soft Skills

| **Eigenschaft** | **I am ...** |
|---|---|
| Belastbarkeit | able to work under pressure. |
| Offenheit | an open-minded person. |
| Verantwortungsbereitschaft | ready to take on responsibility. |
| Leistungsorientierung | committed to performance. |
| Lernbereitschaft | open to acquire new skills. |
| Teamfähigkeit | a team player. |
| Kommunikationsfähigkeit | communicative. |
| Eigeninitiative | able to work on my own initiative. |
| Engagement | committed to my work. |
| Beharrlichkeit | persistent. |
| Kreativität | a creative person. |
| Zuverlässigkeit | someone you can rely on. |
| Analytisches Denken | strong at analytical tasks. |
| Durchsetzungskraft | able to assert myself. |
| Organisationsgeschick | good at organzing. |
| Gewissenhaftigkeit | used to working in a conscientious way. |

**"What would you say, are your main weaknesses?**
**What would others criticize about you?"**

I am the kind of person that ...
I believe my weakest point is ...
Sometimes, it's difficult for me to ...
At times, I had difficulties with ...
I started working on this by ...
I already made progress by ...
To work on this, I ...

Seien Sie ehrlich mit Ihren Schwächen - wir alle haben sie und eine Antwort wie „I have no weak points“ ist nicht nur unglaubwürdig, sondern zeigt vielmehr fehlendes Reflexionsvermögen und Kritikfähigkeit. Sprechen Sie allerdings nicht nur über Ihre Schwächen, sondern versuchen Sie jedes Mal mit einem positiven Ausblick zu enden, etwa indem Sie darüber reden, was Sie bereits unternehmen, um an Ihren Schwachpunkten zu arbeiten und sich zu verbessern.

**"Where do you see yourself in 5 years?**
**What are your goals for the future?"**

I would like have enough experience to...
I would like to take on more responsibility by ...
I hope to be in the position of ...
Ideally, I'd be in the senior position of ...
I can definitely see myself taking up new challenges as ...
I'm sure I would be able to ...
I look forward to ...

**"Why are you leaving your current job?**
**What made you want to quit your current position?"**

I feel that I'm not moving in the direction I want to.
I feel that there is potential left unused in my current position.
I would like to face new challenges by ...
This job at your company is an excellent match for my skills and experience.
My current job does not meet all of my expectations regarding ...

**"How do you solve difficult situations at work?
How do you deal with challenges?"**

I keep a calm head by ...
I think rationally and ...
I first try to understand the other's perspective before ...
I consider all the parties involved, before ...
I take on responsibility by ...
Solving such situations is best done by ...

**"How do you motivate yourself?"**

Good results are motivating me to keep going.
I realize that all tasks, big or small, are important to the success of a project.
By seeing each new task as a new opportunity to grow.
By focussing on the tasks at hand and remaining present.
Meditation helps me to stay focussed on my daily tasks.

## Abschließende Tipps

Wenn Sie den Schritt zum Bewerbungsgespräch schon geschafft haben, ist es im Grund gar nicht mehr so schwer. Nutzen Sie die Fragen aus dem obigen Abschnitt, um sich gut vorzubereiten und denken Sie immer daran: Im eigentlichen Gespräch macht es nichts aus ein paar Fehler zu machen oder etwas nicht zu wissen! Wichtig ist, dass Sie authentisch auftreten und Selbstbewusstsein zeigen. Hier abschließend noch ein paar kurze Tipps, die Ihnen während des Gesprächs helfen werden:

- **Wärmen Sie sich vorher auf**! Fangen Sie auf dem Weg zum Vorstellungsgespräch schon an, Englisch zu reden, damit Sie bereits an die Aussprache gewöhnt sind, wenn es dann losgeht.
- **Sprechen Sie langsam und deutlich**. Es ist normal, in der Nervosität plötzlich schneller zu sprechen und sich leicht zu verhaspeln. Das macht leider nur noch nervöser. Bremsen Sie sich bewusst und bringen Sie Ruhe in das Gespräch - damit wirken Sie souveräner.
- **Fehler sind erlaubt**! Sätze wie „Give me a second here", „I'll have to think about that quickly" oder „Could you repeat this again, please?" sollten Sie stets parat haben, um gelassen auf schwierige Situationen reagieren zu können.
- Bereiten Sie eigene **Fragen** an Ihr Gegenüber vor, um Ihr Interesse und eine gründliche Auseinandersetzung mit der Firma zu demonstrieren.

**Abschließender Wortschatz**

Hier finden Sie noch einmal die wichtigsten Wörter und viele weitere Fachvokabeln, die Ihnen bei den verschiedenen Schritten Ihrer Bewerbung sicher von großem Nutzen sein werden. Suchen Sie gezielt nach den für Sie wichtigen Wörtern und Wendungen und erweitern Sie so langsam aber stetig Ihren Wortschatz.

Wortschatz zum Kapitel Bewerbungen

| **Englisch** | ***[Aussprache]*** | **Deutsch** |
|---|---|---|
| A-Levels | *[ei läwäls]* | Abitur (UK) |
| achievement | *[atschiefmänt]* | Leistung |
| adaptable | *[adaptabäl]* | anpassungsfähig |
| ambitious | *[ambischius]* | ehrgeizig |
| bonuses | *[bounusses]* | Bonuszahlungen |
| candidate | *[kändidät]* | Bewerber:in |
| committed | *[kommität]* | engagiert |
| company car | *[kompani kar]* | Firmenauto |
| contract of employment | *[konträkt of emmploimänt]* | Arbeitsvertrag |
| coordinate | *[koordineit]* | koordinieren, abstimmen |
| curiculum vitae, CV | *[sie wie]* | Lebenslauf |
| dependable | *[dipändäbel]* | verlässlich |
| desired salary | *[disaijerd säläri]* | Gehaltsvorstellung |
| develop | *[divälop]* | etw. entwickeln |
| employee | *[emploje]* | Arbeitnehmer |
| employer | *[emplojär]* | Arbeitgeber |
| entrepreneurial | *[oantröprenörial]* | unternehmerisch |
| expert | *[äkspärt]* | Experte |
| expertise | *[äkspärtis]* | Fachwissen |
| fixed-term contract | *[figgsd törm konträkt]* | befristeter Vertrag |
| flexible working hours | *[flägsibel wörkin ours]* | Gleitzeit |
| full-time | *[full taim]* | Vollzeit |
| goal | *[goul]* | Ziel |
| graduate | *[gradjuät]* | Absolvent:in |
| high school diploma | *[hai skul diploma]* | Abitur (US) |

| | | |
|---|---|---|
| high school (US) /Grammar school (UK) | *[hai skul/grämar skul]* | Gymnasium |
| hourly wage | *[ourli weidsch]* | Stundenlohn |
| internship (US)/Work Placement (UK) | *[intörnschip/wörk pleismänt]* | Praktikum |
| interviewee | *[interwjuie]* | Bewerber:in |
| job ad | *[dschob ädd]* | Stellenanzeige |
| job description | *[dschob diskriptschon]* | Stellenbeschreibung |
| job interview | *[dschob interwju]* | Vorstellungsgespräch |
| job posting | *[dschob pousting]* | Stellenausschreibung |
| letter of recommendation | *[lätter of rekomändieschon]* | Empfehlungsschreiben |
| minor employment | *[mainor emmploimänt]* | geringfügige Beschäftigung |
| opportunity | *[oportuniti]* | Chance, Gelegenheit |
| part-time | *[part taim]* | Teilzeit |
| passionate about | *[päschonät abaut]* | sich für etwas begeistern |
| patient | *[peischiänt]* | geduldig |
| permanent contract | *[pärmanänt konträkt]* | unbefristeter Vertrag |
| position | *[posischion]* | offene Stelle |
| premium payment | *[primijum peimänt]* | Prämienzahlungen |
| proficient | *[profischiänt]* | versiert |
| proven track record | *[pruwen träg räkord]* | nachweisliche Erfolge |
| reliable | *[rilaiabel]* | zuverlässig |
| resourceful | *[risorsful]* | erfinderisch sein |
| salary | *[säläri]* | Gehalt |
| sector | *[säktor]* | Branche |
| to achieve | *[atschief]* | erreichen |
| to implement | *[implämänt]* | umsetzen |
| to negotiate | *[negoschieit]* | aushandeln |
| testimonial | *[tästimonijal]* | Arbeitszeugnis |
| wage | *[weidsch]* | Lohn |
| working hours | *[wörking ours]* | Arbeitszeit |

**Audiobeispiel 7.2** Den gesamten Aufbauwortschatz aus dieser Liste finden Sie auch zum Anhören und Nachsprechen in den Audiodateien zu diesem Buch.

**Take Aways Kapitel 7**

- Ihr Anschreiben sollte in Einleitung, Hauptteil und Schluss gegliedert sein und die Punkte von Prägnanz, Signifikanz und einer Unique Selling Proposition berücksichtigen. Beschränken Sie sich auf eine DIN-A-4 Seite, gegliedert in 3-5 Absätze.
- Machen Sie bereits in den ersten Sätzen der Einleitung klar, weshalb Sie die geeignete Person für die ausgeschriebene Stelle sind.
- Nehmen Sie im Hauptteil des Schreibens Bezug auf die Besonderheiten der Firma, der Position und Schlüsselwörter in der Stellenausschreibung, um Ihr ernsthaftes Interesse hervorzuheben.
- Vermeiden Sie zu viele Satzanfänge mit „I" und nutzen Sie Wendungen wie „The reason why .." oder „During ...", um Abwechslung in Ihr Schreiben zu bringen.
- Benutzen Sie eine gängige, gut lesbare Schriftart für alle Dokumente Ihrer Bewerbung und stellen Sie bei Onlinebewerbungen sicher, diese vorher in das PDF Format zu konvertieren.
- In englischen Lebensläufen wird **nie ein Foto** beigefügt. Auch werden keine Angaben zu persönlichen Daten wie Nationalität, Geschlecht und Familie gemacht.
- Bereiten Sie sich ausreichend auf ein Bewerbungsgespräch vor, indem Sie lernen, Ihren Werdegang und Motivation auf Englisch zu beschreiben und Antworten auf die 10 gängigsten Fragen in diesem Kapitel zu geben.

# 8. Präsentationen halten



*In diesem Kapitel lernen Sie die wichtigsten Formulierungen zum sicheren Halten von spannenden Präsentationen auf Englisch kennen. Anhand von Beispielen lernen Sie darüber hinaus das Beschreiben von Präsentationsfolien und Schaubildern kennen. Neben zahlreichen nützlichen Wendungen werden weiterführende Konzepte und Methoden zu Präsentationstechniken und Körpersprache vorgestellt, mit denen Ihre nächste Präsentation garantiert ein voller Erfolg wird! Auch dieses Kapitel schließt mit einem umfangreichen Aufbauwortschatz mit dem Sie Ihr Wissen weiter vertiefen können.*

**Audiobeispiel 8.1** Alle wichtigen Vokabeln, Wendungen und Sätze finden Sie auch in den Audiodateien zu diesem Kapitel zum Anhören und Wiederholen.

Das freie Sprechen ist die größte Herausforderung beim Erlernen einer Fremdsprache. Deswegen ist es kaum verwunderlich, das für viele Menschen das Präsentieren auf Englisch mit großen Anstrengungen und Lampenfieber verbunden ist. Falls es Ihnen genauso geht, dann seien Sie beruhigt: Dieses Gefühl ist völlig verständlich und genau deshalb werden Sie in diesem Kapitel nicht nur die wichtigsten Formulierungen, sondern auch zahlreiche Tricks und Techniken zum erfolgreichen Präsentieren auf Englisch kennenlernen. Denn im Vergleich zum völlig freien Sprechen, können Präsentationen in verschiedene, klar definierte Abschnitte getrennt und auf standardisierte Phrasen zurückgegriffen werden. Mit den folgenden Inhalten, etwas Vorbereitung und ein wenig Übung verspreche ich Ihnen, dass Ihre zukünftigen Präsentationen von Erfolg gekrönt sein werden!

Bevor Sie den konkreten Aufbau einer Präsentation Schritt für Schritt kennenlernen, lohnt es sich ein paar generelle Hinweise und Tipps zum Vorbereiten und Halten von Präsentationen zu beachten:

- o **Vorbereitung**: Eine gründliche Vorbereitung ist entscheidend für Ihren Erfolg! Gehen Sie Ihre Präsentation mehrmals durch - am Besten im Kopf und mit so wenig Notizen wie möglich. Stellen Sie außerdem sicher, dass Sie alle zentralen Punkte und eventuelle Fachbegriff sicher abrufen können. Machen Sie sich, falls möglich, im Voraus mit dem Präsentationsraum und der Raumtechnik bekannt.
- o **Zeit einhalten**: Bereiten Sie Ihre Präsentation so vor, dass Sie über einen Zeitpuffer von ca. 10% Ihrer Redezeit verfügen. Während des Vortrags kann es schnell zu längeren Fragen oder Verzögerungen kommen und Zeitdruck ist das Letzte, was Sie in so einer Situation gebrauchen können.
- o **Weniger ist mehr**: Beschränken Sie sich auf die zentralen Themen und lassen Sie im Zweifelsfall Details lieber aus, anstatt Ihren Vortrag mit zu viel Information unverständlich zu machen.
- o **Körpersprache und Raum**: Obwohl die genauen Zahlen mittlerweile umstritten sind, ist dennoch wissenschaftlich erwiesen, dass ein Großteil unserer Kommunikation non-verbal stattfindet. Deshalb sind Ihre Körpersprache, Mimik und Position im Vortragsraum nicht zu unterschätzende Erfolgsfaktoren. Nichts wäre schlimmer, als wenn Ihre gut ausgearbeiteten und sachlich hervorragenden Inhalte nicht beim Publikum ankämen, weil Sie sich zusammengekauert hinter dem Redner:innenpult verstecken oder sich mit gesenktem Blick in Ihre Notizen flüchten! Dieser zentrale Punkt wird so oft vernachlässigt, dass ich ihm einen eigenen Abschnitt in diesem Kapitel gewidmet habe.
- o **Rhetorische Fragen**: Rhetorische Fragen während des Vortrags helfen dabei, Ihr Publikum einzubeziehen, vorherige Punkte nochmal aufzugreifen und Querverbindungen herzustellen.
- o **Pausen**: Haben Sie keine Angst vor Pausen! Diese helfen Ihnen nicht nur dabei, sich zu sammeln und ruhig und souverän aufzutreten, sondern geben dem Publikum auch eine Gelegenheit zur Erholung und neuer Konzentration. Bedenken Sie immer, dass das von Ihnen Gesagte für Sie schon klar und ersichtlich, für Ihr Publikum aber völlig neu ist. Eine kurze Pause für einen Schluck Wasser kann durchaus 10 Sekunden dauern - dadurch können Sie auch Spannung erzeugen und die Aufmerksamkeit Ihres Publikums auf die folgenden Punkte lenken.

- **Entspannung**: Leichter gesagt als getan: aber bleiben Sie möglichst locker und verkrampfen Sie nicht zu sehr an den eigenen Ansprüchen. Denken Sie immer daran, Ihr Vortrag muss beim besten Willen nicht „perfekt" sein! Viel wichtiger als eine makellose Aussprache und ein völlig reibungsloser Ablauf ist es, dass Sie eine Verbindung zwischen Ihnen und Ihrem Publikum herstellen.

Wenn Sie diese wertvollen Tipps beachten und darüber hinaus die folgenden Inhalte verinnerlichen, steht Ihrem Präsentationserfolg auf Englisch in Zukunft nichts mehr im Wege!

## 8.1 Einleitung

Jeden Präsentation wird natürlich mit einer Einleitung begonnen, um das Publikum zu begrüßen und sich selbst, das Hauptthema und die Gliederung Ihres Vortrags vorstellen. Hier ist es wichtig, das Publikum direkt abzuholen und Interesse an Ihrer Präsentation zu wecken.

### Begrüßung und Vorstellung

Am Anfang steht die Begrüßung. Dafür können Sie auf eine Vielzahl von standardisierten Formeln zurückgreifen. Je nach Kontext sollten Sie eine formelle oder informelle Begrüßung wählen, um Ihr Publikum angemessen anzusprechen.

Begrüßung

| **Englisch** | **Deutsch** |
|---|---|
| On behalf of *Firma*, allow me to extend a warm welcome to you. | Im Namen von *Firma* darf ich Sie sehr herzlich begrüßen. |
| Hi everyone and welcome to *Veranstaltung*. | Hallo zusammen und willkommen zu *Veranstaltung*. |
| Good morning/afternoon/evening Ladies and Gentlemen. | Guten Morgen/Tag/Abend meine Damen und Herren. |
| First of all, let me thank you all for coming here today. | Zuallererst möchte ich Ihnen für Ihr heutiges Kommen danken. |
| Hello everyone and welcome to my presentation about ... | Hallo zusammen und herzlich Willkommen zu meiner Präsentation zum Thema ... |
| Okay then, I'd like to begin. | Gut, dann würde ich gerne beginnen. |
| Let's get started. | Legen wir los. |

Danach machen Sie das Publikum mit Ihnen vertraut. Neben Ihrem Namen bietet es ich auch an, Ihre Firma, Position oder andere Titel und Expertise zu erwähnen.

Sich und das Thema vorstellen

| **Englisch** | **Deutsch** |
|---|---|
| I am *Name* and today I'm going to talk about *Thema*. | Ich bin *Name* und heute werde ich über *Thema* reden. |
| My name is *Name* and I'm going to introduce the topic of *Thema* today. | Mein Name ist *Name* und ich werde heute das Thema *Thema* vorstellen. |
| I would like to take this opportunity to talk about the important topic of *Thema*. | Ich würde gerne die Gelegenheit nutzen, um das wichtige Thema *Thema* zu besprechen. |
| The purpose of this presentation is to ... | Das Ziel dieses Vortrags ist es ... |
| By the end of this talk you will know the most important facts about *Thema*. | Am Ende dieses Vortrags werden Sie die wichtigsten Fakten zum Thema *Thema* kennen. |
| I would like to outline *Thema* in this talk. | In diesem Vortrag möchte ich das Thema *Thema* erläutern. |
| For those of you who don't know me, my name is *Name*. | An alle die mich noch nicht kennen, mein Name ist *Name*. |
| I'm *Name* from *Firma/Abteilung* and I'm going to talk to you about *Thema*. | Mein Name ist *Name* von *Firma/Abteilung* und ich werde heute über *Thema* reden. |
| Let me introduce myself first. My name is *Name*. | Ich möchte mich zuerst vorstellen. Mein Name ist *Name*. |
| As some of you may know, I am *Position* at *Firma/Abteilung*. | Wie manche von Ihnen wissen werden, bin ich *Position* in *Firma/Abteilung*. |
| My objective today is to ... | Mein Ziel heute ist es ... |

## Agenda vorstellen

Gehen Sie nach der Vorstellung des Themas direkt zum Aufbau und der Gliederung Ihrer Präsentation über, um Ihrem Publikum einen Überblick der folgenden Inhalte zu geben.

### Gliederung

| Englisch | Deutsch |
|---|---|
| My presentation is divided into X parts. | Meine Präsentation ist in X Abschnitte aufgeteilt. |
| In today's presentation, I am going to cover the following points. | In der heutigen Präsentation werde ich die folgenden Punkte behandeln. |
| This talk is centered around X major topics. | Dieser Vortrag dreht sich um X Hauptthemen. |
| I'll begin with *Punk 1* before moving on to *Punkt 2* | Ich werde mit *Punkt 1* beginnen und dann zu *Punkt 2* übergehen. |

Um einen klaren Rahmen zu schaffen, ist eine Aufzählung der wichtigsten Punkte hilfreich:

### Aufzählungen

| | Englisch | Deutsch |
|---|---|---|
| Firstly, | I am going to ... | Zuerst werde ich ... |
| Secondly, | I will discuss ... | Als Zweites werde ich ... diskutieren. |
| Thirdly, | I will focus on ... | Im dritten Punkt setze ich den Fokus auf ... |
| Next, | we'll have a look at ... | Als Nächstes werden wir uns ... anschauen. |
| Finally, | I will present ... | Abschließend werde ich ... präsentieren. |
| In the end | I will conclude this talk with ... | Zu guter Letzt werde ich diesen Vortrag mit ... schließen. |

Nachdem ein Überblick gegeben wurde, ist es noch wichtig, Ihrem Publikum zu kommunizieren, wie mit Fragen oder Unklarheiten während des Vortrags umgegangen werden soll. Sie haben hier die Wahl, Fragen direkt zuzulassen oder sie ans Ende Ihres Vortrags zu stellen. Dies entscheidet sich ganz nach Format und Publikum Ihrer Präsentation, generell empfiehlt es sich jedoch, Fragen am Ende des Vortrags zuzulassen, um Ihren Redefluss nicht zu beeinträchtigen.

### Publikumsfragen

| Englisch | Deutsch |
|---|---|
| Should you have any questions, please don't hesitate to ask. | Sollten Sie Fragen haben, zögern Sie bitte nicht damit, diese zu stellen. |
| I'm happy to answer any questions you might have. | Ich werde gerne alle Ihre Fragen beantworten. |

| | |
|---|---|
| Please raise your hand if you have any questions and we will look into them straight away. | Sollten Sie irgendwelche Fragen haben, heben Sie bitte Ihre Hand, dann werden wir uns ihnen direkt zuwenden. |
| Please stop me if you have any questions. | Bitte unterbrechen Sie mich, wenn Sie Fragen haben. |
| Perhaps we could wait with questions until the end? | Könnten wir mit Fragen bis zum Ende warten? |
| There will be plenty of time for questions at the end of this presentation. | Am Ende der Präsentation wird es genügend Zeit für Fragen geben. |
| Should any questions arise, I will be happy to discuss these at the end of this talk. | Sollten irgendwelche Fragen aufkommen, werde ich Sie liebend gerne am Ende dieses Vortrags beantworten. |
| I would be grateful if you could ask your questions after the presentation. | Ich wäre Ihnen dankbar, wenn Sie Ihre Fragen nach der Präsentation stellen könnten. |
| I will gladly answer all your questions at the end of the presentation. | Gerne werde ich alle Ihre Fragen am Ende der Präsentation beantworten. |

## Überleitungen

Für einen reibungslosen „Fluss" Ihrer Präsentation ist es besonders hilfreich, eine Reihe eleganter Überleitungen zu kennen. Diese dienen der Verbindung verschiedener Themenpunkte und Abschnitte und helfen Ihnen dabei, die Aufmerksamkeit Ihres Publikums geschickt durch den Vortrag zu führen.

### Überleitungen

| **Englisch** | **Deutsch** |
|---|---|
| This leads us to the next point, which is ... | Das führt uns zum nächsten Punkt, nämlich ... |
| Moving on to the next point ... | Weiter zum nächsten Punkt ... |
| Let us now turn to ... | Wenden wir uns nun ... zu. |
| Turning our attention now to ... | Richten wir unsere Aufmerksamkeit nun auf ... |
| I'd now like to consider ... | Nun würde ich gerne ... betrachten. |
| The next point of this discussion is now ... | Der nächste Punkt dieser Diskussion ist nun ... |

**TIPP** Indem Sie die Sprache vom „I" und „my" ins „we" und „our" verändern, vermitteln Sie Ihrem Publikum ein Gefühl der Zugehörigkeit. Beachten Sie, wie sich der Fokus der Aussage „This leads **me** to the next point of **my** topic" ändert, wenn die Pluralform verwendet wird: „This leads **us** to the next point of **our** topic". Subtil - aber wirksam!

**Beispieleinleitung**

Nun finden Sie eine kurze und knappe Beispieleinführung, gebildet aus den Wendungen dieses Abschnitts und unter Beachtung der obigen Prinzipien. Für diese Einführung wurde bewusst ein positiver und motivierender Ton gewählt, um das Publikum direkt zum Einstieg zu begeistern und Aufmerksamkeit auf die folgenden Punkte zu ziehen.

"Good morning everyone!"

Guten Morgen alle zusammen!

"First of all, let me use this moment to thank AES publishing house for the invitation to this great conference and the opportunity to speak to you today!"

Lassen Sie mich zuerst diesen Moment nutzen, um dem AES Verlag für die Einladung zu dieser fantastischen Konferenz und die Möglichkeit heute zu Ihnen zu sprechen zu danken.

"My name is Stefan von Ulan and as some of you may know, I am the author of an ongoing book series on various subjects in the area of „learning English for Germans", published with my friends here at AES."

Mein Name ist Stefan von Ulan und wie manche von Ihnen vielleicht wissen, bin ich der Autor einer fortlaufenden Buchreihe zu verschiedenen Themen im Bereich „Englischlernen für Deutsche", herausgegeben von meinen guten Freunden hier bei AES.

"Today, I'm going to speak to you about the exciting topic of „New trends and chances in the online book market"."

Heute werde ich mit Ihnen über das aufregende Thema „Neue Entwicklungen und Chancen auf dem Online-Buchmarkt" sprechen.

"To start with, let's have a look at the main points of this talk."

Lassen Sie uns zu Beginn die Hauptpunkte dieses Vortrags betrachten.

"Firstly, I will give a brief overview of past developments leading up to the current situation in this market."

Zuerst werde ich einen knappen Überblick über vergangene Entwicklungen bis hin zur aktuellen Marktsituation geben.

"Secondly, we will have a look at the key challenges that arise from the current market."

Als Zweites werden wir uns die entscheidenden Herausforderungen anschauen, die sich aus der momentanen Marktsituation ergeben.

"And finally, I will identify, what I think are, the most important opportunities and trends to look out for. I will furthermore outline different courses of action necessary to make best use of these chances."

Und letztlich werde ich die, meiner Meinung nach, wichtigsten Möglichkeiten und Trends identifizieren, die es zu beachten gilt. Außerdem werde ich verschiedene Vorgehensweisen erläutern, um das Beste aus diesen Chancen herauszuholen.

"Should you have any questions during this talk, please feel free to raise your hand and I'll do my best to answer them straight away."

Sollten Sie während des Vortrags irgendwelche Fragen haben, bitte heben Sie Ihre Hand und ich werde mein Bestes tun, diese umgehend zu beantworten.

"And now, without further ado, let's jump right into this exciting topic!"

Beginnen wir also nun ohne Weiteres mit diesem spannenden Thema!

## 8.2 Hauptteil

Im Hauptteil Ihres Vortrags werden die jeweiligen Themen und Unterpunkte besprochen. In diesem Abschnitt lernen Sie, wie Sie ins Thema einsteigen, Präsentationsfolien besprechen, thematische Abschnitte beenden, Ihr Publikum einbeziehen und Zwischenfazits abgeben. Darüber lernen Sie wichtige Tipps zum Thema Körpersprache, Mimik und Raum kennen.

### Einstieg

Je nach Kontext können Sie das Thema mit einer Frage an das Publikum beginnen. Dadurch wecken Sie gleich zu Beginn Aufmerksamkeit und regen zum Mitdenken an. In jedem Fall ist es gut, das Interesse Ihrer Zuhörer:innen zu wecken, etwa indem Sie sie direkt ansprechen:

### Einleitungen

| Englisch | Deutsch |
|---|---|
| This topic is of particular interest to those of you who ... | Dieses Thema ist für jene unter Ihnen die ... von besonderem Interesse. |
| Before we start, does anybody know ...? | Bevor wir beginnen, weiß jemand unter Ihnen ...? |
| Let me begin by explaining how/why ... | Lassen Sie mich beginnen, indem ich erkläre wie/warum ... |
| You may be interested in why I chose this topic. | Es interessiert Sie vielleicht, weshalb ich dieses Thema gewählt habe. |
| I will start with some general information about ... | Ich werde mit ein paar allgemeinen Informationen zu ... beginnen. |
| Have you ever thought about ... ? | Haben Sie sich jemals zu ... Gedanken gemacht? |
| As you are all aware ... | Wie Sie alle wissen ... |

## Beispiele, Querverweise und rhetorische Fragen

Besonders bei längeren Präsentationen mit vielen Themenpunkten ist es wichtig nicht nur stur und linear durch den Vortrag zu preschen. Geben Sie an passenden Stellen mit den folgenden Wendungen anschauliche Beispiele, um das Interesse Ihres Publikums aufrechtzuerhalten:

### Beispiele

| Englisch | Deutsch |
|---|---|
| For example ... | Zum Beispiel ... |
| For instance ... | Zum Beispiel ... |
| A great example to show this is ... | Ein gutes Beispiel um das zu zeigen ist ... |
| To illustrate my point, let's consider ... | Um meinen Punkt zu veranschaulichen, lassen Sie uns ... |
| As an illustration ... | Zur Veranschaulichung ... |
| I would like to give the following example ... | Ich würde gerne das folgende Beispiel geben ... |
| Let's look at this example to understand this a bit better. | Lassen Sie uns dieses Beispiel betrachten um dies etwas besser zu verstehen. |
| How about an example? | Wie wär's mit einem Beispiel? |
| How would this look like? Here's an idea. | Wie würde so etwas aussehen? Hier ist eine Idee. |

Querverweise auf vorhergegangene oder noch folgenden Punkte sind ein ausgezeichnetes Mittel, um den größeren Zusammenhang zwischen den einzelnen Themen herzustellen. Dadurch gestalten Sie Ihren Vortrag organischer und machen es Ihren Zuhörer:innen leichter, Ihre Hauptaussage aufzunehmen.

## Querverweise

| Englisch | Deutsch |
|---|---|
| As I mentioned earlier/at the beginning ... | Wie ich vorher/am Anfang erwähnt habe ... |
| This ties in with what I said earlier about ... | Das knüpft an an das was ich vorher zu ... gesagt habe. |
| Returning now to the original question, we can see ... | Um nun auf die Ausgangsfrage zurückzukommen sehen wir ... |
| Recalling our initial question of ... | Wenn wir uns an unsere ursprüngliche Frage des ... erinnern |
| As I indicated earlier ... | Wie ich bereits angedeutet habe ... |
| As we will see later, this is ... | Wie wir später sehen werden, ist das ... |

Mit rhetorischen Fragen an entscheidenden Stellen Ihrer Präsentation laden Sie das Publikum zum Mitdenken ein und geben sich darüber hinaus eine kurze Sprechpause. Sie sind auch ein hervorragendes Mittel, um Spannung zu erzeugen und auf eine wichtige Aussage hinzuarbeiten. Sehen Sie sich die folgenden Vorschläge an und überlegen Sie sich, wo und wie Sie einige davon in Ihrer nächsten Präsentation unterbringen können

## Rhetorische Fragen

| Englisch | Deutsch |
|---|---|
| Where does this conclusion take us? | Wohin führt uns diese Schlussfolgerung? |
| So where do we go from here? | Wie geht es jetzt weiter? |
| What conclusion can we draw from these facts? | Welche Schlussfolgerung können wir aus diesen Fakten ziehen? |
| Why would I mention this? | Wieso würde ich das erwähnen? |
| At this point, I'd like to ask you a simple question ... | An diesem Punkt möchte ich Ihnen gerne eine einfache Frage stellen ... |
| But what does this really tell us? | Aber was sagt uns das das wirklich? |
| Is it really that simple? The answer is ... | Ist es wirklich so einfach? Die Antwort lautet ... |

### Präsentationsfolien darstellen

Es ist sehr wahrscheinlich, dass Sie Ihren Vortrag mit Präsentationsfolien oder anderen visuellen Medien unterstützen werden. Die einzelnen Folien einer solchen Präsentation heißen übrigens "slide" *[slaid]* (Folie) und nicht foil - ein „false friend“ den es zu vermeiden gilt! Mit den folgenden Formulierungen lernen Sie, wie Sie auf visuelle Medien in Ihrer Präsentation Bezug nehmen können.

**TIPP** Im nächsten Kapitel lernen Sie die Beschreibung von Grafiken und Schaubildern noch einmal in allen Details kennen. Sämtliche dort besprochenen Techniken sind natürlich auch für das Beschreiben Ihrer Präsentationsgrafiken und -folien sehr hilfreich.

| Englisch | | Ich würde nun gerne Ihre Aufmerksamkeit ... |
|---|---|---|
| I would now like to draw your attention to ... | this graph. | auf diese Grafik lenken. |
| | the following diagram. | auf das folgende Diagramm lenken. |
| | this slide. | auf diese Folie lenken. |
| | page X of your handouts. | Seite X in Ihren Handouts lenken. |
| | this interesting statistic. | auf diese interessante Statistik lenken. |
| | these results. | auf diese Ergebnisse lenken. |
| | these extraordinary figures. | auf diese außergewöhnlichen Zahlen lenken. |

In der folgenden Grafik finden Sie eine Präsentationsfolie mit den wichtigsten Positionsbeschreibungen von Inhalten. Achten Sie stets darauf, genaue Positionsangaben in Ihren visuellen Medien zu geben. Ihr Publikum sieht diese Folien zum ersten Mal, und die gleichzeitige Konzentration auf Ihren Vortrag und die visuellen Inhalte kann schnell überfordern.

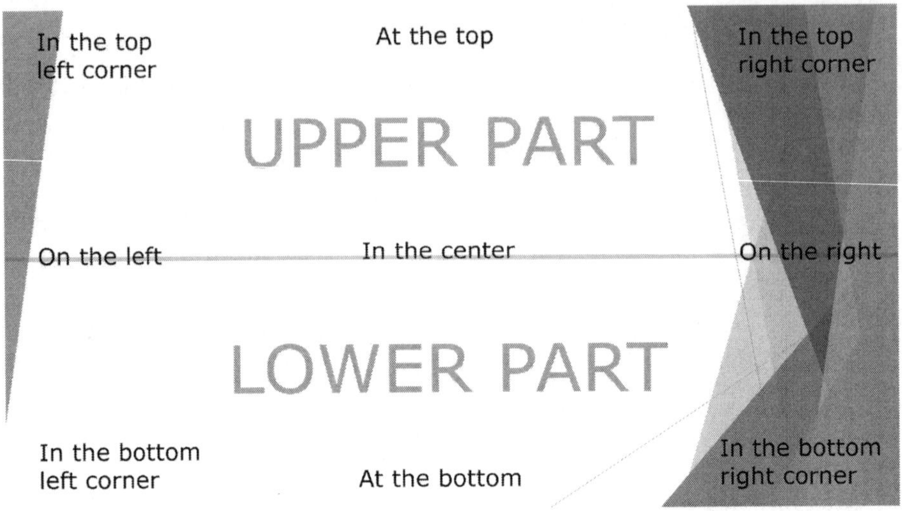


Die folgenden Sätze sind ebenso hilfreich für die Beschreibung und Verweise auf Ihre Präsentationsfolien:

Auf visuelle Medien verweisen

| Englisch | Deutsch |
|---|---|
| This chart shows ... | Diese Tabelle zeigt ... |
| I'd like to illustrate this point with the following graph. | Ich würde diesen Punkt gerne mit der folgenden Grafik veranschaulichen. |
| If you have a look at this table, you'll notice that ... | Wenn Sie sich diese Tabelle anschauen, werden Sie feststellen, dass ... |
| This slide summarizes ... | Diese Folie fasst ... zusammen. |
| The information in the upper part of this slide cleary show that ... | Die Informationen im oberen Teil der Folie zeigen deutlich, dass ... |
| To understand this better, let's have a look at the following ... | Lassen Sie uns die folgende ... betrachten, um das besser zu verstehen. |

### Beispielbeschreibung einer Präsentationsfolie

Lesen Sie sich nun die Beispielbeschreibung dieser typischen Präsentationsfolie durch und beachten Sie, wie mithilfe der obigen Ausdrücke der Aufbau sowie die verschiedenen Diagramme, Zahlen und Bilder beschrieben werden.

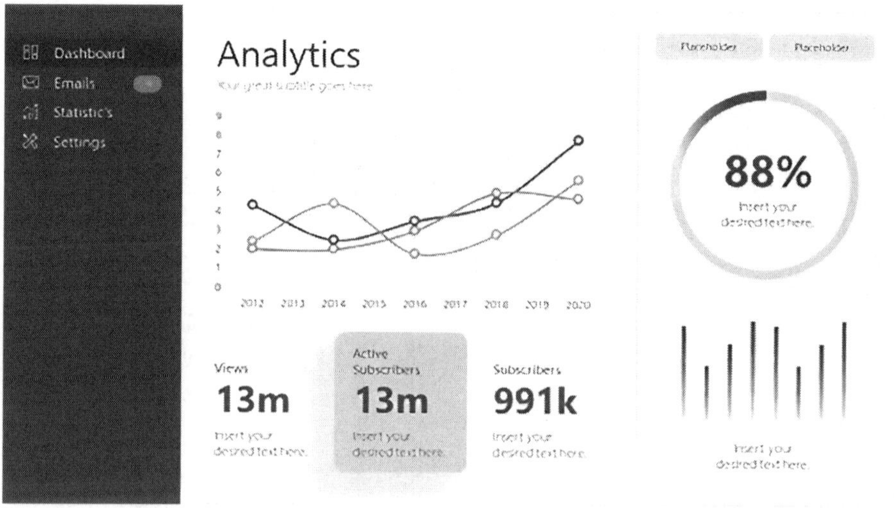


"I'd like to draw your attention to the following slide."

Ich würde gerne Ihre Aufmerksamkeit auf die folgende Folie lenken.

"It shows the dashboard with an overview of our platforms analytics."

Sie zeigt eine Übersichtsseite mit den Analysetools unserer Plattform.

"The graph in the central upper part illustrates the development of our subscriber base for the past 8 years."

Die Grafik oben in der Mitte veranschaulicht die Entwicklung unserer Abonnenten in den letzten 8 Jahren.

"As you can see, we are doing pretty well on that end."

Wie Sie sehen können, läuft es für uns dort ziemlich gut.

"To understand this in more detail, let's have a look at the figures in the lower part."

Um das genauer nachzuvollziehen, lassen Sie uns einen Blick auf die Zahlen im unteren Teil werfen.

> "Listed from left to right, are the number of views, the number of active subscribers and the total number of subscribers."
> Die Anzahl der Views, der aktiven Abonnenten und die Gesamtzahl der Abonnenten sind von links nach rechts aufgelistet.
>
> "In the top right corner, you find the conversion rate, integrated over the past year. A quick look at this number tells us that the platform is working extremely efficient."
> In der rechten oberen Ecke finden Sie die Umsatzrate, integriert über das vergangene Jahr. Ein kurzer Blick auf diese Zahl zeigt uns, dass die Plattform extrem effizient funktioniert.
>
> "The bar chart in the bottom right corner further supports this statement. It shows the total sales resulting from direct customer interaction on the platform for the past 8 years."
> Das Balkendiagramm in der unteren rechten Ecke unterstützt diese Aussage. Es zeigt die absoluten, aus direktem Kundenkontakt auf der Plattform resultierenden, Verkaufszahlen der letzten 8 Jahre.

**Abschnittsende und Zwischenfazit**

Besonders wenn Ihr Vortrag mehrere Themenpunkte behandelt, ist es wichtig diese für Ihr Publikum deutlich voneinander zu trennen und die klare Vortragsgliederung beizubehalten. Mit den folgenden Sätzen können Sie einzelne Abschnitte beenden:

Abschnitte beenden

| **Englisch** | **Deutsch** |
|---|---|
| And with this, I would like to move to the next point. | Damit möchte ich zum nächsten Punkt übergehen. |
| Now that we've looked at this, we can move to ... | Nachdem wir dies betrachtet haben, können wir weiterschreiten zu ... |
| So much on this topic. | Soviel zu diesem Thema. |
| This leads us to our next topic, which is ... | Dies führt uns zu unserem nächsten Thema, nämlich ... |

Es lohnt sich, nach jedem thematischen Abschnitt eine kurze Zusammenfassung oder ein Zwischenfazit zu geben um Ihren Zuhörer:innen die Hauptaussagen noch einmal zu verdeutlichen. Sie können sich hier auch wieder einmal auf die Ausgangsfrage oder -thematik Ihres Vortrags beziehen, um so Querverbindungen beim Publikum herzustellen und die eigentlichen Fragen nicht aus dem Auge zu verlieren.

### Zwischenfazit und Zusammenfassungen

| Englisch | Deutsch |
|---|---|
| Let's summarize what we have discussed here. | Lassen Sie uns kurz zusammenfassen, was wir besprochen haben. |
| Just a brief recap of the main points of this part. | Nur eine kurze Zusammenfassung der wichtigsten Punkte dieses Teils. |
| That's about it on this topic. We have covered the following points ... | Das ist alles zu diesem Thema. Wir haben die folgenden Punkte betrachtet ... |
| Just summing up the main points so far ... | Um noch einmal die wichtigsten Punkte bisher zusammenzufassen ... |
| After the information we have just discussed, let's return to our initial question of ... | Lassen Sie uns nach den eben diskutierten Informationen zu unserer Ausgangsfrage ... zurückkehren. |

## Selbstbewusstes Troubleshooting

Dieser Abschnitt widmet sich der selbstbewussten Auseinandersetzung mit Missgeschicken, Fehlern oder Fragen auf die Sie keine Antwort finden. Wie in der Einführung zu diesem Kapitel schon besprochen, ist es nicht unbedingt hilfreich sich während des Vortrags selbst einen übertriebenen Perfektionismus aufzuerlegen. Es ist völlig normal, dass mal etwas nicht funktioniert oder eine Frage gestellt wird, die Sie nicht sofort beantworten können. Lassen Sie sich nicht aus der Ruhe bringen und helfen Sie sich mit ein paar der folgenden Formulierungen aus der Bredouille:

### Technische Probleme

| Englisch | Deutsch |
|---|---|
| I'm sorry, but it seems like the projector is not working. | Entschuldigung, es sieht so aus, als ob der Beamer nicht funktioniert. |
| Is there anybody here who knows how to ... | Weiß irgendjemand hier, wie man ...? |
| Could someone please help me with ... | Könnte mir jemand bitte mit ... helfen? |
| I'm sorry for these technical difficulties. We should be able to continue any minute. | Entschuldigung für diese technischen Schwierigkeiten. Wir sollten jede Minute fortfahren können. |
| I have to apologize for ... | Ich muss mich für ... entschuldigen. |
| It looks like I'll have to carry on without the ... | Es sieht so aus, als ob ich ohne ... weitermachen muss. |
| Please bear with me while I sort out the ... | Bitte haben Sie Geduld während ich mich um ... kümmere. |

**TIPP** Der Begriff „**Beamer**“ klingt zwar sehr international und cool, ist allerdings ein deutsches Kunstwort das im Englischen nicht existiert! Verwenden Sie unbedingt die korrekte Form "projector" *[prodschäktor]* (Projektor/Beamer), um nicht für Stirnrunzeln zu sorgen. Eine vollständige Liste solcher „falscher Freunde“ des Business Englisch finden Sie auch im letzten Kapitel dieses Buchs.

Wenn Ihnen partout keine Antwort auf eine schwierige oder unerwartete Frage einfällt, seien Sie selbstbewusst, ehrlich und direkt indem Sie das offen ansprechen oder beziehen Sie das Publikum direkt mit ein. So könnte auch schnell eine lebhafte Diskussion entstehen!

Fragen ohne Antwort

| **Englisch** | **Deutsch** |
|---|---|
| That's a very good question. I really don't know at this point. What do you think? | Das ist eine sehr gute Frage. Ich weiß darauf im Moment wirklich keine Antwort. Was denken Sie? |
| I don't have an answer off the top of my head, but let me get back to you on this. | Ich habe so direkt keine Antwort parat, aber lassen Sie mich darauf zurückkommen. |
| At the moment, I am unable to answer this question. Perhaps someone in the audience has an idea? | Im Moment kann ich diese Frage nicht beantworten. Vielleicht hat jemand im Publikum eine Idee? |
| I'm afraid I'll have to get back to you on that. | Ich fürchte, ich werde diesbezüglich auf Sie zurückkommen müssen. |
| I don't have the exact figures ready to answer this question. | Ich kenne die genauen Zahlen nicht, um diese Frage zu beantworten. |
| I'm not the best person to answer that, but I can refer this question to ... | Ich bin nicht die geeignete Person um das zu beantworten, kann aber die Frage weiterleiten an ... |

## Körpersprache, Mimik und Raum

Wie bereits erwähnt läuft ein Großteil unserer Kommunikation non-verbal ab. Daher sind, neben den eigentlichen Inhalten, Ihre Körpersprache, Mimik und das Auftreten im Raum von entscheidender Bedeutung für die Qualität Ihrer Präsentation und sind Punkte, die selbst nach Jahren erfolgreichen Präsentierens noch weiterentwickelt und verbessert werden können. Lesen Sie sich die folgenden Tipps und Ratschläge durch und versuchen Sie bei Ihrer nächsten Präsentation darauf zu achten

- **Aufrechte Haltung**: Um nicht zu informell und desinteressiert zu wirken, verlagern Sie Ihr Gewicht während des Vortrags nicht zu sehr auf Ihr Standbein. Ein schulterbreiter Stand mit entspannten Schultern strahlt Souveränität und Selbstbewusstsein aus. Ein klassischer Fehler ist es, dass Sprecher:innen sich über den Verlauf eines Vortrags immer mehr den Präsentationsfolien zuwenden und sich sozusagen in ihrer Präsentation „verstecken". Vermeiden Sie das auf jeden Fall, indem Sie den Oberkörper immer offen dem Publikum zuwenden.
- **Handsprache**: Nutzen Sie Ihre Arme und Hände während des Vortrags, um das Gesagte zu betonen und hervorzuheben. Gerade im internationalen Kontext wird deutlich mehr gestikuliert als für Deutsche üblich. Klassische Bewegungen sind die Arme zu einer Waagschale zu halten um Pro und Kontra Argumente zu verdeutlichen oder die offenen Handflächen dem Publikum zuzuwenden, wenn neue Fakten offengelegt werden. Vermeiden Sie zu hektisches Herumfuchteln und übermäßige Bewegung in den Handgelenken, sondern achten Sie eher auf ruhige Bewegungen die aus den Schultern und dem Oberkörper kommen. Falls Sie nicht wissen, wohin mit den Händen halten Sie während des Vortrags einen kleinen Gegenstand wie zum Beispiel einen Stift, ohne aber daran herumzufummeln!
- **Blickkontakt**: Blickkontakt ist essentiell, um das Publikum einzubinden. Hier gibt es zwei Methoden: Entweder Sie suchen sich gezielt einzelne Personen im Publikum aus und wechseln den Blickkontakt langsam zwischen Ihnen, oder Sie lassen Ihren Blick sehr langsam und gleichmäßig über das gesamte Publikum schweifen. Ich würde die letztere Methode empfehlen, da Sie so einen großen Teil der Zuhörer:innenschaft einbinden können. Auch vor rhetorischen Fragen oder Kernaussagen Ihrer Präsentation empfiehlt es sich, mit einer kurze Pause direkten Blickkontakt aufzunehmen und so die Spannung zu steigern.
- **Bewegung**: Wie sehr Sie sich im Vortragsraum bewegen können, hängt natürlich von den Umständen ab. Ich empfehle Ihnen, falls möglich, die Ihnen zu Verfügung stehende Bühne während des Vortrags genau einmal zu durchschreiten. Dadurch bringen Sie nicht nur eine angenehme Dynamik in Ihr Auftreten, sondern können so auch verschiedene Teile des Publikums besser ansprechen. Wie für die Gestik sind auch hier nur einige wenige, langsam und gezielt ausgeführte Bewegungen notwendig um den gewünschten Effekt zu erzielen.

Falls Ihnen die obigen Punkte sehr offensichtlich erscheinen, empfehle ich Ihnen, Ihre nächste Präsentation vorab einmal zu üben und sich dabei selbst auf Video aufzuzeichnen oder im Spiegel zu betrachten. Sie werden erstaunt sein, wie viele dieser Punkte Ihnen während des Sprechens nicht bewusst sein werden.

## 8.3 Abschluss

Ihre Präsentation können Sie wie die Einleitung mit relativ standardisierten Formulierungen abschließen. Nach einer finalen Zusammenfassung der Kernpunkte und -aussagen Ihres Vortrags folgt ein kurzer Dank ans Publikum und die Verabschiedung. Im Anschluss ist dann, je nach Format, noch Zeit für Rückmeldungen, Fragen oder eine abschließende Diskussion.

### Zusammenfassung der wichtigsten Punkte

Zusammenfassung

| Englisch | Deutsch |
|---|---|
| To summarize, let's take a look at the main points again. | Lassen Sie uns zusammenfassend die wichtigsten Punkte noch einmal betrachten. |
| To conclude, let's briefly summarize the points we've looked at today. | Lassen Sie uns zum Abschluss noch einmal die wichtigsten heutigen Punkte zusammenfassen. |
| In conclusion, I would like to emphasize ... | Abschließend möchte ich betonen, dass ... |
| With this final point, I would like to conclude this presentation on ... | Mit diesem letzten Punkt möchte ich meine Präsentation zum Thema ... beenden. |
| I'd like to conclude by ... | Ich würde gerne schließen mit ... |
| To sum up the main points ... | Um die wichtigsten Punkte zusammenzufassen ... |
| If nobody has to anything to add, we will conclude with this point. | Wenn niemand mehr etwas hinzuzufügen hat, schließen wir an diesem Punkt. |
| This final point marks the end of this presentation. | Dieser letzte Punkt ist das Ende dieser Präsentation. |
| Well, that's it from me. | Das war's von mir. |

### Bedanken und Abschluss

Neben den klassischen Danksagungen können Sie auch noch eine persönliche Bitte oder eine emotionale Handlungsaufforderung ans Publikum stellen. Das ist natürlich abhängig vom Thema und Format Ihres Vortrags - hier entscheiden Sie, was angebracht ist.

### Dank und Abschluss

| Englisch | Deutsch |
|---|---|
| I hope that this talk inspired you to think differently about the topic of ... in the future. Goodbye! | Ich hoffe, dass dieser Vortrag Sie dazu inspiriert hat, das Thema ... zukünftig anders zu betrachten. Auf Wiedersehen. |
| I hope that you can take a moment to consider the impact of ... in the future. Thank you very much. | Ich hoffe, dass Sie in der Zukunft Zeit haben werden um über die Bedeutung von ... nachzudenken. Vielen Dank. |
| As you have seen today, we really are at a crossroads here and I hope that all of you will take some time to think about .... . Thank you for your attention. | Wie Sie alle heute gesehen haben, befinden wir uns in der Tat am Scheideweg und ich hoffe, dass Sie sich alle etwas Zeit nehmen werden, um über ... nachzudenken. Vielen Dank für Ihre Aufmerksamkeit. |
| Allow yourself a few minutes to ponder upon this question. Thank you for your attention. | Geben Sie sich ein paar Minuten um diese Frage zu bedenken. Vielen Dank für Ihre Aufmerksamkeit. |
| Thank you all for listening. It was a pleasure to speak here today. | Vielen Dank Ihnen allen fürs Zuhören, es war ein Vergnügen heute vor Ihnen zu sprechen. |
| Thank you all for your attention. | Danke an alle für Ihre Aufmerksamkeit. |
| Thank you very much for taking the time to listen to this talk today. | Vielen Dank, dass Sie sich heute Zeit für diesen Vortrag genommen haben. |
| I would like to thank you all for your participation and interest in this topic. | Ich möchte Ihnen allen für Ihre Teilnahme und das Interesse an diesem Thema danken. |
| It was a pleasure being here today. | Es war ein Vergnügen heute hier zu sein. |
| Thank you for being a great and active audience today! Goodbye. | Danke, dass Sie heute ein so großartiges und aktives Publikum waren. Auf Wiedersehen. |
| Thank you all for listening today. | Ich danke Ihnen allen fürs Zuhören. |

## Feedback und Diskussion

Im Normalfall wird an diesem Punkt an den:die Moderator:in übergeben um eine etwaige Diskussionsrunde zu starten oder den:die nächste:n Sprecher:in anzukündigen. Sollten bei Ihrem Vortrag keine Moderation erfolgen, können Sie mit den folgenden abschließenden Formulierungen Ihr Publikum ansprechen

Feedback und Diskussion

| Englisch | Deutsch |
|---|---|
| If you have any questions regarding my talk, feel free to ask now. | Sollten Sie nun Fragen zu meinem Vortrag haben, stellen Sie diese bitte jetzt. |
| If you have any comments or feedback on what you've just heard, feel free to fire away now. | Falls Sie Kommentare oder Rückmeldung zum eben Gehörten haben, schießen Sie los. |
| Would you like to ask any questions? | Würden Sie gerne noch etwas fragen? |
| Feel free to ask any questions now. | Stellen Sie nun gerne Ihre Fragen. |
| Now is the time to ask any questions you may have. | Jetzt ist es Zeit Ihre Fragen zu stellen. |
| Now I'm curious to hear your opinions on the topics I have discussed today. | Jetzt bin ich gespannt auf Ihre Meinungen zu den Themen die ich heute besprochen habe. |
| These points still require further discussion. If you have opinions or comments, please speak up now. | Diese Themen bedürfen noch weiterer Diskussion. Falls Sie Meinungen oder Kommentare haben, melden Sie sich bitte jetzt. |

**TIPP** Das sehr populäre Format von **TED-Talks** ist bestens geeignet, um Präsentationstricks und -techniken von erfahrenen Redner:innen zu erlernen. Auf Youtube finden Sie unter folgendem Link sogar eine Präsentation zum Thema „Wie man gute Präsentationen hält“: https://youtu.be/yoD8RMq2OkU. Ich kann Ihnen nur empfehlen, sich als Vorbereitung und zur stetigen Weiterentwicklung Ihrer Fähigkeiten regelmäßig spannende Präsentationen anzuschauen und so spielerisch zu lernen.

## Wortschatz

Abschließend lernen Sie hier noch zentrale Vokabeln zum Thema Präsentationen und Vorträge halten kennen.

Wortschatz zu Kapitel 9

| Englisch | *[Aussprache]* | Deutsch |
|---|---|---|
| animation | *[animeischon]* | Animation |
| audience | *[oadiens]* | Publikum |
| bar chart | *[barr tschart]* | Balkendiagramm |
| break | *[breik]* | Pause |
| bullet point | *[bullät point]* | Stichpunkt |

| Englisch | *[Aussprache]* | Deutsch |
|---|---|---|
| chart | *[tschart]* | Schaubild |
| column | *[kolumn]* | Spalte |
| conclusion | *[konkljuschon]* | Schlussfolgerung |
| connection | *[konnägdschon]* | Verbindung |
| diagram | *[daiagräm]* | Diagramm |
| equipment | *[ekwipmänt]* | Ausrüstung |
| figure | *[figjör]* | Grafik |
| flipchart | *[fliptschart]* | Flipchart |
| graph | *[graf]* | Kurve |
| header | *[häddär]* | Überschrift |
| laserpointer | *[leiser pointär]* | Laserpointer |
| lectern | *[läktärn]* | Redner:innenpult |
| malfunction | *[malfangdschon]* | Störung |
| microphone | *[maikrofon]* | Mikrofon |
| orientation | *[oriänteischon]* | Orientierung |
| pie chart | *[pai tschart]* | Kuchendiagramm |
| projector | *[prodschägtor]* | Beamer |
| remote control | *[rimoud kontrol]* | Fernbedienung |
| result | *[risalt]* | Resultat |
| row | *[rou]* | Zeile |
| script | *[skript]* | Skript |
| slides | *[slaids]* | Präsentationsfolien |
| stage | *[steidsch]* | Bühne |
| summary | *[sammari]* | Zusammenfassung |
| survey | *[sörwei]* | Umfrage |
| title | *[taitel]* | Titel |
| to brainstorm | *[tu breinstorm]* | Ideen sammeln |
| to illustrate | *[tu illustreit]* | veranschaulichen |
| to interrupt | *[tu intärrapt]* | unterbrechen |
| to switch | *[tu swidsch]* | tauschen |
| topic | *[topik]* | Thema |
| whiteboard | *[waid bord]* | Weißwandtafel |

**Audiobeispiel 8.2** Den gesamten Aufbauwortschatz aus dieser Liste finden Sie auch zum Anhören und Nachsprechen in den Audiodateien zu diesem Buch.

**Take Aways Kapitel 8**

- Verinnerlichen Sie die Tipps zur Vorbereitung, Zeit- und Inhaltsmanagement, Körpersprache, Pausen und Entspannung bei der Vorbereitung Ihrer Präsentation.
- Querverweise, rhetorische Fragen und gut formulierte Überleitungen helfen Ihnen dabei, Ihren Vortrag zu strukturieren.
- Ein fester Stand, gezielte Gestik und Mimik sowie souveräne Bewegung im Raum sind mächtige Werkzeuge des erfolgreichen Präsentierens.

# 9. Diagramme und Schaubilder beschreiben



*Dieses Kapitel liefert Ihnen die notwendigen Konzepte und Inhalte, um Schaubilder und Diagramme sicher auf Englisch zu beschreiben. Sie werden neben zahlreichen Formulierungen für eine Vielzahl von Situationen auch die detaillierte Beschreibung aller Elemente gängiger Diagrammtypen anhand von Beispielen kennen lernen. Mit den umfangreichen Wortfeldern zur vertiefenden Analyse von Schaubildern legen Sie die Grundlage für das Erstellen erfolgreicher Berichte und Präsentationen.*

**Audiobeispiel 9.1** Alle wichtigen Vokabeln, Wendungen und Sätze finden Sie auch in den Audiodateien zu diesem Kapitel zum Anhören und Wiederholen.

Das Analysieren und Bewerten von Statistiken, großen Datensätzen und komplexen Zusammenhängen ist ein zentraler Teil des Geschäftsalltags. Solche visuellen Darstellungen sind extrem effektive Kommunikationsmittel - aber nur wenn sie richtig beschrieben werden können. In diesem Kapitel geht es vor allem darum, wie Sie verschiedene Diagramme und Schaubilder auf Englisch darstellen und präsentieren. Dafür lernen Sie zuerst zahlreiche Wortfelder und Phrasen zur allgemeinen Diskussion von Grafiken aber auch zur genaueren Analyse von Trends und Besonderheiten kennen. Im Anschluss werden die meistgebrauchten Diagrammtypen vorgestellt, inklusive der wichtigsten Formulierungen und Diagrammeigenschaften. Die Inhalte dieses Kapitels helfen Ihnen sowohl für die mündliche als auch für die schriftliche Präsentation von Daten (zum Beispiel bei einem Vortrag, oder für einen Bericht an Ihre Vorgesetzten).

## 9.1 Schaubilder beschreiben

Ihre Beschreibung beginnt immer mit einer kurzen Darstellung der Bestandteile einer Grafik - was ist wo zu sehen? Ein richtiger Einstieg ist hier sehr wichtig, damit Sie Ihr Publikum nicht gleich zu Beginn Ihrer Besprechung verlieren.

### Einleitung

Richten Sie mit den folgenden Sätzen die Aufmerksamkeit auf das zu untersuchende Schaubild:

Einleitende Sätze

| Englisch | Deutsch |
|---|---|
| Let's turn to this diagram. | Lassen Sie uns dieses Diagramm betrachten. |
| If you look at this graph, you will notice ... | Wenn Sie sich dieses Schaubild anschauen werden Sie feststellen, dass ... |
| If you look at this curve, you will notice that ... | Wenn Sie sich diese Kurve anschauen werden Sie feststellen, dass ... |
| Let me show you this graph on ... | Ich möchte Ihnen dieses Schaubild zu ... zeigen. |
| This chart represents ... | Dieses Diagramm repräsentiert ... |
| To illustrate this point, let's have a look at these diagrams. | Schauen wir auf diese Diagramme, um diesen Punkt zu veranschaulichen. |
| The following graphs will show this more clearly. | Die folgenden Diagramme werden das noch deutlicher machen. |
| Let's analyze this further with the following charts. | Betrachten wir ... anhand der folgenden Schaubilder etwas näher. |
| As you can see from these charts ... | Wie Sie diesen Schaubildern entnehmen können ... |

Aus Ihren Schaubildern sollte idealerweise beim ersten Blick schon die wichtigste Botschaft oder Entwicklung ersichtlich sein. Nichtsdestotrotz ist es manchmal wichtig, die einzelnen Bestandteile des Schaubilds kurz zu beschreiben oder vorzustellen, zum Beispiel die verschiedenen Achsen oder die verwendete Skala.

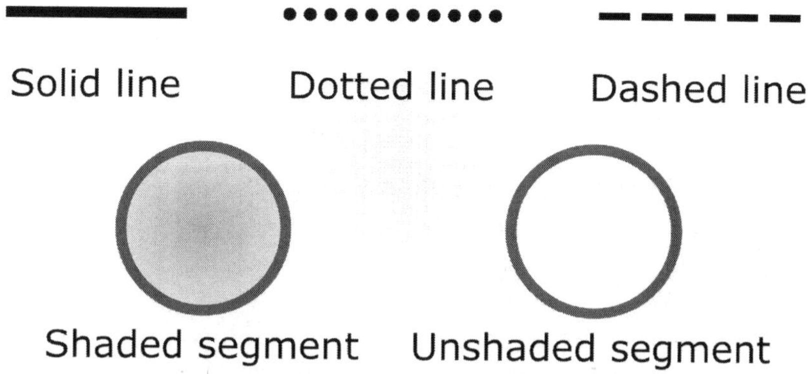


Bestandteile beschreiben

| Englisch | Deutsch |
|---|---|
| The horizontal axis shows/represents ... | Die horizontale Achse zeigt/stellt dar ... |
| On the vertical axis you see ... | Auf der vertikalen Achse sehen Sie ... |
| The vertical axis shows the time scale. | Die vertikale Achse zeigt die Zeitskala. |
| The table gives an overview of ... | Die Tabelle gibt einen Überblick über ... |
| The first row/column contains ... | Die erste Zeile/Spalte beinhaltet ... |
| The *Farbe* area/curve/bar shows ... | Die/Der *Farbe* Fläche/Kurve/Balken zeigt ... |
| This figure refers to ... | Diese Grafik verweist auf ... |
| Here you can see a comparison between ... | Hier sehen Sie einen Vergleich zwischen ... |

Im folgenden Bild finden Sie die englischen Bezeichnungen für die fünf wichtigsten Elemente, die Ihnen bei der Beschreibung von Graphen immer wieder begegnen werden: durchgezogene, gepunktete und gestrichelte Linien sowie schraffierte und unschraffierte Flächen.

**TIPP** Der schnellste Weg um Ihre Zuhörer:innen zu verwirren ist es, sie mit zu viel und zu komplexen Daten zu überladen. Überlegen Sie sich für jedes Schaubild was genau die **wichtigste Botschaft** ist, die Sie vermitteln wollen und beschränken Sie sich darauf. Falls eine Grafik mehrere wichtige Punkte bereithält, ist es im Zweifelsfall besser, diese in getrennten Abbildungen einzeln hervorzuheben.

## Trends und Entwicklungen

Die zentrale Funktion von Schaubildern und Diagrammen ist es, die wichtigsten Aussagen von komplizierteren Zusammenhängen visuell darzustellen. Ein relevantes Schaubild sollte im Idealfall einen zentralen Punkt haben, zum Beispiel

- Die wichtigste Entwicklung über einen Zeitraum
- Vergangene oder Istzustände der vorgestellten Daten
- Entwicklungsmuster für verschiedene Parameter oder über die Zeit

Achten Sie darauf, bei Ihrer Beschreibung die **richtige Zeit** zu verwenden. Beziehen sich die Daten auf eine aktuelle Situation, dann verwenden Sie stets die einfache Gegenwart (simple present) und für Vergangenes stets die einfache Vergangenheit (simple past). Sollten die Daten einen Zusammenhang zwischen Vergangenheit und Gegenwart herstellen, dann verwenden Sie das Perfekt (present perfekt). Eine detaillierte Beschreibung dieser Zeiten finden Sie in meinem Buch „Englisch lernen - praxisnah und einfach“.[1]

### Positive Trends

Zur Beschreibung von positiven Aufwärtstrends in Schaubildern gibt es eine Reihe wichtiger Wendungen, die in den untenstehenden Wortfeldern für Sie zusammengefasst sind. Um einen langsamen, stetigen Aufwärtstrend zu beschreiben, sind die folgenden Wendungen hilfreich

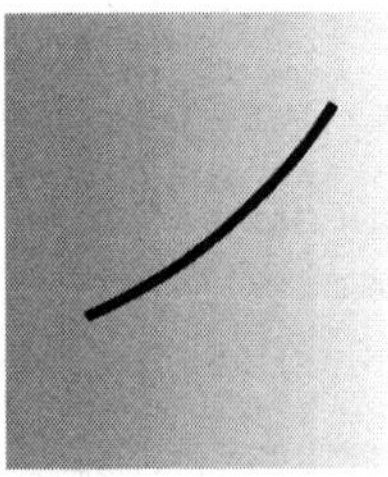

| Englisch | Deutsch | Englisch | Deutsch |
|---|---|---|---|
| to climb | aufsteigen | growth | Wachstum |
| to rise | ansteigen | improvement | Verbesserung |
| to increase | vermehren | increase | Anstieg |
| to expand | erweitern | gradual | allmählich |
| to improve | verbessern | marked | deutlich |

[1] Erhältlich beim AES Verlag unter https://www.amazon.de/dp/B08X6TR59Y

Stark zunehmende Trends und „Boom“-Effekte können mit diesem Wortfeld beschrieben werden

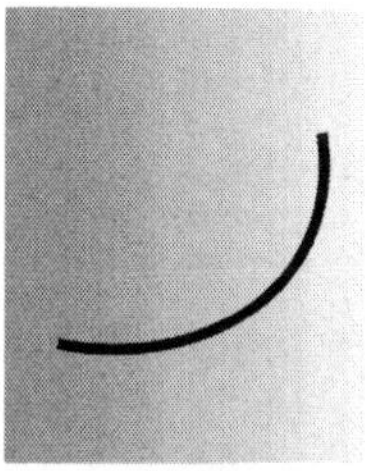

| Englisch | Deutsch | Englisch | Deutsch |
|---|---|---|---|
| to boom | boomen | boom | Wachstum |
| to skyrocket | hochschnellen | upsurge | Sprung |
| to soar | aufsteigen | dramatic | dramatisch |
| to escalate | sprunghaft ansteigen | considerable | nennenswert |
| to explode | explodieren | huge | riesig |

Verwenden Sie die folgenden Phrasen, um Anstiege und Zunahmen in Schaubildern zu beschreiben:

## Anstiege beschreiben

| Englisch | Deutsch |
|---|---|
| A slight/substantial increase in sales | Ein leichter/spürbarer Anstieg der Verkaufszahlen. |
| A little over what we expected. | Ein bisschen über dem, was wir erwartet hatten. |
| An upward trend in the demand for ... | Ein Aufwärtstrend in der Nachfrage nach ... |
| A strong surge in sales of ... during *Zeitraum* | Ein starker Anstieg der Verkaufszahlen von ... im *Zeitraum*. |
| Profits are picking up! | Die Profite steigen! |

In diesen Beispielsätzen wird die Anwendung der obigen Wendungen illustriert. Bilden Sie am Besten zur Übung gleich ein paar eigene Beispiele mit den für Sie persönlich am nützlichsten Formulierungen.

"In the period of 2012-2019 the graph shows a steady increase of sales in the online sector."

Im Zeitraum von 2012 bis 2019 zeigt das Diagramm einen stetigen Anstieg der Verkaufszahlen im Onlinesektor.

"After the announcement, prices of our stocks skyrocketed to new heights."

Nach der Ankündigung schnellten unsere Aktienpreise zu neuen Höchstwerten empor.

"Demand has increased rapidly since the global pandemic started to dominate the market."

Seit die globale Pandemie den Markt dominiert ist die Nachfrage rapide angestiegen.

**Negative Trends**

Mit den folgenden Vokabeln können moderate Abnahmen beschrieben werden

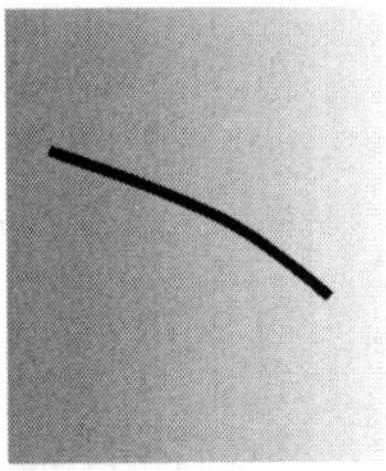

| Englisch | Deutsch | Englisch | Deutsch |
|---|---|---|---|
| to decline | zurückgehen | decline | Rückgang |
| to decrease | abnehmen | downturn | Abschwung |
| to reduce | reduzieren | reduction | Reduzierung |
| to go down | zurückgehen | slow | langsam |
| to sink | sinken | gradual | langsam |

Sollte es im Schaubild steil bergab gehen, dann bewegen Sie sich bei Ihrer Beschreibung im folgenden Wortfeld

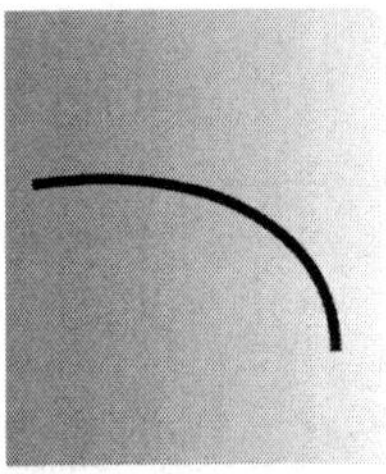

| Englisch | Deutsch | Englisch | Deutsch |
|---|---|---|---|
| to fall | fallen | crash | Absturz |
| to plummet | abstürzen | sudden | plötzlich |
| to drop | stürzen | drop | Sturz |
| to dwindle | schrumpfen | steep | steil |
| to crash | abstürzen | sharp | drastisch |

Die folgenden Formulierungen sind nützlich, um abnehmende Entwicklungen und negative Trends in einem Schaubild zu beschreiben

Negativtrends beschreiben

| Englisch | Deutsch |
|---|---|
| These numbers are just under our target of ... | Diese Zahlen liegen knapp unter unserem Ziel von ... |
| A notable decrease in ... | Eine spürbare Verringerung von ... |
| The numbers continued to fall during *Zeitraum*. | Die Zahlen fielen weiter im *Zeitraum*. |
| Gross revenue fell way below our worst expectations. | Die Bruttoeinnahmen fielen deutlich unter unsere schlimmsten Erwartungen. |

Hier noch drei Beispielsätze für die Beschreibung von abnehmenden Entwicklungen mit den obigen Wortfeldern

"There's been a dramatic downturn in the market."

Der Markt befindet sich in einem dramatischen Abschwung.

"The price of copper has reduced moderately over this time frame."

In diesem Zeitraum hat sich der Kupferpreis leicht vermindert.

"Our turnover decreased quickly in the first quarter of 2021."

Unser Umsatz nahm im ersten Quartal 2021 schnell ab.

**Fluktuationen**

Nutzen Sie diese vielseitigen Formulierungen, um schwankende oder konstant bleibende Entwicklungen zu beschreiben:

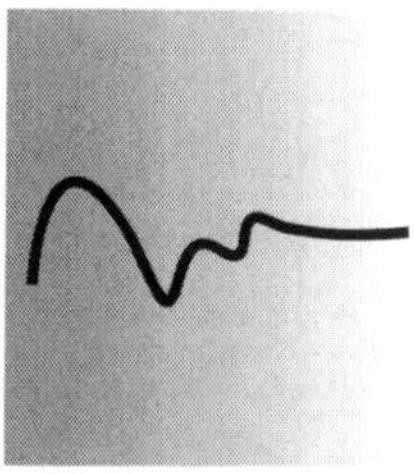

| Englisch | Deutsch | Englisch | Deutsch |
|---|---|---|---|
| to level out | sich einpendeln | leveling out | Einpendeln |
| to stabilize | stabilisieren | minimally | minimal |
| to remain steady | konstant bleiben | volatile | volatil |
| to fluctuate | fluktuieren | fluctuation | Schwankung |
| to stagnate | stagnieren | constant | konstant |

Diese Beispiele zeigen Ihnen die Anwendung der obigen Phrasen. Finden Sie auch hier aus den obigen Tabellen die für Sie passenden Wendungen und bilden Sie eigene Beispiele zur Übung!

"There hasn't been much movement in the market."

Der Markt hat sich nicht viel bewegt.

"Ethereum futures leveled out at the new support price of 4,000$."

Ethereum Termingeschäfte pendelten sich auf dem neuen Unterstützungsniveau von 4.000 $ ein.

"Demand has stagnated since April 2021."

Die Nachfrage stagniert seit April 2021.

**Relative Abschätzung**

Wenn Sie einen Datensatz oder eine Entwicklung mit einer anderen Größe vergleichen wollen, dann können Sie mit den folgenden Adjektiven eine ungefähre Abschätzung geben. Die gepunktete Linie gibt dabei die jeweilige Referenz an, und die durchgezogene Kurve stellt die Daten Ihrer Beschreibung dar.

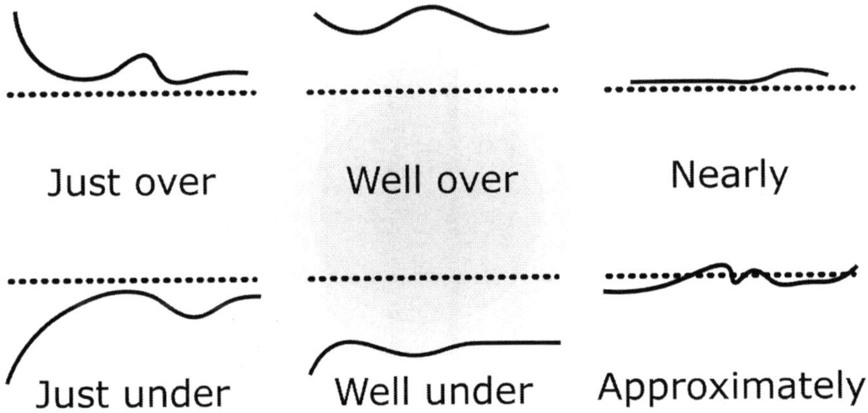


Hier noch einigen Beispiele zur Anwendung dieser Adjektive für relative Abschätzungen und Vergleiche

> "The total turnover in 2018 was well above our estimates."
> Der Gesamtumsatz im Jahr 2018 lag deutlich über unseren Schätzungen.
>
> "Over the past month, our advertising costs have fluctuated around approximately the same level as last year."
> Im letzten Monat schwankten unsere Werbekosten ungefähr um das gleiche Niveau wie letztes Jahr.

**Nützliche Adjektive und Adverbien**

Es gibt zahlreiche wichtige Adjektive und Adverbien, mit denen Sie Trends und Entwicklungen in Diagrammen präzise und anschaulich kommunizieren können. Zur kurzen Wiederholung: Ein Adjektiv beschreibt stets ein Substantiv im Satz und ein Adverb bezieht sich immer auf ein Verb, also wie eine Handlung abläuft. Adverbien bilden sich mit einigen Ausnahmen aus den Adjektiven durch das Anhängen der Endung „-ly“. Hier ein Beispiel mit dem Adjektiv „rapid“(rapide) und dem daraus gebildeten Adverb „rapidly“:

> "The market has seen a rapid change in the first quarter of 2021."
>
> Der Markt unterlag im ersten Quartal 2021 einer rapiden Veränderung.
>
> "The market has changed rapidly in the first quarter of 2021."
>
> Der Markt hat sich im ersten Quartal 2021 rapide verändert.

Im Folgenden finden Sie nun eine tabellarische Zusammenstellung von Adjektiven und daraus abgeleiteten Adverbien, die bei der Präsentation von Schaubildern und der Interpretation von Trends und Entwicklungen extrem hilfreich sind:

Adjektiven und Adverbien

| Adjektiv | Adverb | Deutsch |
|---|---|---|
| considerable | considerably | erheblich |
| disastrous | disastrously | desaströs |
| enormous | enormously | enorm |
| gentle | gently | sanft |
| gradual | gradually | allmählich |
| huge | hugely | riesig |
| moderate | moderately | moderat |
| precise | precisely | genau |
| quick | quickly | schnell |
| relative | relatively | relativ |
| sharp | sharply | drastisch |
| significant | significantly | maßgeblich |
| slight | slightly | leicht |
| slow | slowly | langsam |
| spectacular | spetacularly | spektakulär |
| steep | steeply | steil |
| substantial | substantially | beträchtlich |
| surprising | surprisingly | überraschend |
| swift | swiftly | rasch |
| unexpected | unexpectedly | unerwartet |

**TIPP** Denken Sie immer daran, dass die Schaubilder selbst nur der **anschaulichen Repräsentation** von komplexeren Zusammenhängen dienen! Beziehen Sie sich daher bei der Beschreibung immer explizit auf diese Zusammenhänge und sagen Sie also nicht „the line went up“ oder „the bar got bigger“, sondern „The sales numbers increased“ oder „the oil exports rose“.

## Abschluss und Empfehlung

Neben der Präsentation und Darstellung Ihrer Daten ist eine abschließende Bewertung und Empfehlung natürlich von zentraler Bedeutung. Hier können Sie die Hauptaussage des besprochenen Schaubilds hervorheben, um so Ihren Punkt zu unterstreichen und die Botschaft abschließend zu kommunizieren.

### Schlussfolgerung

Fassen Sie die Hauptaussage des Schaubilds noch einmal zusammen und ziehen Sie die wichtigsten Schlüsse daraus:

Schlussfolgerung

| Englisch | Deutsch |
|---|---|
| As we can see, the diagram supports the claim that ... | Wie wir sehen können unterstützt das Schaubild die Behauptung, dass ... |
| The charts provide strong evidence that ... | Die Schaubilder liefern überzeugende Beweise dafür, dass ... |
| From the diagram, we can conclude that ... | Aus dem Schaubild schließen wir, dass ... |
| These figures indicate that ... | Diese Zahlen deuten an, dass ... |
| As is evident from the graphs ... | Wie aus den Graphen ersichtlich ... |
| Based on these figures, I predict that ... | Aufgrund dieser Zahlen treffe ich die Voraussage, dass ... |

Nach der Besprechung und Auswertung der Daten schließen Sie die Diskussion mit einer klaren und gut fundierten Empfehlung:

## Empfehlung

| Englisch | Deutsch |
|---|---|
| We must focus our attention on ... | Wir müssen uns auf ... konzentrieren. |
| We have no choice but to ... | Uns bleibt keine andere Wahl, als ... |
| We have to revise our estimation. | Wir müssen unsere Schätzung neu überdenken. |
| The only option we have, is ... | Die einzige Option die wir haben, ist ... |
| Based on this data, I strongly recommend ... | Anhand dieser Daten empfehle ich mit Nachdruck ... |
| The conclusion from this data is ... | Die Schlussfolgerung aus diesen Daten ist ... |
| I strongly recommend to ... | Ich empfehle dringend ... |
| From my understanding of these graphs, we have to ... | Nach meinem Verständnis dieser Schaubilder, müssen wir ... |

Nutzen Sie Ihre Schaubilder und Daten, um eine vorher aufgestellte These oder Behauptung zu widerlegen, dann sind diese Wendungen nützlich:

## These widerlegen

| Englisch | Deutsch |
|---|---|
| The graph doesn't provide strong evidence that ... | Das Schaubild liefter keinen besonderen Hinweis darauf, dass ... |
| The charts don't present data which shows that... | Die Schaubilder liefern keine Daten die zeigen, dass ... |
| It is not evident from these diagrams that ... | Es wird aus diesen Diagrammen nicht ersichlich, dass ... |
| We cannot conclude ... from these figures. | Aus diesen Zahlen können wir nicht schließen, dass ... |
| These graphs don't illustrate the point of ... | Diese Schaubilder zeigen nicht den Punkt ... |
| Evidently, the data doesn't support the claim of ... | Offensichtlich bekräftigen die Daten die Behauptung ... nicht. |
| As we have seen from these graphs, the idea that ... does not hold. | Wie wir diesen Schaubildern entnehmen konnten, hält die Vorstellung .... nicht stand. |

Es kann natürlich auch vorkommen, dass die besprochenen Daten keine eindeutige oder klare Schlussfolgerung zulassen. Mit den folgenden Sätzen können Sie auch das überzeugend und direkt kommunizieren:

Uneindeutiges Ergebnis

| Englisch | Deutsch |
|---|---|
| The charts only provide inconclusive evidence regarding ... | Die Schaubilder liefern keinen eindeutigen Beweis für ... |
| Nothing in the data indicates/illustrates that ... | Nichts in den Daten deutet auf/weist auf ... hin. |
| We cannot draw definite conclusions regarding ... based on this data. | Wir können bezüglich ... keine finalen Schlüsse aus diesen Daten ziehen. |
| Regarding the statement that ... , the data remains inconclusive. | Die Daten sind uneindeutig im Hinblick auf die Aussage, dass ... |
| I cannot find evidence of ... in these graphs. | Ich kann in diesen Schaubildern keinen Hinweis auf ... finden. |

## 9.2 Die wichtigsten Diagramme

In diesem Abschnitt lernen Sie die vier gebräuchlichsten Diagramme zur Darstellung von Daten und Abläufen kennen. Neben der Beschreibung der einzelnen Bestandteile und wichtigen Phrasen zur Diskussion dieser Schaubilder werden außerdem die jeweiligen Vorteile und Anwendungsgebiete diskutiert. Zusammen mit den vorhergegangenen Inhalten sind Sie nach diesem Abschnitt bestens auf Ihre nächste Präsentation oder Bericht vorbereitet.

### Tortendiagramm - Pie Chart

Das Torten- oder auch Kuchendiagramm ist ein einfaches und effektives Schaubild zur **Darstellung von Größe und Verhältnis** einzelner Teile zu einem Ganzen. Es wird sehr häufig benutzt, um zum Beispiel die verschiedenen Kontingente eines Gesamtbudgets oder auch Umfrageergebnisse oder Marktanteile darzustellen. Ein einfaches Tortendiagramm kann zum Beispiel sehr schnell einen Überblick über die Umsatzanteile verschiedener Marktteilnehmer geben. Die einzelnen Teile werden wie folgt beschrieben:

| Englisch | Deutsch |
|---|---|
| segment | Segment |
| slice | Stück |
| fraction | Teil |
| section | Bereich |
| total | Gesamtheit |

| Englisch | Deutsch |
| --- | --- |
| tiny | winzig |
| largest | größter |
| shaded | schraffiert |

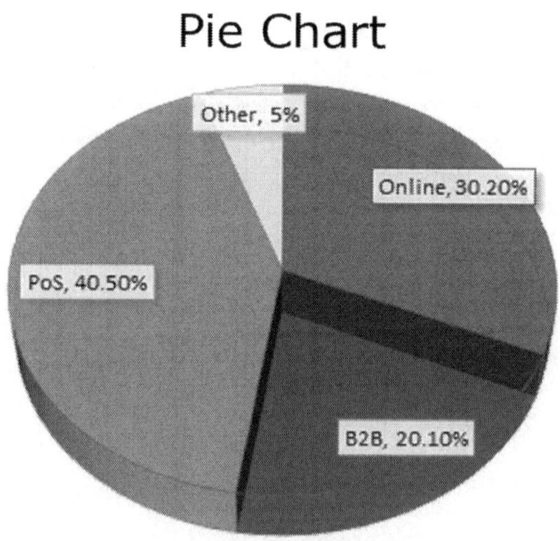


Weil in dieser Darstellungsform immer die relativen Anteile an einer Gesamtgröße abgebildet werden, ist es wichtig, das Vokabular zur Beschreibung von Proportionen und Prozenten zu kennen:

| Englisch | Deutsch |
| --- | --- |
| majority | Großteil |
| minority | Minderheit |
| half | Hälfte |
| third | Drittel |
| quarter | Viertel |
| fifth | Fünftel |
| Twice as much as ... | Zweimal soviel wie ... |
| *X* times as much as ... | *X* mal soviel wie ... |
| *X* percent of ... | *X* Prozent der ... |
| Nearly *X* percent of ... | Fast *X* Prozent von ... |
| Greater than ... | Größer als ... |
| Less than ... | Weniger als ... |
| *X* versus *Y* | *X* gegenüber *Y* |

| | |
|---|---|
| Compared to ... | Im Vergleich zu ... |
| As opposed to ... | Im Gegensatz zu ... |
| This accounts for *X* percent of ... | Das entspricht *X* Prozent aller ... |

Zur vollständigen Diskussion eines Tortendiagramms werden also zuerst die einzelnen Teile und ihre Anteile am Ganzen vorgestellt. Danach werden ihre relativen Proportionen miteinander verglichen um die Hauptaussage herauszuarbeiten. Eine Besonderheit dieses Schaubilds ist es, dass es sich immer auf eine feste Gesamtgröße bezieht. Die einzelnen Segmente sind also voneinander abhängig - vergrößert sich ein Segment, dann müssen sich die anderen Teile insgesamt um die gleiche Menge verkleinern.

**Balkendiagramm - Bar Graph**

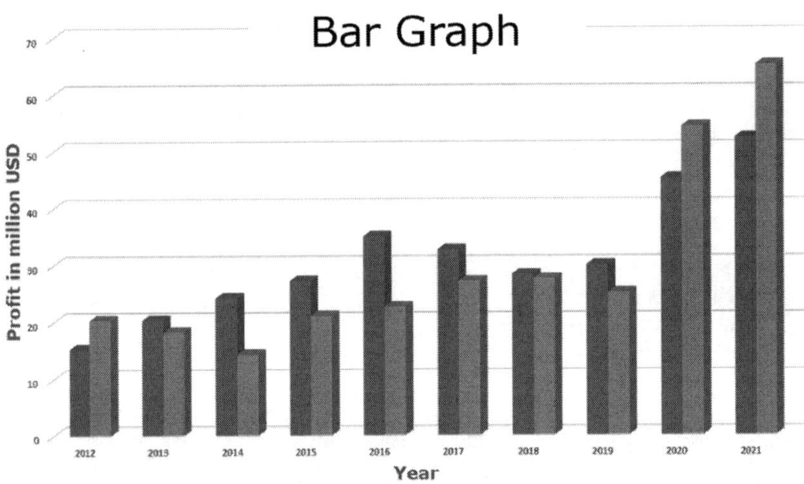


Balkendiagramme bestehen aus zwei Achsen: einer Kategorie oder Zeitachse und einer Achse für die Mengenangabe. Diese können jeweils entweder horizontal oder vertikal aufgetragen werden, wobei in den meisten Fällen die horizontale Achse die Kategorie- oder Zeitachse und die vertikale die Mengenachse ist. In der obigen Grafik zeigt die horizontale Achse Zeit in Jahren für zwei verschiedene Kategorien (zum Beispiel Abteilungen eines Unternehmens oder verschiedene Absatzmärkte) an. Auf der vertikalen Achse sind die Profite für das jeweilige Jahr in Millionen USD aufgetragen.

Mit Balkendiagrammen können im Prinzip **alle Arten von Daten** veranschaulicht werden. Sie sind ausgezeichnet um zu zeigen, welche Kategorie am größten oder kleinsten ist und wie sie relativ zueinander stehen. Sie eignen sich auch besonders dafür, die Entwicklung über einige wenige Datenpunkte zu illustrieren. Anders als beim Tortendiagramm beeinflussen sich die verschiedenen Mengenangaben nicht, es könnten also zum Beispiel alle Teile gleichzeitig sinken oder steigen. Ein Balkendiagramm besteht aus den folgenden Teilen

| Englisch | Deutsch |
|---|---|
| horizontal/x- axis | horizontale/x- Achse |
| vertical/y- axis | vertikale/y- Achse |
| bar | Balken |
| column | Säule |
| coloured | farbig |

In Balkendiagrammen können Entwicklungen verschiedener Datensätze gegeneinander verglichen werden. Oft sind Trends gegenläufig oder verlaufen parallel zueinander, was mit den folgenden Vokabeln beschrieben werden kann

| Englisch | Deutsch |
|---|---|
| As much as ... | Soviel wie ... |
| Relative to ... | Relativ zu ... |
| Comparably ... | Vergleichsweise ... |
| Whereas ... | Wohingegen ... |
| However, while ... | Während jedoch ... |
| Independent of ... | Unabhängig von ... |
| At the same time ... | Zur gleichen Zeit ... |

## Liniendiagramm - Line Graph

Liniendiagramme bestehen wie Balkendiagramme aus einer horizontalen x-Achse und einer vertikalen y-Achse, wobei auf der horizontalen Achse meistens die Zeit aufgetragen ist. Jeder Wert ist für den jeweiligen Zeitraum auf der vertikalen Achse aufgetragen, danach werden die einzelnen Punkte mit Linien verbunden. So lassen sich **Trends und Korrelationen** über einen bestimmten Zeitraum sehr gut veranschaulichen. Sollten allerdings die absoluten Zu- und Abnahmen besonders verdeutlicht werden, dann eignen sich die oben besprochenen Balkendiagramme besser. Im folgenden Beispieldiagramm sind die Verkaufszahlen in Tausenden für den Zeitraum 2004-2021 für die Absatzmärkte China (durchgezogene Linie) und Australien (gestrichelte Linie) aufgetragen. Die Achsenbezeichnung ist analog zum Balken-

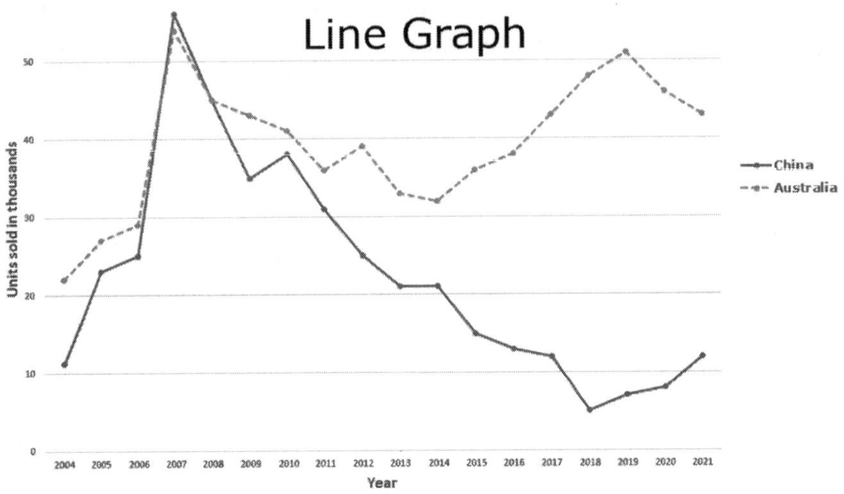


diagramm. Außerdem sollten Sie die folgenden Vokabeln zur Beschreibung eines Liniendiagramms beherrschen:

| Englisch | Deutsch |
|---|---|
| curve | Kurve |
| correlation | Korrelation |
| data point | Datenpunkt |
| solid | durchgezogen |
| dashed | gestrichelt |
| dotted | gepunktet |

Mit Liniendiagrammen können sehr gut Verläufe, Trends sowie Hoch- und Tiefpunkte von Entwicklungen veranschaulicht werden. Für diese Beschreibung eignen sich die folgenden Wendungen:

| Englisch | Deutsch |
|---|---|
| peak | Höhepunkt |
| bottom | Tiefpunkt |
| turning point | Wendepunkt |
| period of time/ time interval | Zeitraum |
| to remain stable | stabil verlaufen |
| to maintain the same level | auf derselben Höhe bleiben |
| to reverse | umkehren |
| to rebound | sich erholen |

**Flussdiagramm - Flowchart**

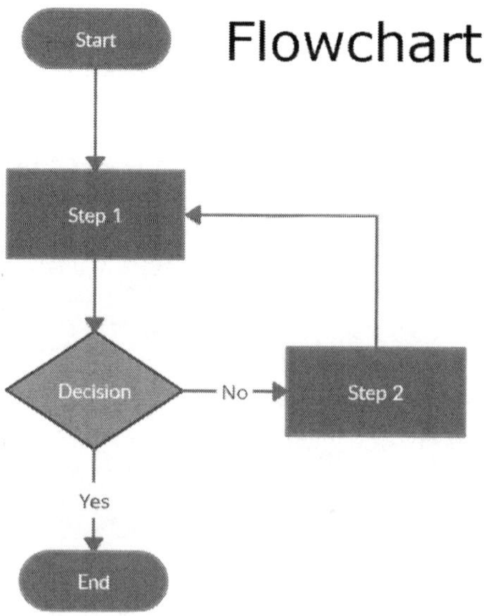


Flussdiagramme sind eine hervorragende Möglichkeit um komplexe **Entscheidungsprozesse** und -abläufe mit verschiedenen Handlungsoptionen zu visualisieren und sind im Geschäftsalltag sehr gebräuchlich. Welche Entscheidungen stehen wann an? Was sind die Optionen und welche Konsequenzen folgen daraus? Auf alle diese Fragen geben Flussdiagramme eine übersichtliche und klar verständliche Antwort. Sie haben immer nur einen Anfangs- und einen Endpunkt und verlaufen konventionell von oben nach unten und von links nach rechts.

Die verschiedenen Grundelemente eines Flussdiagramms und die jeweils zugeordneten geometrischen Formen sind:

| Englisch | Deutsch |
|---|---|
| start | Anfang |
| step | Schritt |
| phase | Phase |
| stage | Abschnitt |
| decision | Entscheidung |
| end | Ende |

| Englisch | Deutsch |
|---|---|
| oval | Oval *(Anfang oder Ende)* |
| rectangle | Rechteck *(Schritt)* |
| arrow | Pfeil *(Richtung)* |
| diamond | Raute *(Entscheidung)* |

Der Verlauf eines Flussdiagramms kann sehr komplex aussehen. Die einzelnen Schritte und Entscheidungen können jedoch einfach mit den folgenden Phrasen beschrieben werden

| Englisch | Deutsch |
|---|---|
| First of all ... | Zuallererst ... |
| After that ... | Danach |
| Subsequently ... | Anschließend ... |
| Alternatively ... | Alternativ ... |
| In addition ... | Zusätzlich |
| At the same time ... | Gleichzeitig ... |
| Finally ... | Schlussendlich ... |
| Either ... or ... | Entweder ... oder ... |
| While ... | Während ... |

**TIPP** Jedes Diagramm sollte eine **„AHA!“** Zone beinhalten, in der die Hauptaussage klar ersichtlich ist (ansonsten sollte es gar nicht besprochen werden). Stellen Sie sicher, dass Sie diese entscheidenden Punkte sowohl visuell, als auch beim Sprechen bzw. Schreiben deutlich hervorheben.

## 9.3 Beispielbeschreibung

Abschließend wenden wir einige der oben besprochenen Begriffe und Phrasen noch auf ein exemplarisches Tortendiagramm an. Auch die Beschreibung eines Schaubilds folgt der dreigliedrigen Struktur von Einleitung, Hauptteil und Schluss, die nicht mehr weiter erläutert werden muss. Wie weiter oben schon betont, ist es wichtig die zentralen Punkte klar zu präsentieren und damit die Hauptaussage des Schaubilds zu begründen. In den ersten Sätzen kann die Hauptaussage auch bereits vorweggenommen werden, um die Gründe dafür dann in der weiteren Beschreibung zu erläutern.

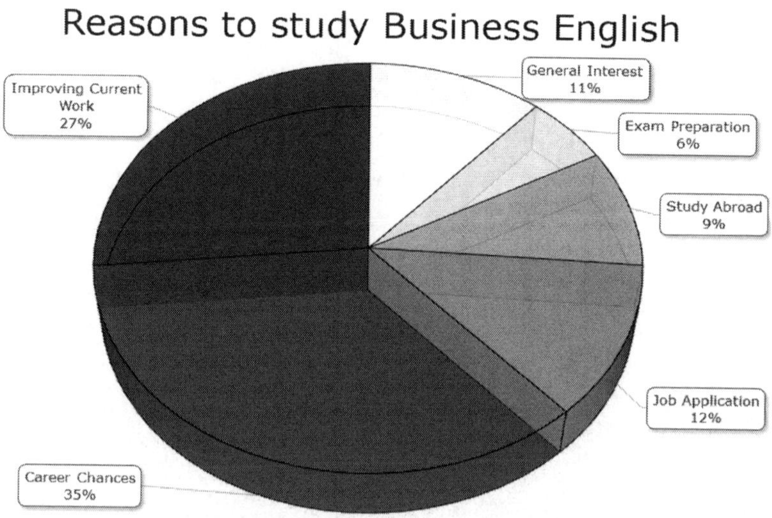


The pie chart illustrates the results of a survey amongst the age group of 18- to 49-year-olds about the reasons to study business English in percentage terms. The study was commissioned by AES Publishing House in order to analyze the target audience of future business-related book releases. Of the 500 interviewees, the two dark gray segments represent a combined percentage of over 60% of respondents citing increased career chances and improvements at the current working place as their most important incentives, clearly outranking all other reasons.

A clear majority of 35% of interviewees listed "career chances" as their main motivation to study business English. Roughly one quarter, or 135 people, cited improvements of their current working condition as their driving factor, shown in the darkest slice of the chart. Less than half of that are interested in business English as part of an upcoming job application, making this the third most important reason with 12%. The remaining reasons of "general interest", "exam preparation" and "studying abroad" make up the remaining 26% of respondents, "exam preparation" being by far the least important reason at 6%. It is interesting to note, that the academic reasons of „studying abroad" and "exam preparation" only make up for 15% combined. Compared to the majority of answers, this is less than half. Nearly three-quarters of respondents cited professionally-related reasons as their main incentive.

Thus, the pie chart clearly demonstrates that professionals who are already actively engaged in the business world are our most important target group. This sets clear directions for us with respect to layout, phrasing and marketing of future book releases. Based on these conclusions, I recommend the commission of a second survey amongst professionals to identify their main focus and key requirements regarding the content of books on business English.

**Take Aways Kapitel 9**

- Gute Schaubilder stellen komplexe Zusammenhänge anschaulich dar. Beschränken Sie sich deshalb auch bei Ihrer Beschreibung auf die **Hauptaussagen** und stellen Sie sicher, dass diese klar erkenntlich ist.
- Für die Beschreibung von Entwicklungen der Gegenwart wird das simple present, für Vergangene das simple past verwendet. Besteht in Zusammenhang zwischen vergangenen und gegenwärtigen Trends, dann kann das Perfekt benutzt werden.
- **Tortendiagramme** eignen sich zur schnellen Darstellung von Größe und Verhältnis einzelner Teile relativ zu einem Ganzen. Die Größe einzelner Teile sind voneinander abhängig.
- **Balkendiagramme** bestehen aus einer horizontalen und einer vertikalen Achse und sind zur Darstellung aller Arten von Daten geeignet, insbesondere um die Entwicklung über wenige Datenpunkte zu veranschaulichen.
- **Liniendiagramme** eignen sich zur Illustration von Trends und Korrelationen zwischen verschiedenen Kategorien.
- **Flussdiagramme** stellen komplexe Entscheidungsprozesse und Abläufe übersichtlich und kompakt dar. Einzelne Elemente wie Entscheidungen oder Start und Ende sind festen geometrischen Symbolen zugeordnet.

# 10. Verhandlungen und Diskussionen



*Nun lernen Sie wichtige Tipps und Wendungen rund um das Thema Verhandlungen und Diskussionen auf Englisch kennen. Dabei können Sie schon auf zahlreiche Konzepte der vorherigen Kapitel, wie dem höflichen Sprechen, dem Kommunizieren per Telefon oder das Halten von Präsentationen zurückgreifen. Zusätzlich zu speziellen Formulierungen lernen Sie 7 nützliche Wendungen kennen um sich auf Ihr nächstes Verhandlungsgespräch vorzubereiten.*

**Audiobeispiel 10.1** Alle wichtigen Vokabeln, Wendungen und Sätze finden Sie auch in den Audiodateien zu diesem Kapitel zum Anhören und Wiederholen.

Verhandlungen und Diskussionen richtig und erfolgreich zu führen ist eine Fähigkeit, die viel Erfahrung und Fingerspitzengefühl erfordert. Sie müssen sich nicht nur über Ihre eigenen Ziele und Bedingungen im Klaren sein, sondern es auch beherrschen, diese klar zu kommunizieren. Gerade in der internationalen Geschäftswelt ist es wichtig, Ihre Verhandlungspartner:innen nicht vor den Kopf zu stoßen. Der vollständige Verhandlungsprozess sieht wie folgt aus

- **Preparation**: Seien Sie sich Ihrer Ziele und Anforderungen klar bewusst. Analysieren Sie die Ziele und Motive Ihrer Verhandlungspartner:innen, üben Sie die Verhandlung vorab und schreiben Sie eine Agenda.
- **Opening**: Präsentieren Sie Ihre Agenda und hören Sie die Gegenseite an. Stimmt deren Präsentation mit Ihren Erwartungen überein? Machen Sie den ersten Vorschlag um die Diskussion zu beginnen.

- o **Engaging**: Diskutieren der verschiedenen Vorstellungen und potentieller Übereinstimmungen. Signalisieren Sie an entscheidenden Stellen Ihre Verhandlungs- und Kompromissbereitschaft aber verlieren Sie Ihre Ziele nicht aus den Augen. Achten Sie auch auf die Körpersprache Ihres Gegenübers - sie verrät oft mehr als die Sprache.
- o **Closing**: Sobald Sie fühlen, dass Sie Ihre Ziele erreichen werden können und die Gegenseite das ebenfalls signalisiert, leiten Sie das Ende der Gespräche ein. Achten Sie darauf, so schnell wie möglich schriftliche Vereinbarungen zu treffen.

Im Folgenden lernen Sie wichtige Begriffe und Phrasen zu all diesen Punkten kennen. Auch die Inhalte der vorherigen Kapitel, insbesondere die über das höfliche Sprechen und Präsentieren auf Englisch, sind für Diskussionen und Verhandlungen von hoher Relevanz.

## 10.1 Verhandlungen und Diskussionen

Sollten Sie die Diskussion leiten, dann treten Sie gleich zu Beginn selbstbewusst und zielstrebig auf. Die folgenden Phrasen sind dafür bestens geeignet

**Das Gespräch einleiten**

Einleitung

| **Englisch** | **Deutsch** |
|---|---|
| Let's start with ... | Beginnen wir mit ... |
| On the agenda today is ... | Auf der heutigen Agenda steht ... |
| Should we have a look at the main points for today's discussion? | Sollen wir uns den Hauptpunkten der heutigen Diskussion zuwenden? |
| Our goal today is to find a solution that suits all parties. | Unser Ziel heute ist es, eine Lösung zu finden die alle Parteien zufriedenstellt. |
| I'm convinced that we'll reach a satisfactory agreement today. | Ich bin überzeugt, dass wir heute zu einer befriedigenden Übereinkunft kommen werden. |

### Zustimmung ausdrücken

Wenn Ihr Gegenüber einen sinnvollen oder akzeptablen Vorschlag macht, dann können Sie mit diesen Wendungen Ihre Zustimmung signalisieren:

Zustimmen

| Englisch | Deutsch |
|---|---|
| I think that's fair enough. | Das halte ich für ausreichend. |
| That's a fair suggestion. | Das ist ein fairer Vorschlag. |
| I'm convinced that ... | Ich bin überzeugt, dass ... |
| I must admit that ... | Ich muss zugeben, dass ... |
| I couldn't agree more. | Ich stimme voll und ganz zu. |
| I'm happy with this. | Ich bin glücklich damit. |
| I agree with your suggestion. | Ich stimme Ihrem Vorschlag zu. |
| That sounds good to us. | Das klingt gut für uns. |
| I think this proposal is acceptable. | Ich denke dieser Vorschlag ist akzeptabel. |
| You have a strong point there. | Da haben Sie einen guten Punkt. |
| I think we can both agree that ... | Ich denke wir stimmen überein, dass ... |

### Fragen stellen und zuhören

Hören Sie besonders aktiv zu, wenn Ihr Gegenüber spricht und stellen Sie Ihre Fragen an den richtigen Punkten. Auch das Nachfragen zum Ausräumen von Unklarheiten ist essentieller Bestandteil einer guten Verhandlung. Gehen Sie sicher, dass Sie mit Ihren Verhandlungspartner:innen auf der gleichen Wellenlänge diskutieren.

Fragen stellen

| Englisch | Deutsch |
|---|---|
| Could you be more specific, please? | Könnten Sie bitte etwas genauer sein? |
| What are you proposing? | Was schlagen Sie vor? |
| What is your suggestion? | Was ist Ihr Vorschlag? |
| What are you trying to say? | Was möchten Sie damit sagen? |
| Is that your best offer? | Ist das Ihre bestes Angebot? |
| Could you please explain how you feel about ...? | Könnten Sie bitte erklären, wie Sie zu ... stehen? |
| Just to get this straight, what is your opinion on ... ? | Nur um das klarzustellen, was ist Ihre Meinung zu ...? |

### Einwände formulieren

Formulieren Sie Ihre Einwände klar und präzise, ohne dabei zu direkt und unhöflich zu wirken. Besonders in diesem Punkt lohnt es sich, die wichtigen Konzepte zum höflichen Sprechen, welche etwas weiter vorne in diesem Buch ausführlich diskutiert wurden, zu kennen und anzuwenden. Nützliche Phrasen um Ihre Ablehnung oder eine Gegenmeinung auszudrücken sind:

Einwände

| Englisch | Deutsch |
|---|---|
| I wouldn't say that ... | Ich würde nicht sagen, dass ... |
| I understand where you're coming from, however ... | Ich verstehe Ihren Punkt, allerdings ... |
| The way I look at it is ... | Ich sehe es so, dass ... |
| From my perspective ... | Aus meiner Perspektive ... |
| I have to disagree with you there. | Da muss ich Ihnen widersprechen. |
| I'm prepared to compromise, but ... | Ich bin kompromissbereit, aber ... |
| I'm afraid we can't agree on ... | Ich fürchte wir werden uns nicht auf ... einigen können. |
| I have some reservations about ... | Ich habe ein paar Vorbehalte gegenüber ... |
| I think we can reach a better agreement. | Ich denke, wir können eine bessere Vereinbarung treffen. |

### Vorschläge und Kompromisse

Um die Verhandlung zu einem Schluss zu bringen, müssen Vorschläge gemacht werden. Sobald Sie dem Gespräch eine mögliche Übereinkunft entnommen haben, arbeiten Sie mit einem der folgenden Sätzen auf eine Einigung hin:

Vorschläge

| Englisch | Deutsch |
|---|---|
| I think the best way is to ... | Ich denke der beste Weg wäre ... |
| We propose that ... | Wir schlagen ... vor. |
| How about we ...? | Wie wär's wenn wir ...? |
| Our absolute bottom line is ... | Unsere äußerste Schmerzgrenze wäre ... |
| From where I stand, an acceptable price would be ... | Aus meiner Sicht läge ein akzeptabler Preis bei ... |
| I'd like to suggest a solution. | Ich würde gerne eine Lösung anbieten. |

Am Ende der Verhandlung steht meistens ein Kompromiss, welcher für beide Seiten akzeptabel ist. Seien Sie sich dabei Ihrer Grundziele aus der Vorbereitung bewusst, und einigen Sie sich nur auf einen Kompromiss, der damit vereinbar ist.

Kompromisse

| Englisch | Deutsch |
|---|---|
| We might be able to work on ... if ... | Wir könnten an ... arbeiten, falls ... |
| We could offer you ... if we can agree to ... | Wenn wir uns auf ... einigen können, dann könnten wir ... anbieten. |
| In exchange for ... would you agree with ... ? | Würden Sie ... zustimmen, im Austausch für ...? |
| I'm ready to accept your offer, on the condition of ... | Unter der Bedingung, dass ..., bin ich bereit Ihr Angebot anzunehmen. |
| I could be persuaded to consider ... on the condition of ... | Ich könnte mich auf ... einlassen, unter der Bedingung, dass ... |

## Abschluss

Sobald sich die Gesprächslage dem Abschluss zuwendet, sei es durch Körpersprache oder das langsame Annähern der gegenseitigen Argumente, bieten sich die folgenden Wendungen an, um einen Abschluss einzuleiten:

Abschluss

| Englisch | Deutsch |
|---|---|
| Let's sum up the main points of today. | Lassen Sie uns die Hauptpunkte von heute zusammentragen. |
| Let's look at the points that we've agreed upon. | Lassen Sie uns die Punkte betrachten, auf die wir uns geeinigt haben. |
| Shall we wrap this up then? | Sollen wir langsam zu einem Ende kommen? |
| Let's sum up real quick to see that we're on the same page. | Fassen wir kurz zusammen um zu sehen das wir einer Meinung sind. |
| Let's recap what we've decided to do. | Lassen Sie uns wiederholen, worauf wir uns geeinigt haben. |

## 10.2 7 wichtige Wendungen

Mit den folgenden Wörtern, lernen Sie spezielles Fachvokabular und dessen korrekte Anwendung unter verschiedenen Umständen kennen. Das wird Ihnen dabei helfen, Ihre nächste Verhandlung sicher und zielstrebig zu führen.

### To bargain

Bedeutet wörtlich übersetzt „verhandeln“ oder „feilschen“ und bezieht sich auf das Aushandeln von Vertragsbedingungen und anderen Details. Ein Synonym dafür ist „to negotiate“. „Bargain“*[bargein]* kann auch als Substantiv verwendet werden und wird dann übersetzt als „Schnäppchen“ oder „Glücksgriff“.

> "You can't bargain with them. They are very inflexible."
>
> Sie können mit ihnen nicht verhandeln. Sie sind sehr unflexibel.
>
> "We've made a real bargain on this one!"
>
> Wir haben damit einen echten Glücksgriff gemacht!

### Bottom line

Heißt soviel wie der allerwichtigste Punkt oder auch die äußerste Schmerzgrenze, unter welcher Sie keine Einigung eingehen werden können.

> "I'm afraid that this really is the bottom line for us."
>
> Ich fürchte, dass das wirklich die unterste Schmerzgrenze für uns ist.

### To reach consensus

Bedeutet soviel wie „zu einer Einigung kommen“ oder „eine Einigung erzielen“, insbesondere in zuvor strittigen Punkten.

> "After a long discussion and elaboration, we've finally reached consensus on the matter of salaries."
>
> Nach langer Diskussion und Ausarbeitung sind wir endlich zu einer Einigung bezüglich der Gehälter gekommen.

### Counter proposal

Ist ein alternativer Vorschlag oder eine Lösung, die als Gegenvorschlag gemacht werden kann, wenn Sie etwas ablehnen oder nicht übereinstimmen.

> "There was no way I could accept their counter proposal after having made our position so clear."
>
> Es gab für mich keine Möglichkeit, ihren Gegenvorschlag anzunehmen nachdem ich unsere Position so klar gemacht hatte.

### Deadlock

Die berühmt-berüchtigte Sackgasse einer Verhandlung, in der beide Seiten keine Möglichkeit zur Einigung mehr sehen.

> "They didn't agree with any of our points and their counter proposals were unacceptable. Therefore, we reached deadlock after only 10 minutes of negotiations."
>
> Sie stimmten mit keinem unserer Punkte überein und ihre Gegenvorschläge waren nicht akzeptabel. Deshalb endeten die Verhandlungen nach nur 10 Minuten in einer Sackgasse.

### Leverage

Was wörtlich übersetzt soviel wie „Hebel" heißt, bedeutet in diesem Kontext „Verhandlungsmacht" oder auch „starke Verhandlungsposition".

> "They really need this deal to go through, so we have a lot of leverage."
>
> Sie brauchen diesen Deal wirklich, also haben wir eine gute Verhandlungsposition.

### To high-/lowball

Als klassische Verhandlungsmethoden bedeutet „to highball" bewusst viel zu hohe Anforderungen zu stellen. Im Umkehrschluss heißt „to lowball", ein bewusst viel zu tief gesetztes Angebot zu unterbreiten.

"They started off by highballing their requirements, but we didn't fall for it."
Sie begannen mit bewusst überzogenen Anforderungen aber wir sind nicht darauf reingefallen.

"At first, I thought they were lowballing their offer, but in the end I think it was a fair deal."
Zuerst dachte ich, dass sie ihr Angebot bewusst viel zu tief ansetzten, aber am Ende denke ich, dass es eine faire Einigung war.

## 10.3 Wortschatz

Zum Abschluss des Kapitels finden Sie im Folgenden noch die wichtigsten Vokabeln rund um Verhandlungen und Diskussionen für Ihren Geschäftsalltag.

Wortschatz für Diskussionen und Verhandlungen

| **Englisch** | ***[Aussprache]*** | **Deutsch** |
|---|---|---|
| alternative | *[altörnatif]* | Alternative |
| bid | *[bid]* | Gebot |
| bottom line | *[botom lain]* | Untergrenze |
| collective | *[koläktif]* | gemeinsam |
| consensus | *[konsänsus]* | Konsens |
| cooperation | *[koopäreischon]* | Zusammenarbeit |
| counter proposal | *[kauntär proposal]* | Gegenvorschlag |
| counterpart | *[kauntärpart]* | Gegenüber |
| deadlock | *[dädlok]* | Sackgasse |
| demands | *[dimands]* | Forderungen |
| dispute | *[dispjut]* | Streit |
| entitled | *[äntaitält]* | berechtigt |
| flexible | *[fläggsibl]* | flexibel |
| haggling | *[häggling]* | Feilschen |
| highball | *[haiball]* | bewusst überziehen |
| impulse | *[impals]* | Impuls |
| indecisive | *[indisaisif]* | unentschlossen |
| leverage | *[läwäredsch]* | Verhandlungsmacht |
| lowball | *[louball]* | bewusst unterbieten |
| market price | *[markät prais]* | Marktpreis |

| **Englisch** | ***[Aussprache]*** | **Deutsch** |
|---|---|---|
| mutual | *[mjutual]* | gegenseitig |
| objective | *[obdschägtif]* | Ziel |
| point of view | *[point of wju]* | Standpunkt |
| pressure | *[präschur]* | Druck |
| sales pitch | *[seils pidsch]* | Angebot |
| selling point | *[sälling poind]* | Verkaufsargument |
| stalemate | *[steilmeid]* | Patt |
| tactics | *[täktiks]* | Taktik |
| tension | *[tenschon]* | Spannung |
| terms of payment | *[törms of peimänt]* | Zahlungsbedingungen |
| to compensate | *[tu komänseit]* | ausgleichen |
| to compromise | *[tu kompromais]* | einen Kompromiss schließen |
| to confront | *[tu konfront]* | konfrontieren |
| to dominate | *[tu domineit]* | dominieren |
| to mislead | *[tu mislid]* | täuschen |
| to resolve | *[tu risolwe]* | lösen |
| to yield | *[tu jield]* | nachgeben |
| trade-off | *[treid off]* | Abwägung |
| ultimatum | *[ultimeitum]* | Ultimatum |
| unrealistic | *[anrialistik]* | unrealistisch |
| victory | *[wiktori]* | Sieg |

**Audiobeispiel 10.2** Den gesamten Aufbauwortschatz aus dieser Liste finden Sie auch zum Anhören und Nachsprechen in den Audiodateien zu diesem Buch.

**Take Aways Kapitel 10**

- Ein Verhandlungsgespräch gliedert sich in die Abschnitte preparation, opening, engaging and closing und muss sorgfältig vorbereitet werden.
- Bleiben Sie sich Ihrer **Grundziele** für die Verhandlung stets bewusst und versuchen Sie diese höflich aber bestimmt zu erreichen.
- Die sieben **Fachvokabeln** „to bargain“, „bottom line“, „to reach consensus“, „counter proposal“, „deadlock“, „leverage und „high-/lowball“ werden im englischsprachigen Verhandlungskontext oft verwendet und sind für die Vertiefung Ihrer Kenntnisse von großer Hilfe.

# 11. Extras



*Im Abschlusskapitels dieses Buches finden Sie weitere hilfreiche Ressourcen für Ihren Geschäftsalltag. Neben wichtigen false friends, die häufig zu peinlichen Missverständnissen führen, finden Sie hier außerdem Spezialwortschatz zum Thema Finanzen und eine umfassende Auflistung von gängigen Abkürzungen als Nachschlagehilfe. Ein Organigramm einer typischen Unternehmensstruktur gibt Ihnen abschließend eine Übersicht der gängigsten Rollen- und Abteilungsbezeichnungen innerhalb einer Organisation.*

**Audiobeispiel 11.1** Alle wichtigen Vokabeln, Wendungen und Sätze finden Sie auch in den Audiodateien zu diesem Kapitel zum Anhören und Wiederholen.

## 11.1 False Friends im Business Englisch

Wie schon erwähnt finden Sie hier eine umfassende Auflistung von Wörtern aus dem Geschäftskontext, die im Englischen sehr ähnlich klingeln wie im Deutschen, allerdings eine andere Bedeutung haben. Das englische Wort steht in der ersten, die **korrekte** deutsche Übersetzung in der zweiten, der **false friend** (falsche Übersetzung) in der dritten und schließlich die korrekte Übersetzung des false friends in der vierten Spalte. Wenn Sie sich diese Wörter und ihre richtigen Bedeutungen merken können, werden Sie zukünftig auf jeden Fall einigen peinlichen Situationen und Verwechslungen entgehen!

| Englisch | Richtig Deutsch | False Friend | False Friend übersetzt |
|---|---|---|---|
| action | Handlung | Aktion | campaign |
| actual | wirklich | aktuell | current |
| backside | Hinterteil | Rückseite | back |
| beamer | Slang für BMW | Beamer | projector |
| billion | Milliarde | Billion | trillion |
| card | Visitenkarte | Landkarte | map |
| chef | Koch | Chef | boss |
| concrete | Beton | konkret | specific |
| concurrence | Einverständnis | Konkurrenz | competition |
| consequent | folgend | konsequent | consistent |
| critic | Kritiker:in | Kritik | criticism |
| dates | Verabredungen | Daten | data |
| decent | anständig | dezent | discreet |
| director | Regisseur:in | Direktor | headmaster |
| eventually | schließlich | eventuell | possibly |
| extravagant | verschwenderisch | extravagant | flamboyant |
| foil | Alufolie | Präsentationsfolie | slide |
| formula | Formel | Formular | form |
| fraction | Bruchteil | Fraktion | faction |
| genial | freundlich | genial | ingenious |
| handy | praktisch | Handy | cell phone |
| high school | Gymnasium | Hochschule | college |
| labor | Arbeit | Labor | laboratory |
| lecture | Vortrag | Lektüre | reading |
| loan | Kredit | Lohn | wage |
| map | Landkarte | Mappe | folder |
| mark | Note | Marke | brand |
| must not | nicht dürfen | nicht müssen | needn't |
| note | Notiz | Note | mark/grade |
| notice | Aushang | Notiz | note |
| paragraph | Absatz | Paragraf | section |
| pregnant | schwanger | prägnant | concise |
| process | Vorgang | Gerichtsprozess | law suit |
| promotion | Beförderung | Promotion | PhD |
| prospect | Aussicht | Prospekt | brochure |

| Englisch | Richtig Deutsch | False Friend | False Friend übersetzt |
|---|---|---|---|
| provision | Vorsorge | Provision | commission |
| public | Öffentlichkeit | Publikum | audience |
| refined | gebildet | raffiniert | clever |
| rentable | mietbar | rentabel | profitable |
| sensible | vernünftig | sensibel | sensitive |
| serious | ernst | seriös | trustworthy |
| stadium | Sportstadion | Stadium | stage |
| staple | Heftklammer | Stapel | stack |
| sympathetic | mitfühlend | sympathisch | likable |
| sympathy | Miteid | Sympathie | solidarity |
| theme | Motto | Thema | topic |
| to become | werden | bekommen | to get |
| to blame | beschuldigen | blamieren | to embarass |
| to concur | übereinstimmen | konkurrieren | to compete |
| to irritate | reizen | irritieren | to confuse |
| to spend money | Geld ausgeben | Geld spenden | to donate money |
| undertaker | Totengräber:in | Unternehmer | Entrepreneur |

## 11.2 Übersicht einer typischen Organisation

Die Grafik zeigt das Organigramm eines typischen Unternehmens, aufgeteilt in den Vorstand, Geschäftsleitung und verschiedene Abteilungen, anhand derer Sie die verschiedenen Rollenbezeichnungen und häufige Aufgabenfelder nachvollziehen können. Selbstverständlich ist diese Übersicht nicht vollständig und kann nur als erste Orientierung dienen. Zur Übung könnten Sie sich das Organigramm Ihrer Firma auf Englisch erstellen. Dazu finden Sie zahlreiche nützliche Begriffe und Rollenbezeichnungen im folgenden Abschnitt.

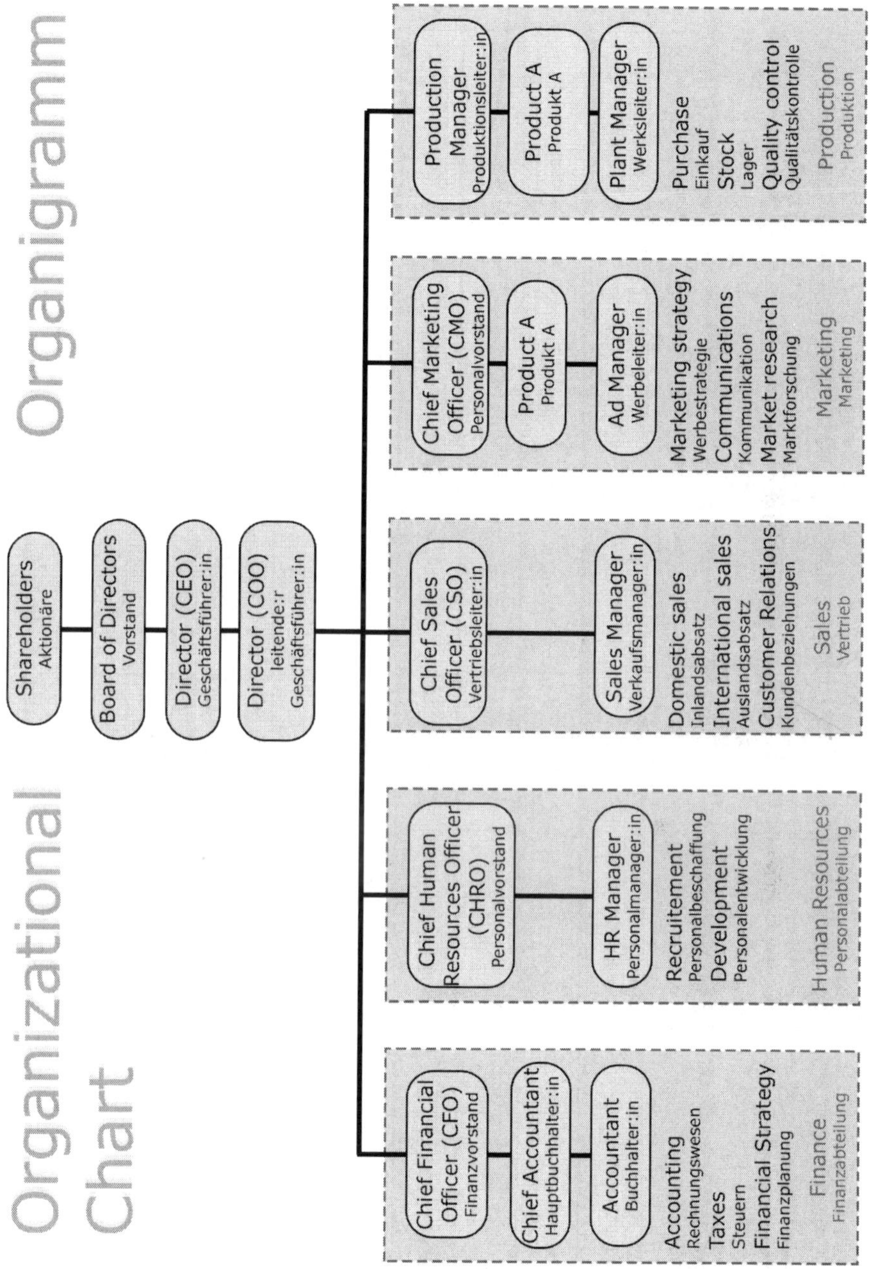
Organizational Chart
Organigramm
Shareholders
Aktionäre
Board of Directors
Vorstand
Director (CEO)
Geschäftsführer:in
Director (COO)
leitende:r
Geschäftsführer:in
Chief Financial Officer (CFO)
Finanzvorstand
Chief Accountant
Hauptbuchhalter:in
Accountant
Buchhalter:in
Accounting
Rechnungswesen
Taxes
Steuern
Financial Strategy
Finanzplanung
Finance
Finanzabteilung
Chief Human Resources Officer (CHRO)
Personalvorstand
HR Manager
Personalmanager:in
Recruitement
Personalbeschaffung
Development
Personalentwicklung
Human Resources
Personalabteilung
Chief Sales Officer (CSO)
Vertriebsleiter:in
Sales Manager
Verkaufsmanager:in
Domestic sales
Inlandsabsatz
International sales
Auslandsabsatz
Customer Relations
Kundenbeziehungen
Sales
Vertrieb
Chief Marketing Officer (CMO)
Personalvorstand
Product A
Produkt A
Ad Manager
Werbeleiter:in
Marketing strategy
Werbestrategie
Communications
Kommunikation
Market research
Marktforschung
Marketing
Marketing
Production Manager
Produktionsleiter:in
Product A
Produkt A
Plant Manager
Werksleiter:in
Purchase
Einkauf
Stock
Lager
Quality control
Qualitätskontrolle
Production
Produktion

## 11.3 Wichtige Finanzvokabeln

In der folgenden Tabelle finden Sie eine umfassende Auflistung wichtiger Vokabeln aus dem Finanzsektor.

| Englisch | Aussprache | Deutsch |
|---|---|---|
| account | *[akkaunt]* | Konto |
| accounts payable | *[akkaunt peiable]* | Lieferantenverbindlichkeiten |
| accounts receivable | *[akkaunt risiwabel]* | Kundenforderungen |
| acquisition | *[akwisischon]* | Übernahme |
| annuity | *[anuiti]* | Annuität |
| arbitrage | *[arbitrasch]* | Arbitrage |
| asset | *[ässät]* | Vermögensgegenstand |
| average | *[äweredsch]* | Erwartungswert |
| balance sheet | *[bäläns schiet]* | Bilanz |
| bankruptcy | *[bänkraptsi]* | Konkurs |
| bear market | *[bär market]* | Baisse-Markt |
| bid | *[bid]* | Briefkurs |
| blue chips | *[blu tschips]* | Standardpapiere |
| bondholder | *[bondhoulder]* | Anleihegläubiger:in |
| bond price | *[bondprais]* | Anleihekurs |
| book value | *[buk wälju]* | Buchwert |
| borrowing rate | *[borouing reit]* | Sollzinssatz |
| bull market | *[bull market]* | Hausse-Markt |
| call | *[kall]* | Kaufoption |
| cap | *[käp]* | Zinsobergrenze |
| capital gain | *[käptial gein]* | Kursgewinn |
| capital market | *[käpital market]* | Kapitalmarkt |
| cash flow | *[käsch flou]* | Cash Flow |
| certainty equivalent | *[sörtanti ekwiwalänt]* | Sicherheitsäquivalent |
| chart analysis | *[tschart analisis]* | Wertpapieranalyse |
| collateral | *[kollätäral]* | Kreditsicherheit |
| corporation | *[korporeischon]* | Kapitalgesellschaft |
| current yield | *[körränt jield]* | laufende Verzinsung |
| denomination | *[dinomineischon]* | Nennwert |
| deviation | *[diwieischon]* | Abweichung |
| diversification | *[daiwörsifikeischon]* | Risikostreuung |
| exchange rate | *[äkstschindsch reit]* | Wechselkurs |

| Englisch | Aussprache | Deutsch |
|---|---|---|
| face value | *[feis wälju]* | Nennwert |
| fixed assets | *[fiksd ässäts]* | Anlagevermögen |
| forward price | *[forwart prais]* | Terminpreis |
| future value | *[fjutschur wälju]* | Endwert |
| hedging | *[hädsching]* | Sicherung |
| inflation rate | *[infleischon reit]* | Inflationsrate |
| insolvency | *[insolwensi]* | Zahlungsunfähigkeit |
| interest | *[intäräst]* | Zinsen |
| leverage | *[läwärädsch]* | Hebelwirkung |
| liabilities | *[laiabilitis]* | Verbindlichkeiten |
| margin | *[mardschin]* | Einschuss |
| maturity | *[matjuriti]* | Fälligkeit |
| mortage | *[mortädsch]* | Hypothek |
| mutual fund | *[mjutschual fand]* | Investmentfonds |
| perpeptuity | *[pärpätjuiti]* | ewige Rente |
| portfolio | *[portfoulio]* | Wertpapiermischung |
| price earnings ratio | *[prais örnings reischio]* | Kurs-Gewinn-Verhältnis |
| rating | *[reiting]* | Bonitätseinstufung |
| return | *[ritörn]* | Rendite |
| revenue | *[räwänju]* | Einnahmen |
| risk free rate | *[risk fri reit]* | risikoloser Zinssatz |
| salvage value | *[sälwädsch wälju]* | Schrottwert |
| security | *[sekjuriti]* | Kreditsicherheit |
| short sale | *[schord seil]* | Leerverkauf |
| spot price | *[spot prais]* | Kassapreis |
| stocks | *[stoks]* | Aktien |
| sunk cost | *[sank kost]* | irrelvante Kosten |
| takeover | *[teik ouwer]* | Unternehmensübernahme |
| tax shield | *[täks schield]* | Steuervorteil |
| treasury bond | *[träschuri bond]* | Schatzanleihe |
| trust deed | *[trast died]* | Schuldversprechen |
| valuation | *[wäljueischon]* | Bewertung |
| venture | *[wätschur]* | Unternehmen |
| volatility | *[volatiliti]* | Volatilität |
| warrant | *[warränt]* | Optionsschein |
| yield to maturity | *[jield tu mätjuriti]* | Effektivrendite |

## 11.4 Die wichtigsten Abkürzungen im Geschäftsalltag

Als Nachschlagehilfe für Ihren Geschäftsalltag finden Sie hier die wichtigsten und gebräuchlichsten Abkürzungen kompakt aufgelistet. Von Rollenbezeichnungen im Unternehmen über gängige Abkürzungen des Onlinemarketings bis hin zu Zeitzonen und Internetsprache - mit dieser Liste ist alles abgedeckt!

| Abkürzung | Bedeutung | Deutsch |
|---|---|---|
| Ad | Advertising | Werbung |
| AGB | Allgemeine Geschäftsbedingungen | Vorab festgelegte vertragliche Konditionen |
| AGM | Annual General Meeting | Hauptversammlung |
| AOB | Any Other Business | irgendein anderes Geschäft |
| API | application programming interface | Programmierschnittstelle |
| ASAP | As Soon As Possible | so schnell wie möglich |
| ATTN | Attention | Vorsicht |
| B2B | Business to Business | Unternehmen zu Unternehmen |
| B2C | Business to Consumer | Unternehmen zu Endkunden |
| BCC | Blind Carbon Copy | Blindkopie einer E-Mail |
| BRB | Be right back | Bin gleich zurück |
| BTW | By the way | Ach übrigens... |
| C2C | Customer-to-Customer | Geschäftsbeziehungen zwischen mindestens zwei Personen |
| CAD | Computer Assisted Design | Rechnerunterstütztes Konstruieren |
| CAM | Computer Assisted Manufacturing | Rechnerunterstützte Fertigung |
| CAO | Chief Administrative Officer | Administrative Leitung |
| CAO | Chief Analytics Officer | Verantwortliche:r für Datenanalyse |
| CAO | Chief Architecture Officer | Verantwortliche:r für für Architektur |
| CAO | Chief Academic Officer | Leiter:in für Bildungsinstitute |
| CBDO | Chief Business Development Officer | Verantwortliche:r für Geschäftsweiterentwicklung |
| CBO | Chief Branding Officer | Bereichsleiter:in Marketing |

| Abkürzung | Bedeutung | Deutsch |
|---|---|---|
| CC | Carbon Copy | Kopie einer E-Mail |
| CCO | Chief Communications Officer | Leiter:in Kommunikation/PR |
| CCO | Chief Compliance Officer | Verantwortlich:r für Gesetze |
| CCO | Chief Creative Office | Kreative:r Leiter:in |
| CCO | Chief Credit Officer | Verantworliche:r für Kreditrisiko |
| CCO | Chief Customer Officer | Vertriebsvorstand |
| CCO | Chief Commercial Office | Leiter:in Finanzstrategien |
| CD | Corporate Design | Unternehmens-Erscheinungsbild |
| CDO | Chief Data Officer | Leiter:in Datenverarbeitung |
| CDO | Chief Design Officer | Leiter:in Design |
| CDO | Chief Development Officer | Leiter:in Softwareentwicklung |
| CDO | Chief Diversity Officer | Leiter:in Vielfalt |
| CEM | Customer Experience Management | Kundenerlebnis-management |
| CEO | Chief Executive Officer | Geschäftsführer:in |
| CFO | Chief Financial Officer | Finanzvorstand |
| CHRO | Ch. Human Resources Officer | Personalchef:in |
| CIF | Cost, Insurance, Freight | Kosten, Versicherung, Fracht |
| CINO | Chief Innovation Officer | Leiter:in Innovation |
| CIO | Chief Information Officer | IT-Leiter:in |
| CIO | Chief International Officer | Leiter:in Entwicklung der Überseemärkte |
| CKO | Chief Knowledge Officer | Leiter:in Wissensmanagement |
| CLO | Chief Listening Officer | Leiter:in Social-Media Aktivitäten |
| CLO | Chief Law Officer | Leiter:in Rechtsabteilung |
| CMO | Chief Medical Officer | Leiter:in Pharmaindustrie |
| CMO | Chief Marketing Officer | Leiter:in Marketing |
| CMS | Content Management System | Programm zur inhaltlichen Konzeption von Webseiten |
| COB | Close of business | Geschäftsschluss (Deadline) |
| COO | Chief Operating Officer | Leiter:in operatives Geschäft |
| CPA | Cost-per-Action | Kosten des Auslösens einer Aktion |
| CPC | Cost-per-Click | Kosten für Klicks auf Werbemittel |
| CPL | Cost-per-Lead | Kosten für Nutzervermittlung |

| Abkürzung | Bedeutung | Deutsch |
|---|---|---|
| CPM | Cost-per-Mille | Kosten, um tausend potenzielle Kunden zu erreichen |
| CPO | Chief Purchase Officer | Einkaufsleiter:in |
| CPO | Cost-per-Order | Vergütung des Vermittlers bei erfolgreicher Vermittlung |
| CPS | Cost-per-Sale | Provision tatsächlicher Verkaufsvermittlung |
| CQO | Chief Quality Officer | Leiter:in Qualitätssicherung |
| CR | Conversion Rate | Verhältnis zwischen Webseitenbesuchern und getätigten Transaktionen |
| TLD | Top Level Domain | Abschnitt rechts vom Punkt einer Domain |
| CRM | Customer Relationship Management | Pflege langfristiger Kundenbeziehungen |
| CRO | Conversion-Rate-Optimierung | Siehe CR (Conversion Rate) |
| CRO | Chief Research Office | Leiter:in Forschung/Entwicklung |
| CSO | Chief Science Officer | Leiter:in Forschung und Entwicklung |
| CSO | Chief Security Officer | Leiter:in Sicherheit |
| CSO | Chief Sales Officer | Leiter:in Verkauf |
| CSS | Cascading Style Sheets | Gestaltungsvorschriften einer Homepage |
| CTA | Call-to-Action | Banner oder Button im Onlinemarketing |
| CTO | Chief Technology Officer | Technische:r Leiter:in |
| CTO | Chief Tax Officer | Leiter:in Steuerwesen |
| CWO | Chief Web Officer | Leiter:in Internet |
| CX | Customer Experience | Kundenerfahrungen zum Produkt |
| DIY | Do it yourself | Mach's selbst! |
| EMU | European Monetary Union | Europäische Wirtschafts- u. Währungsunion |
| EOD | End of day | Bis Ende des Tages |
| ETA | Estimated Time of Arrival | Voraussichtliche Ankunftszeit |
| EU | European Union | Europäische Union |
| FAQ | Frequently Asked Questions | Häufig gestellte Fragen |

| Abkürzung | Bedeutung | Deutsch |
|---|---|---|
| FB | Facebook | Soziales Netzwerk Facebook |
| FCO | Financial Control Officer | Leiter:in Finanzberichterstattung |
| FOB | Free On Board | (kosten-) frei an Bord |
| FTP | File Transfer Protocol | Programm, um Dateien in einen Webserver hochzuladen |
| FY | Fiscal Year | Fiskaljahr/Geschäftsjahr |
| FYI | For your information | Zu Ihrer Information |
| GA | Google Analytics | Google Online-Dienst zur Datenverkehrsanalyse von Webseiten |
| GDP | Gross Domestic Product | Bruttoinlandsprodukt |
| GMT | Greenwich Mean Time | mittlere Greenwich-Zeit |
| HR | Human Resources | Personalwesen |
| HTML | HyperText Markup Language | Dateiformat für WWW-Seiten |
| HTTP | Hypertext Transfer Protocol | Wird zur Lokalisierung einer Datei verwendet |
| HTTPS | Hypertext Transfer Protocol Secure | Im Gegensatz zum simplen HTTP eine abhörsichere Übertragung von Daten |
| i.E. | id est (= that is) | das ist oder "das heißt" |
| ID | Identity | Identität |
| IDK | I don't know | Ich weiß nicht. |
| IMF | International Monetary Fund | Internationale Währungsfonds |
| IMO | In my opinion | Meiner Meinung nach |
| IPO | Initial Public Offering | Börsengang |
| IRS | Internal Revenue Service | Bundessteuerbehörde der U.S.A. |
| JPG/JPEG | Joint Photographic Expert Group | Häufig verwendetes Bildformat im Internet |
| AI | Artificial Intelligence | Künstliche Intelligenz (KI) |
| KPI | Key performance indicator | Wichtigste Leistungsindikatoren |
| M&A | Mergers and Acquisitions | Unternehmensverkäufe/ Fusionen |
| MBA | Master of Business Administration | Management-Studium |
| MBO | Management Buy Out | Unternehmensübernahme durch Management |

| Abkürzung | Bedeutung | Deutsch |
|---|---|---|
| NA | Not applicable | Nicht anwendbar |
| NA | Not available | Nicht verfügbar |
| NP | No problem | Kein Problem |
| P&L | Profit and Loss | Gewinn und Verlust |
| PDF | Portable Document Format | Transportables Dokumentenformat |
| PIN | Personal Identification Number | Persönliche Identifikationsnummer |
| PLC | Public Limited Company | Aktiengesellschaft |
| POS | Point-of-Sale | Ort, an dem ein Verkauf stattfindet |
| PP | Partnerprogramm | eine Möglichkeit im Affiliate Marketing |
| PPA | Pay per Action | Siehe Cost per Action (CPA) |
| PPC | Pay-per-Click | Synonym für Cost-per-Click |
| PPL | Pay-per-Lead | Synonym für Cost-per-Lead |
| PPS | Pay-per-Sale | Synonym für Cost-per-Sale |
| PR | Public Relations | Öffentlichkeitsarbeit |
| R&D | Research and Development | Forschung und Entwicklung |
| RAM | Random Access Memory | Speicherbaustein mit direktem Zugriff |
| ROI | Return of Investment | Kapitalrendite |
| ROM | Read Only Memory | Nur-Lese-Spreicher |
| ROS | Return on Sale | Umsatzrendite |
| RSVP | Respondez s'il vous plait | Um Antwort wird gebeten |
| RT | Retweet | Weiterverbreitung eines bereits abgesendeten Tweets/Meldung |
| SEA | Search-Engine-Advertising | Bezahlte Marketingmaßnahmen bei Suchmaschinen |
| SEM | Search engine marketing | Suchmaschinenmarketing |
| SEO | Search engine optimization | Optimierung für Suchmaschinen |
| SERP | Search Engine Result Page | Seiten auf denen Suchmaschinen ihre Suchergebnisse auflisten |
| SI | Sichtbarkeitsindex | Kennzahl für die Sichtbarkeit einer Domain bei Googlesuche |

| Abkürzung | Bedeutung | Deutsch |
|---|---|---|
| SMB | Small or medium businesses | Kleine und mittelständische Unternehmen |
| SWOT | Strengths, Weakness, Opportunities, Threats | Analyse z. strategischen Planung |
| TBA | To be announced | Einzelheiten werden noch bekanntgegeben |
| TBC | To be confirmed | Bestätigung folgt |
| TBD | To be determined | Noch nicht entschieden |
| TKP | Tausend-Kontakt-Preis | Kosten für die Erreichung von tausend potenziellen Kunden |
| TNP | Tausend-Nutzer-Preis | Kosten, um tausend verschiedene Personen in einer Zielgruppe zu erreichen |
| TQM | Total Quality Management | Umfassendes Qualitätsmanagement |
| TUC | Trades Union Congress | Gewerkschaftlicher Dachverband in Großbritannien |
| UAP | Unique-Advertising-Proposition | Alleinstellungsmerkmal eines Unternehmens |
| UGC | User-Generated-Content | Inhalte, die von Nutzern erzeugt werden |
| UN | United Nations | Vereinte Nationen |
| URL | Uniform Resource Locator | Adresse einer Website |
| USP | Unique Selling Proposition | Alleinstellungsmerkmal |
| UX | User-Experience | Erfahrungen, die ein Nutzer mit einem Webangebot sammelt |
| VAT | Value Added Tax | Mehrwertsteuer |
| VIP | Very important person | Sehr wichtige Person |
| W/O | Without | Ohne |
| W3C | World Wide Web Consortium | Gremium, zur einheitlichen Nutzung und Entwicklung des Internets |
| WTO | World Trade Organisation | Welthandelsorganisation |
| WWW | World Wide Web | Ein über das Internet abrufbares weltweites Netzwerk |

# Schlusswort

Herzlichen Glückwunsch! Sie haben Ihre Ziele konsequent verfolgt und sind nun am Ende dieses Buches angelangt. Blicken Sie nun zur Einstiegszeit ins Business Englisch mit diesem Buch zurück, dann werden Sie sicher feststellen, was für große Fortschritte Sie in dieser kurzen Zeit gemacht haben. Durch die umfangreichen Beispiele, Wortfelder und Anwendungsmöglichkeiten dieser Kapitel konnten Sie Inhalte leicht anwenden lernen und verfügen nun über fortgeschrittenes Fachwissen für den Geschäftsalltag auf Englisch.

In diesem Buch wurden die wichtigsten Inhalte sowie ausgewählte Themen abgedeckt, aber natürlich gibt es noch viele spannende Gebiete zu erkunden. An diesem Punkt haben Sie eine mehr als solide Grundlage gelegt, um zukünftig Telefonate, Präsentationen und Verhandlungen sicher und selbstbewusst zu meistern! Darüber hinaus verfügen Sie über detailliertes Wissen für die Erstellung von Motivationsschreiben und Lebensläufen, die anschauliche Beschreibung von Schaubildern und Diagrammen sowie zahlreiche Methoden und Techniken, um sich auf Englisch höflich und doch präzise auszudrücken. Falls Ihnen dieses Buch gefallen hat, schauen Sie sich gerne auch meine weiteren Publikationen für fortgeschrittene Englischlernende beim AES Verlag an, zum Beispiel zum Thema Konversationsenglisch, Grundwortschatz und Englisch lernen mit Kurzgeschichten für Anfänger:innen und Fortgeschrittene.

Dies waren also nur die ersten Schritte und ich freue mich, Sie in einer der anderen Ausgaben wieder begrüßen zu können.

**Bevor Sie dieses Buch schließen**, möchte ich Sie allerdings noch gerne um einen Gefallen bitten:

Ich würde mich über eine **positive Bewertung auf Amazon** sehr freuen. So erhalte ich wertvolles Feedback und Motivation für weitere Bücher. Außerdem helfen Sie damit auch anderen Sprachlernenden, die gerade auf der Suche nach dem richtigen Lehrbuch sind! Sicherlich sind Sie froh, dieses Buch entdeckt zu haben – teilen Sie Ihre Erfahrung mit Anderen, und helfen Sie auch ihnen, ihre Ziele schnell zu erreichen. Wenn Sie gerne ausführliche, persönliche Kritik oder Feedback zur Verbesserung dieses Buches machen wollen, dann kontaktieren Sie mich gerne unter **stefanvonulan@aesverlag.de**.

Ich freue mich über jede Art der konstruktiven Kritik und neue Vorschläge, denn auch für mich sind diese Bücher ein unaufhörlicher Lernprozess. Bis bald!

*Stefan von Ulan*

Folgen Sie uns auch auf Instagram für kostenlose Unterstützung jeden Tag:
www.aesverlag.de/englisch
Instagram: @englischerfolg

# Buchempfehlungen

Möchten Sie die englische Sprache und Grammatik einfach und praxisnah verstehen? In unserem Bestseller-Buch liefern wir Ihnen alles, was Sie zum Durchstarten benötigen. Sichern Sie sich hier Ihre Kopie:

**Link:** **https://bit.ly/englischlernen_buch**
**ISBN:** **9798712347650**

Sie möchten ihren Grundwortschatz erweitern und sich schnell ein breites Vokabular aufbauen? Dann schauen Sie unbedingt auch unser Grundwortschatzbuch an und sichern Sie sich ihr Exemplar:

**Link:** **https://bit.ly/englischvokabeln_buch**
**ISBN:** **9783949604058**

Mit unseren 10 spannenden Kurzgeschichten für Schüler:innen der 6. bis 10 Klasse lernen nun nicht nur Jugendliche spielerisch Englisch!

**Link:** **https://amzn.to/3FH71zH**
**ISBN:** **9783949604447**

Wenn Sie nach einem Weg suchen, Englisch auf eine spielerische Art und Weise zu lernen - dann ist unser Kurzgeschichtenbuch genau das Richtige für Sie! Schnappen Sie sich jetzt das Buch, um Englisch praxisnah und einfach zu lernen:

**Link:** **www.amzn.to/3Dsq51i**
**ISBN:** **9783949604188**

In unserem zweiten Kurzgeschichtenbuch finden Sie 10 neue Erzählungen sowie eine Neufassung der Kurzgeschichte „Das Gespenst von Canterville" von Oscar Wilde. Lassen Sie sich mitreissen und holen Sie sich hier ihr Exemplar:

**Link:** **https://amzn.to/3RWiDEc**
**ISBN:** **9783949604294**

Begleiten Sie den legendären Detektiv Sherlock Holmes auf seinem nächsten spannenden Detektivfall und lerne dabei Englisch praxisnah und einfach! Holen Sie sich hier ihre Kopie dieses absoluten Klassikers:

**Link:** **www.amzn.to/3LkCbz1**
**ISBN:** **9783949604225**

Printed in Poland
by Amazon Fulfillment
Poland Sp. z o.o., Wrocław

21546024R00119